MARY

SHEPHERD

TRILOGÍA

PHARTIAN

1º LLEGANDO A TI

ARGUMENTO

Año 3114.

Phartian es un planeta de guerreros, de hombres duros, posesivos y destinados a cuidar y proteger a su más hermoso y escaso recurso: las mujeres.

La Tierra, un planeta en que hombres y mujeres luchan por sobrevivir. Empobrecido, con escasos recursos y sediento.

Phartian quiere mujeres, la Tierra agua, un intercambio se produce.

Kurt-Aiman es un phartiano de 36 años, alto, musculoso, con colmillos, pelo largo, terriblemente posesivo y contrario al dichoso intercambio y encima, obligado a supervisarlo.

Tracy tiene 34 años, con unas buenas caderas, alta, larga melena, ojos grandes y boca haciendo juego. Independiente y acostumbrada a luchar sus batallas. Obligada a aceptar el intercambio.

Un mal comienzo para los dos. Pero pronto descubren que están obligados a entenderse, es más, tendrán que entenderse por la fuerza, por obligación y porque no les quedará más remedio.

Y encima estos hombres son... ¿Peculiares? ¿Originales? ¿Singulares?

Al final del libro se incluye un glosario con una relación de palabras de términos *phartianos*

DEDICATORIAS Y AGRADECIMIENTOS

Quiero dedicarlo con mucho cariño a mi familia, gracias por dejarme mi espacio, por esas sonrisas de ánimo, por aguantar las charlas interminables, mis desvaríos, mis noches de insomnio. Gracias por el amor y la comprensión, sin vosotros no hubiera podido seguir adelante.

Un agradecimiento muy especial a todas mis amistades de mi página del Facebook, durante este tiempo, con vuestras frases de ánimo, con vuestro cariño y con vuestra amistad hacéis que podamos vivir, juntos, todo este sueño. Gracias mis niños/as.

A Raquel Juárez y Lucía Calafell, no solo mi agradecimiento, si no también todo mi cariño, respeto y admiración, por ser, no solo, correctoras, redactoras y asesoras, si no por ser amigas y confidentes, por su tolerancia, su sinceridad, su apoyo y generosidad. Por ser fuertes cuando yo no lo era. Por su fe y confianza que me llevan de la mano en cada letra que escribo. Os quiero mucho.

INTRODUCCIÓN

En el año 3114 la Tierra está totalmente desolada. Después de la Tercera guerra mundial, en el año 2446, donde todo fue prácticamente arrasado y hubo que empezar una reconstrucción masiva y desde los mismísimos cimientos, con una población bajo mínimos, con exiguos recursos y un mundo en ruinas, una nueva forma de vivir y de hacer leyes se estableció. La Tierra pasó a estar gobernada por un consejo central, formado por ciento cincuenta personas, hombres y mujeres, ingenieros, científicos, médicos y economistas. Las leyes fueron estrictas y restrictivas, entre ellas, la más importante, quedó totalmente prohibida cualquier arma de destrucción masiva.

La gran mayoría de las tierras se dieron por perdidas, totalmente devastadas. Con una gran cantidad de los acuíferos secos o contaminados.

Millones y millones de personas muertas. Un minúsculo grupo de personas, apenas unos miles, sobrevivieron a aquella masacre, buscaron un lugar donde asentarse, donde poder vivir y dos pequeños asentamientos humanos fueron creados. Uno en lo que fue el centro de Europa y el segundo entre Norteamérica y Canadá. El resto fue abandonado, nada crecía allí, era desperdiciar esfuerzos y los pocos recursos que se tenían.

Durante más de quinientos años, la población apenas creció, es más, se redujo drásticamente. Abortos, mal formaciones, niños que morían sin llegar a la edad adulta, jóvenes y adultos que apenas podían procrear, hambruna y escasez de agua.

Pero poco a poco se alcanzó una estabilidad gracias a los pequeños "guetos" y "comunas" que se crearon. Y los niños, al fin, empezaron a llegar de forma natural. La intimidad se había perdido; las personas vivían en grandes edificios, los solteros en pequeños habitáculos de un dormitorio, cocina y baño. Las familias optaban a un "hogar" de dos dormitorios. En los baños no había ni duchas ni bañeras. Estas, estaban situadas en unos baños comunes, donde una vez a la semana se abastecía de agua durante unas horas. Para esos baños había que utilizar el pase que todos los ciudadanos tenían. Todo perfectamente controlado para no despilfarrar ni una sola gota del líquido más preciado y escaso: el agua.

El agua era cortada cada noche hasta el día siguiente, cada gota era valiosa. Se crearon máquinas especiales para reciclar una y otra vez todo el líquido posible. La salinidad del mar había crecido tanto que era inútil depurarla. Se perdió la flora y fauna marina.

Pero la Tierra seguía, a pesar de que empezaron a recuperar pequeñas parcelas, muriendo lentamente. Apenas unos centenares de miles de acres servían para plantación.

Se invirtió mucho tiempo y recursos a la investigación espacial y se consiguió conocer otras vidas y planetas, pero todos desconfiaban de la Tierra, conocían sus antecedentes y preferían mantenerse apartados de ellos. A penas conseguían comerciar, dados los escasos recursos, con algún que otro planeta.

Vista la situación y dado que la población empezaba a crecer y seguían los problemas de abastecimiento, se pensó en buscar otros lugares donde vivir y sobre todo, apartarse de todas aquellas tierras "viciadas".

Seiscientos años después de la gran guerra, habían avanzado tanto, que se hicieron colonias en la luna y en Marte y desde allí consiguieron establecer un pequeño, pero constante, flujo de comercio con el resto de planetas.

¿Pero quién se estableció allí? Por supuesto, las personas ricas e influyentes, los eruditos y el mismísimo consejo, que salían huyendo de un planeta desgastado, pobre y abusado.

La Tierra pasó a ser la despensa de esas colonias.

Los que no tenían ni el dinero ni el poder suficiente, se quedaron a trabajar la tierra, las granjas, en las que ahora, por fin, crecía el número de animales, las pocas minas que aún seguían regalando sus minerales y la sal extraída al mar.

Y a pesar de seguir haciendo conexiones y comercio con otros planetas, estos no quisieron agotar sus existencias por un planeta que se moría lentamente. Todo era más caro para la Tierra y era casi imposible que aquellas gentes quisieran mezclarse con los terrestres, por eso, era mínimo el mestizaje entre ellos.

Se crearon dos portales dimensionales, uno más grande en Marte, que comunicaba con el resto de planetas y otro pequeño en la luna, que comunicaba con Marte. La Tierra no estaba preparada para tener y mantener la energía suficiente para esos portales. Para trasladarse de la Tierra a la luna, el consejo facilitaba el transporte, unas pequeñas naves custodiadas en pequeños hangares y en puntos estratégicos de los cuales solo tenían información un pequeño grupo de hombres, a parte del consejo. El viaje a la luna era de apenas seis horas.

Los pases estaban restringidos y eran casi imposibles de conseguir, debías tener un coeficiente muy alto o haber hecho un importante trabajo para el consejo, si no, eras un simple obrero, un número y un productor para las colonias.

Pero había que controlar a esos "obreros" y se establecieron unas normas básicas y rígidas, muy rígidas:

1ª A todas las personas se le implantarán chips con todos los idiomas conocidos.

2ª Las niñas serán vacunadas para controlar la natalidad.

Para poder ser madre se tiene que convivir, al menos, un año con el mismo hombre. Entonces se procederá a revertir el efecto de la vacuna. Una mujer sólo podrá ser madre una sola vez en su vida.

Las mujeres no podrán ser madres en solitario; si el padre fallece antes de nacer el feto, se procederá a una interrupción del embarazo. Si muere siendo el niño menor de edad, la madre deberá pasar a convivir con otro hombre, elegido por el consejo, con características similares al padre.

3ª Prohibido manifestarse, organizar mítines y revueltas.

Cualquier desorden, caos, manifestación, evasión, robo, asalto u homicidio, será castigado con la cárcel. No hay pena de muerte, pero si, trabajos forzados y nada de privilegios. Al salir de prisión, el ciudadano será altamente vigilado, durante un periodo no inferior a dos años.

4ª No se podrá acceder a las colonias sin un pase exclusivo, expedido por el consejo. Sólo el consejo tiene el poder para decidir quién es residente de las colonias. Y el puesto apto para cada persona.

5ª El consejo abastecerá de agua, alimentos, ropa, vivienda y medicinas a la población.

Y más importante, dada la escasez del agua, esta estará controlada por el consejo. Los baños serán comunitarios y una vez semanales, pudiendo quedar restringidos en periodos de máxima carencia, siendo su único uso el alimentario.

Ahora, casi cien años después de establecerse en las colonias, la Tierra sigue agonizando, el agua ha pasado de escasear a prácticamente ser inexistente, la gente tiene sed, y las tierras empiezan a quedar yermas.

El consejo busca y pide ayuda a todos los planetas conocidos en mayor o menor profundidad, pero nadie quiere ayudar, nadie "tiene" agua para la Tierra, nadie quiere compartir sus recursos con un planeta tan consumido.

Solo uno contesta a la petición desesperada de la Tierra: Phartian.

Pero solo quiere una cosa a cambio.

¿Oro? ¿Cobre? ¿Alimentos?

No.

Algo que la Tierra posee y en Phartian es tan escaso que es más hermoso y valioso que todo eso.

CAPÍTULO 1

Tracy estaba que se subía por las paredes, seis malditos meses encerrada en aquella prisión de mierda y todo por negarse a dar la última cosecha para las condenadas colonias.

Las personas con las que trabajaba en la granja estaban como ella, prácticamente al límite de su resistencia. El consejo les abastecía de comida, sí, pero ¿qué tipo de comida? Sintética, deshidratada y conservas. Las frutas, verduras y carne fresca no eran para la población de la Tierra, no.

¿Tenían que renunciar a sus escasos recursos para llenarles la panza a todos los malditos hijos de perra de las colonias? Anda y que se pudrieran.

Pero su lucha había sido en vano. Un minuto después estaba detenida; a los veinte, ante un jodido juez y una hora después, en la prisión. Así se hacían las cosas en la Tierra.

Y pensar que ella podría ser una ociosa, asquerosa y prepotente residente de las colonias. Sí. Pero había sentenciado su destino cuando decidió plantarle cara al cabrón de su padrastro. Aquel bastardo la había controlado y fastidiado desde que entró en su vida cuando apenas tenía seis años.

Su padre murió en la explosión de una mina y un año después el consejo obligó a su madre a convivir con Jason, un prepotente y astuto asesor del consejo.

La decisión del consejo de asignar a Jason como el mejor sustituto de su padre, era algo que aún hoy en día le hacía pensar a Tracy que, o bien el consejo estaba beodo perdido ese día o se habían pasado las necesidades de su madre y de ella misma por el mismísimo Arco del triunfo. Mientras su padre era un hombre cariñoso, leal, colaborador y generoso, Jason era totalmente lo contrario.

Desde que entró en sus vidas pasó a controlar a su madre y a ella. Su madre se dejó, ella al principio también. Pero cuando creció y vio la realidad del mundo que la rodeaba, decidió luchar por un mundo mejor. Y el animal, en realidad llamar animal a Jason era insultar y degradar a partes iguales a esas inocentes criaturas, la castigó y le soltó una paliza con una correa. No pudo moverse en tres días. Pero se jodió porque no cambió, al contrario, eso fue el detonante para revelarse con más fuerza.

No sirvió de mucho, cierto, porque él lo controlaba todo. Pero seis meses después volvió a las andadas.

Junto con unos amigos, en plena noche, se llevaron, frente a las narices de los inútiles de los soldados, una carga de alimentos destinada a las colonias. No los pillaron, pero el idiota de su padrastro se enteró, volvió a darle una paliza, la ató a la cama e intentó violarla. Esa fue la única maldita vez que su madre sacó algo de carácter y se plantó ante él.

Durante cuatro días la cuidó y ella insistió en que huyeran juntas, pero su madre no quiso. Así que a la mañana del quinto día salió huyendo de la casa. Ya era mayor de edad, no podían obligarla a volver. Con varios de sus amigos, se fueron a otra granja a trabajar.

Durante doce años ni supo ni quiso saber nada de su madre, fue de granja en granja, intentando ayudar a la gente y obligarla a reaccionar ante la opresión del consejo. Pero tenían miedo y apenas consiguieron seguidores para poder formar una revolución.

Cuando su madre la encontró, ella ya llevaba viviendo algo más de un año con Don y estaba embarazada de tres meses. Su madre le rogó que se fuera con ellos a las colonias. Parecía ser que el gilipollas de su padrastro había realizado varias acciones de "ayuda" para el consejo y en un par de meses les darían los pases. Ella ya se olía qué acciones eran esas: denunciar a alguien o apresar a varios de los insurgentes. Imbécil. Ella se negó.

¿Y qué pasó después de eso? Tracy no lo sabía a ciencia cierta, pero lo que sí tenía claro es que Jason estaba de por medio.

Un mes después de la conversación con su madre, Don desapareció misteriosamente. Tres días después apareció su cadáver dentro de un almacén donde había un cargamento robado de alimentos para las colonias.

Una semana después le habían provocado un aborto. Cuando despertó de la anestesia, la cara sonriente de Jason fue lo primero que vio, junto con la orden de "o te vienes con nosotros a las colonias o tu vida aquí va a ser aún más dura." Ella sólo pudo soltarle una dulce y amable frase: "¡Que te jodan, Jason! Antes muerta que irme contigo." Y la última amenaza que le dijo antes de marcharse, sin despedirse y sin mirar atrás fue un: "Te arrepentirás, Tracy, te lo juro."

¿Y se arrepintió? No, ni una maldita vez, pero el capullo sí que se encargó de cumplir su amenaza. Su vida pasó a ser más dura.

No tardó en descubrir que la tenían firmemente vigilada, orden del hijo..., bueno, no quería hablar mal de la madre de Jason, pero el hijo le había salido como si su madre hubiera mantenido relaciones con la mayor parte de los hombres del planeta y alguno más de los planetas más cercanos y colindantes. Y durante tres años se mordió la lengua, apretó los puños y aguantó toda clase de injusticias y pruebas, hasta que se le hincharon las malditas narices y explotó.

Y por eso mismito estaba allí, metida en una celda ridículamente pequeña, trabajando en las cocinas diez horas diarias, con los putos pelos desgreñados, con las raíces de sus veintisiete canas, ni una más, pero tampoco ni una menos y estaba dispuesta a batirse en duelo, con un par de palillos, contra quien afirmara que lucía una más siquiera, oliendo a cerdo en una charca porque las malditas duchas allí no es que estuvieran restringidas no, era aún más chiste todavía: un maldito pasillo donde soltaban cuatro chorros y tú pasabas desfilando con el cuerpo ya enjabonado. Algo así como un lavadero de naves espaciales, pero con personas. Se le tuvo que hacer los sesitos agua al que se le ocurrió.

Al principio no podía aguantar la peste. Sí, peste, porque aquello había dejado muy atrás el ser un leve tufillo, cuerpos sudados y semanas enteras sin que una jodida gota de agua que tocara esos cuerpos, aquello olía peor que las granjas donde había trabajado.

Así que cuando esa mañana se plantó ante ella "Miss simpatía", o sea, la carcelera con más mala leche de toda la maldita galaxia, sonriendo, con una pastilla de jabón en las manos y un "vestido" por llamar de alguna manera a aquello, casi se meó del susto.

No, allí pasaba algo y si era que su "querido papi" había venido pretendiendo algo, le iba a colocar las pelotas de pajarita.

-Te toca baño, Tracy.

Ella la miró malhumorada.

-¿Qué pasa?

En un momento la sonrisa estaba allí y un segundo después pudo contarle los jodidos pelos del "bigote" a la muy cerda.

-Te toca baño, punto. No preguntas, cierras el pico y mueves tu culo hasta las putas duchas, ¿entendido?

Dicho así no es que tuviera mucha opción. Ella no era pequeña, pero la gorila debía rondar los dos metros y pesar sus ciento treinta kilos, musculosos y llenos de muy mala uva.

Cogió el jabón y el trapo que le iba a servir de vestido y la siguió mansamente.

Cuando llegó a las "duchas" había allí unas veinte mujeres más, todas se miraron extrañadas. Las duchas, por llamarlo de alguna manera, eran un estrecho pasillo de menos de un metro de ancho por unos tres de largo, con pequeñas salidas de agua que se activaban por sensores de movimiento. Cuando ellas llegaban a su altura, se conectaban y echaban unos tenues chorros y con eso tenías bastante.

-Tenéis cinco minutos, moved los malditos culos.

¿Cinco minutos? Joder, poco más y tuvo un orgasmo allí mismo. Cinco minutos. ¿Qué narices estaba pasando?

Las mujeres siguieron mirándose extrañadas. Ella no conocía a todas, pero sí a varias de ellas. Amy y Caro, dos compañeras de la cocina; Gina, Hellen y Rita que tenían sus celdas contiguas a la de ella y al resto las conocía de verlas. Se dio cuenta que de las más jovencitas no había ninguna, todas rondaban los treinta años.

Decidió cumplir con la orden y meterse en las duchas cuando vio la mirada cabreada de la gorila. No llevaba reloj, pero evidentemente fueron cinco minutos que las dejaron a casi todas prácticamente sin enjuagar siquiera. Eso les pasaba por recrearse.

Se vistieron con rapidez y formaron como les mandó la encargada.

Las llevaron hasta una sala donde las esperaba el alcaide, cinco miembros del consejo y una treintena de soldados.

El alcaide era un hombre orondo, más que orondo, parecía una cuba de agua acostada. De baja estatura, un enorme cabezón y ojillos de rata, vestido con un uniforme similar al de los soldados, pero lleno de galones y que en él se estiraba hasta lo indecible, haciendo extenderse las costuras de forma peligrosa y viviendo al límite de la decencia.

Los soldados vestían el clásico uniforme de pantalón y camisa en color marrón oscuro y botas de trabajo.

Los cinco miembros del consejo presumían de su status, con sendos trajes en color oscuro, una larga toga abierta por delante en color burdeos y el gorro ceremonial, una cosa absurda en el mismo color de la toga de forma cónica y que parecía retar a la gravedad porque vivían pendientes del equilibrio para mantenerse allí arriba.

Aquello olía mal, muy mal y eso que habían pasado por las duchas, pero allí algo "apestaba" y no eran ellas.

Todos las miraron de arriba abajo y luego entre ellos, inclinando la cabeza como dando asentimiento a algo que ellos sólo parecían saber.

El alcaide se acercó lentamente a ellas y empezó a pasear, con las manos atrás y hablando sin mirarlas siquiera a la cara, como si fueran el puto estercolero del mundo.

-Sé que se preguntaran qué hacen aquí, porqué hemos tenido la amabilidad de propiciarles un baño cuando ni les toca ni se lo merecen.

Tracy puso los ojos en blanco y maldijo por lo bajo a aquel cabrón prepotente. ¿Que no se merecían el baño? ¡Será capullo! En los seis meses que lleva allí sólo habría tenido una decena de ellos.

-Como todas saben, la Tierra tiene serios problemas de abastecimiento de agua. En los últimos años, estos problemas se han incrementado. Hemos pedido ayuda, pero los planetas más cercanos no pueden ayudarnos porque tienen el mismo problema.

Tracy volvió a poner los ojos en blanco. Sí, claro, los mismos problemas. Lo que pasaba es que estaban hasta las narices de comerciar con la Tierra y cobrar en tres tristes pagarés: tarde, mal y nunca. Hay que joderse, *no quieren ayudar*, patético meapilas.

-Pero hemos tenido la inmensa fortuna de encontrar un planeta que nos dará agua de forma continua y con nulas restricciones.

Tracy miró fijamente a aquel asqueroso que se paseaba frente a ellas pavoneándose. ¿Un planeta que ayudaba a la Tierra de forma continua y con nulas restricciones? Sí, aquello olía mal.

-Y encima no nos quieren cobrar nada, sólo nos piden un favor: que hagamos un pequeño trato con ellos.

Tracy volvió a mirar fijamente al alcaide que ahora, por fin, tenía las pelotas de mirarlas una a una y de frente.

-Y que la Tierra no muera definitivamente depende hoy de ustedes.

Tracy miró a todas sus compañeras y luego al alcaide, al consejo y a toda la tropa de soldados. ¿De ellas? ¿Oler mal? No, aquello había pasado de oler mal, a echar un tufo que tiraba para atrás.

-Ustedes saben que están aquí por delitos contra el resto de la Tierra.

Ella no pudo evitar resoplar, lo que le costó una mirada dura de aquel gilipollas.

-Han intentado robar alimentos destinados a las colonias, han alterado el orden público y han instigado a la gente para que se revele. Son un peligro para el resto de nuestro planeta.

Tracy volvió a resoplar, esta vez más sonoramente, lo que le valió un aluvión de miradas de todas y cada una de las personas que había en la maldita sala, evidentemente no todas iguales. Las del alcaide, del consejo y de los soldados; cabreadas, muy cabreadas y las de sus compañeras, entre temerosas y de apoyo.

El alcaide clavó fijamente la mirada en ella.

-Tracy, ¿verdad?

Ella notó un algo frío recorrerle la espalda. Que aquel capullo supiera su nombre no era una muy buena señal...para ella, no.

Ella asintió vigorosamente cuando el alcaide volvió a preguntarle.

-No creo que estés en posición de mostrarte problemática, Tracy. Tienes ante ti una condena de dos años, pero no es eso lo peor, no, estamos advertidos por tu padre...

Ella no pudo morderse la lengua, algo que debería haber aprendido, pero es que si retenía todo el veneno y el asco que sentía contra Jason, lo mismo podría envenenarse o explotar como una estrella.

-Jason no es mi padre.

Una ola de murmullos empezó a alzarse y la mirada cabreada de todos volvió a clavarse en ella, produciéndole un ligero picor en la piel que como empezara a rascarse terminaría en una urticaria y de las gordas.

El alcaide se plantó ante ella, lanzándole el aliento. Mira, él parecía haber comido alguna fruta fresca porque olía bien el muy capullo.

-Desde que el consejo asignó a Jason como compañero de tu madre, pasó a ser tu padre, señorita, así que quieras o no, lo es. Y como iba diciendo, él nos advirtió de tu carácter díscolo y problemático. Por eso tu caso es especial, Tracy, y ojalá te niegues a cumplir el trato.

Ella lo miró extrañada, mientras el alcaide se alejaba dos pasos de ella y volvió a empezar su monólogo.

-Como os iba diciendo, sólo un planeta está dispuesto a ayudarnos: *Phartian*. Su petición es mínima y comprensible. *Phartian* tiene escasez de mujeres y por eso están aquí ustedes.

Ahora el murmullo vino del grupo de mujeres. Tracy miró fijamente al alcaide.

-No, yo no pienso venderme como un trozo de carne, no voy a ser esclava sexual de vete tú a saber qué clase de mutantes u horribles criaturas. No, me niego.

Un silencio se hizo en la sala, el alcaide iba a empezar a hablar, eso sí, cuando terminara de echar toda la espuma que le salía de la boca, claro, pero en ese momento se acercó uno de los miembros del consejo.

-Déjame continuar a mí.

El alcaide le clavó la mirada y una sonrisa irónica.

-Me alegro de que te hayas negado.

Y con una carcajada se alejó de ella y del grupo.

Tracy tuvo un ligero estremecimiento y se temió que alguna trampa había sido maquinada por el bastardo de Jason y aquel chupacirios.

Volvió la vista hasta el miembro del consejo que empezó a hablar en aquel momento.

-Creo que el alcaide no se ha expresado con claridad. *Phartian* no quiere esclavas. Hace años sufrieron la pérdida de gran mayoría de sus mujeres por un extraño virus. A penas hay mujeres en su planeta y las buscan para que su raza no se extinga. No son mutantes, prácticamente son iguales a nosotros. *Phartian* propone ayudarnos con el problema del agua a cambio de que le mandemos mujeres, siempre de manera voluntaria, por supuesto. Hemos pensado en ustedes.

Tracy volvió su vista del miembro del consejo al alcaide que la miraba fijamente con la maldita sonrisa en los labios y leyó claramente el mensaje silencioso que le mandó con su boca: *Niégate.*

Tracy sonrió interiormente, parece ser que *Phartian* no había sido muy inteligente. Debería haberse asegurado de que les mandaran las "perfectas" mujeres de las colonias. Ahora iban a recibir a la "escoria" del planeta. No, no habían sido listos. Y la Tierra, como siempre jugando sucio y en su misma línea de egoísmo.

-No se les va a obligar a aceptar esta oferta, pero les vamos a informar de lo que ganarían y perderían. Si se van al planeta con los *Phartianos* tendrán una vida libre, podrán tener una familia. Si se niegan, se les duplicará la pena por la que están aquí...

Un murmullo se alzó entre todas las presidiarias.

-Silencio, todavía no he terminado. Se les doblarán las penas, se les doblará el tiempo de seguimiento y no podrán formar una familia, porque jamás se les administrará la contra-vacuna. Y por último, su estancia en *Phartian* será por un periodo de unos seis meses, pasado ese tiempo, las que no hayan conseguido pareja volverán a la Tierra y su pena se reducirá a la mitad, pero si no han conseguido pareja por obstinación o porque piensan que así se libraran de las penas o crean problemas, su pena se les será triplicada, ¿me han entendido?

Ahora el murmullo fue generalizado, Tracy miró fijamente al consejero y después al alcaide. Putos cabrones. No, no las "obligaban", que va, la madre que los parió, puñeteros manipuladores.

-Tu caso es especial, Tracy.

Ella miró fijamente al consejero, la voz de este fue dura.

-Tu padre ha hecho muchos favores al consejo, por eso le hemos prometido que si te niegas, después de cumplir tu condena, te mandaremos con él. Jason será tu vigilante durante todo el periodo de control, vivirás con él, no podrás abandonar la casa y él controlará cada movimiento tuyo y hasta que él nos asegure que has dejado de lado todas esas ideas revolucionarias, serás custodiada por él.

¡Hijo de puta! Ahora entendía las risitas del capullo del alcaide.

¡Jamás! Prefería abrirse de piernas para toda una maldita fila de *Phartianos*, fueran como fuesen, que ponerse en las manos de Jason. Nunca, jamás.

Cuando el consejero les pidió que firmaran su traslado a Phartian, ella fue la primera en firmarla, bajo la desilusionada mirada del alcaide y los suspiros de alivio de los soldados y consejeros.

Cuando terminaron de firmar, las obligaron a ponerse de nuevo en fila, les fue puesta la contra-vacuna y les dijeron que se prepararan para partir. Tracy los miró alucinando. ¿Ya? ¿Hoy mismo?

-Pero...pero ¿nos tenemos que ir hoy?

El alcaide volvió a acercarse a ella, pegando su cuerpo de forma libidinosa al de ella.

-Niégate, Tracy. Te juro que nos lo vamos a pasar estupendamente, tú, Jason y yo.

Capullo.

Se volvió contra él, intentando sacarle los malditos ojos, pero en un segundo estuvo reducida en el suelo, siguió pataleando, mordiendo y arañando, hasta que el alcaide ordenó atarla.

CAPÍTULO 2

Kurt-Aiman se paseaba nervioso de lado a lado de la inmensa sala, (una sala totalmente pintada en un horrible gris, de enorme dimensiones, techos altísimos y apenas cuatro bancos a los lados) y eso que él era un hombre tranquilo, sereno, pero no le gustaban los terrícolas, no le gustaban sus maneras y le gustaba aún menos sus miraditas y sonrisas irónicas.

Él no debería estar aquí. Todo esto era otro de los malditos líos en los que solía meterlo su Presidente.

¿Y ese era uno de sus mejores amigos? Pues era una maldita suerte la suya contar con la amistad de semejante idiota.

Él había sido uno de los mejores guerreros de su promoción, pero a pesar de eso, lo que más le gustaba era dar clases en la universidad. Pero cuando Arnoox, decidió presentarse como presidente del planeta le pidió que se presentara junto a él para un puesto de comisionado. Se negó, pero aquel gilipollas siempre conseguía convencerlo.

Ganaron por una mayoría aplastante y Arnoox pasó a ser el *Phartok* (Presidente) del planeta y él uno de los seis comisionados elegidos ese día, que junto a los seis ancianos, formaban el Comité de asesoramiento que regía el planeta.

Igual que ahora había vuelto a enredarlo en esta absurda misión; a él, justo a él que había sido el único puto voto negativo de todo el *Comisionado*.

Arnoox estaba decidido a hacer crecer el planeta y para eso necesitaban mujeres, muchas. Por culpa de un maldito virus habían perdido el ochenta por ciento de sus mujeres hacía veinte años y nunca se habían recuperado.

Últimamente los hombres andaban sumamente alterados y Arnoox lo atribuía a la falta de mujeres. Los hombres necesitaban un hogar, una estabilidad, hijos...y dada la escasez de ellas, eso era imposible. Poco importaba que la casa Lux de androides sexuales estuviera siempre repleta de hombres ansiosos. Parece ser que la clave no era echar un buen polvo, no, la maldita clave era que necesitaban mujeres para vivir, no sólo para follar.

Cierto que él no era muy adepto a las androides, podían parecer mujeres pero él sabía que dentro de ese cuerpo "perfecto" no habían nada más que cables, circuitos y chips, por eso era incapaz de besarlas ni prácticamente acariciarlas. Las utilizaba, sólo eso, pero prefería matarse a pajas antes que meter su polla en uno de esos coños artificiales.

Había mantenido relaciones esporádicas con hembras de otros planetas que era algo más gratificante, pero aunque le costara reconocerlo, por una maldita vez debía coincidir con Arnoox; él anhelaba una mujer que le esperara en casa, con la que hablar y compartir su vida y experiencias, una mujer a la que abrazar todas las noches, una mujer que fuera enteramente suya.

Lo que no compartía, era que fuera terrestre y que encima las intercambiaran por piedras *Airean*. Era un insulto hacia sus piedras y también hacía esas mujeres.

Aunque el máximo repulsivo sobre el planeta no eran ellas, eran sus hombres. Sus leyes, eso era lo que no le gustaba de aquel planeta, eso y su maldita historia, llena de guerras, de abusos, de egoísmo...no, definitivamente no le gustaba la Tierra.

Y a pesar de haberse negado, de oponerse a todo el comisionado en pleno, el gilipollas lo había mandado a él para negociar. Realmente se merecía que le partiera los morros por meterlo en aquellos embolados.

Y negociar con la Tierra era como hacerlo con un *calaam*. Eran igual que ese animal, tercos, totalmente obtusos. Más de una vez les hubiera dado, con uno de esos bancos en los que estaban sentados, en la cabeza.

Durante dos días debatió con ellos, pidió ver a las mujeres, hablar con ellas y tratar de convencerlas para que se fueran con él a su planeta, pero aquellos imbéciles habían dicho que lo harían a su manera y las maneras de la Tierra las tenía él más que estudiadas.

De repente un revuelo se escuchó en una de las puertas de acceso a los hangares donde estaban esperando la llegada de las mujeres.

Kurt alzó la cabeza y se quedó mirando fijamente el grupo que entraba, después miró a sus compañeros que tenían la misma cara de espanto que debía lucir él.

Una treintena de soldados custodiaban y acompañaban a una fila de mujeres totalmente desaliñadas, con unas horribles ropas, con los pelos enmarañados y con los ojos abiertos y llenos de temor y recelo. ¿Qué cojones significaba aquello?

De repente escuchó el sonido estrangulado de Brenck-Vayr, uno de sus compañeros.

El final de la fila estaba cerrado por una mujer maniatada a la que el alcaide prácticamente arrastraba. Toda la sangre de Kurt empezó a gorgotear, aquello era humillante, ultrajante, él no iba a consentir que obligaran a una mujer a irse en contra de su voluntad.

A pasos agigantados se acercó hasta ellos.

-¡Suéltala!

El alcaide lo miró fijamente. Kurt notó que todos los soldados habían hecho un círculo alrededor de él y de los tres hombres que lo habían seguido.

-No pienso soltarla, lo haréis vosotros cuando estéis en la nave.

Kurt lo miró estrechando los ojos.

-No pienso llevarme ninguna mujer contra su voluntad, ¿me has entendido?

En aquel momento ella lo miró fijamente.

-No voy en contra de mi voluntad.

Kurt se giró y la miró fijamente, algo en ella…había algo…A pesar de vestir tan horrendamente, ella era bella, hermosa, era alta, tal vez un metro setenta y tantos, de ojos azul-verdoso, larga melena color miel, o eso parecía, era difícil descifrar el maldito color entre todo ese pelo enmarañado y encrespado, una boca muy apetitosa y el vestido insinuaba unas caderas amplias, unos senos grandes y sobre todo, unas piernas extra-largas. Kurt no pudo dejar de admirarla y sentir algo.

-Entonces, si no vas contra tu voluntad, ¿por qué vas atada?

Ella lo miró estirando todo su cuerpo, mmm, un cuerpo que a pesar de estar mal vestido apuntaba maneras, vaya que si apuntaba maneras.

El alcaide decidió hablar en ese momento y cortó de raíz todo pensamiento sexual sobre aquel cuerpo.

-Es por mi propia seguridad, ha intentado atacarme.

Ni Kurt ni sus hombres fueron capaces de reprimir una carcajada. ¿Aquella cosita dulce había atacado a aquel imbécil? Era la cosa más absurda que había escuchado en su vida.

Cuando dejó de reír miró fijamente al alcaide de nuevo.

-Suéltala, ya nos encargamos nosotros de ella, ya no es de tu incumbencia.

El alcaide lo miró malhumorado, pero le dio la orden a uno de los soldados. Kurt estuvo tentado a estrangular al soldado cuando tomó las manos de la mujer para cortar la banda plástica que sujetaba sus muñecas. ¿Qué maldita cosa le pasaba?

Cuando ella estuvo suelta, se acarició las muñecas por un momento y lo miró fijamente.

-Entonces, ahora estoy bajo tu jurisdicción, ¿no?

Él extrañado, asintió.

-No estoy bajo la jurisdicción de la Tierra ni del alcaide, ¿verdad?

Él siguió mirándola extrañado.

-A partir de este momento eres una ciudadana de *Phartian*.

A penas había terminado de hablar, cuando ella se volvió rápidamente y le asestó una patada en sus partes nobles al alcaide que le hizo caer al suelo aullando de dolor y el resto de los hombres de la sala, junto con él mismo, se cubrieron las suyas mirándola atónitos y por qué no decirlo, acojonados.

-Eso por gilipollas.

Después ella se volvió, estiró de nuevo sus brazos frente a ella y poniendo una dulce y angelical sonrisa le espetó un:

-Ya puedes volver a atarme, si quieres.

CAPÍTULO 3

¿Cosita dulce? Y un cuerno.

La cosita dulce acababa de instalarle las pelotas al alcaide a la altura del ombligo. Kurt la miraba auténticamente alucinado igual que lo hacían sus compañeros, alucinados y con las piernas cruzadas intentando proteger sus pelotas de semejante cosita dulce.

¿Qué clase de mujer era aquella? Parecía tan desvalida, tan dulce y de repente había pasado a convertirse en una guerrera.

-¿No me vas a atar?

Él negó lentamente.

-Gracias.

Sus hombres carraspearon al lado de él.

-Kurt-Aiman, ¿subimos a las mujeres ya a la nave?

Eso lo hizo espabilar un poco, eso y el ver al alcaide que ya había logrado ponerse en pie después de una decena de intentos.

-Ella se queda.

Todo el cuerpo de Kurt se agitó y lentamente se acercó al alcaide.

-Ella se viene, ha firmado los papeles y asegura venir voluntariamente.

-Pero me ha atacado...

-Ya no estaba bajo tu jurisdicción.

-Me importa una mierda si lo estaba o no, ella se queda.

Kurt respiró fuertemente y de repente un sutil aroma le llenó las fosas nasales y todo su cuerpo se estremeció. No, no era posible, por todas las malditas y jodidas estrellas, aquello no podía estar pasándole a él.

Se volvió lentamente y justo detrás de él, estaba ella, que se había acercado a él silenciosamente. Volvió a inhalar lentamente, como tanteando, como si temiera confirmar lo que estaba sospechando y efectivamente, allí estaba de nuevo, ese olor dulce y ácido al mismo tiempo, un olor que lo puso duro en apenas unos segundos y que hizo rugir a "alguien" muy dentro de él. Iba a matar a Arnoox, maldita fuera su estampa.

En ese momento la mano del alcaide hizo contacto con el brazo de la mujer y una especie de gruñido empezó a forjarse en el fondo de su garganta, eso y la vibración de sus tatuajes empezaron a confirmarle su maldita sospecha y sabía que si los miraba estarían cambiando de color, joder, maldita mierda.

-Tracy, tú te quedas.- La voz del alcaide sonó dura y decidida.

La mujer lanzó un pequeño gemido de dolor cuando el hombre tiró de su brazo y el gruñido que Kurt había estado reteniendo salió roncamente.

-No la vuelvas a tocar.

Tanto el hombre como la mujer lo miraron fijamente, él tomó la mano del hombre y apretándola fuertemente la quitó del brazo de ella.

Intentó tomar aire cuando vio que todo el mundo empezó a hacer movimientos para un posible ataque.

-Si ella no viene, se rompe el trato- Kurt entrecerró los ojos y lo miró con rabia- ¿Qué dices?

El alcaide sólo pudo cabecear y mirarla fijamente.

-Estaré aquí dentro de seis meses, Tracy, esperándote.

Kurt sonrió. Pues ya podía buscar un buen asiento para esperarla porque ella no iba a volver, nunca, jamás. Ella era de él y él no perdía ni cedía lo que era suyo.

***

Tracy miraba fijamente a aquel hombre y a esa inquietante sonrisa.

Desde que había entrado a la sala de los hangares lo había visto, era imposible pasarlo por alto, a él y sus compañeros.

Eran todos enormes, cierto que ella medía un metro y setenta y dos centímetros pero aquellos hombres rondaban los dos metros.

Pero a pesar de que todos tenían el mismo tamaño, aquel le había llamado la atención.

Tenía el pelo rubio oscuro que le caía sobre los hombros y los ojos de un azul verdoso y una boca de labios más que generosos. Llevaba un mono negro, completamente adaptado al cuerpo y sin mangas, un cuerpo plenamente musculoso y ancho. Uno de sus brazos estaba totalmente tatuado. En la cintura llevaba una espada enorme, de forma curvada y con unos grabados similares a los tatuajes de su brazo que refulgían. Un arma de fuego sobresalía por su hombro y la correa de ella cruzaba su ancho pecho. Una pequeña daga enfundada, estaba anudada a unos de sus muslos.

Pero lo que más le había llamado la atención era su mirada. Desde que la había visto atada, todos los malditos demonios del infierno se habían apoderado de ella. Le gustó verlo venir andando de forma decidida, firme, segura y le gustó cuando le ordenó al patético del alcaide que la soltara. Y después, la cara de él fue un poema cuando le soltó la patada en las pelotas al asqueroso del alcaide.

Pero después había pasado algo; él se mostraba posesivo, interesado y protector. Había estado a punto de revocar el trato tan solo por ella y a pesar de que ella estaba acostumbrada a luchar sus propias batallas, por una vez se sintió a gusto con aquel despliegue de protección.

Lentamente se puso en la fila para subir a la pequeña nave que los llevaría a la luna.

Disimuladamente echaba miradas donde él estaba al principio de la fila, junto a varios de sus compañeros, todos enormes, todos tatuados, montañas de músculos, cordilleras de bíceps y tríceps, es como si hubieran decidido esculpirlos en piedra directamente, todos bellísimos, tanto, que echando una mirada vio a sus compañeras prácticamente salivando como ella, si, indudablemente, si todos los *phartianos* eran como aquellos, terminarían emparejándose todas, sin excepción, ni contemplaciones ninguna, pedazo hombres, todos y cada uno de ellos era el sueño de cualquier mujer, todos hermosos, pero ninguno como él.

Cuando todos estuvieron dentro de la nave, varios de los hombres las acompañaron hasta una sala con pequeños sillones donde las invitaron a sentarse.

Él se plantó justo en el centro de la sala y cuando empezó a hablar, su dulce y ronca voz excitó sus sentidos.

-Primero quiero daros la bienvenida y agradeceros que decidáis acompañarnos. Me llamo Kurt-Aiman, pero podéis llamarme Kurt. Soy el representante del presidente de nuestro planeta. No sé lo que os habrán contado, pero me gustaría que si tenéis alguna duda me la trasmitáis para poder aclararla.

Todas las mujeres se miraron una a la otra.

Tracy lo miró fijamente.

-Sabemos que tenemos que ir con vosotros por un intercambio de agua.

Él empezó a negar nada más que ella empezó a hablar.

-Nuestro planeta sufrió hace años la pérdida de casi todas sus mujeres. Cuando la Tierra pidió ayuda decidimos hacerlo. Sabemos que sois un planeta con problemas de abastecimiento y sobrepoblación, pedimos a cambio que algunas mujeres decidieran venir con nosotros, conocer nuestro planeta y ver si era posible un emparejamiento entre nosotros.

-¿Esclavas sexuales?

Las mujeres asintieron con la cabeza mientras que Kurt y sus hombres prácticamente gruñeron.

-¿Qué? No, por supuesto que no. Buscamos mujeres para poder relacionarnos, formar un núcleo familiar y tener hijos. ¿Qué mierda os explicaron?

Ella sonrió dulcemente.

-Evidentemente, no todo. Prácticamente nos amenazaron para venir.

Esta vez él gruñó más fuerte, tanto que descubrió sus dientes y Tracy pudo divisar un par de colmillos, pero no fue la única en advertirlos, las mujeres los miraron fijamente.

Una de ellas, Amy para ser más precisa, se levantó y se acercó lentamente a él.

-¿Tenéis colmillos?

Él miró a la mujer y después al resto de ellas, clavando la mirada en ella.

-Sí, pero no pensamos morderos con ellos, salvo que vosotras queráis, por supuesto.

Una sonrisa recorrió las caras de las mujeres y parte de la tensión se fue.

La mujer que se acercó a él lo miró fijamente y extendió su mano.

-¿Puedo?

Él le sonrió y fue como si a Tracy le hubiera dado un maldito cortocircuito, todo su cuerpo chisporroteó.

-Por supuesto.

Amy tocó tentativamente sus colmillos mientras que Tracy sintió las ganas de gruñir viendo a Amy tanteando sus dientes y de forma descarada sus labios. Sí, casi que gruñó y no le gustó que aquella pequeña rubia y de formas casi perfectas, lo tocara.

-Entonces, ¿no mordéis con ellos y chupáis la sangre?

La mujer dejó caer la mano y volvió a su asiento, Kurt negó con la cabeza y luego las recorrió con la mirada.

-No, no mordemos ni chupamos sangre, prácticamente somos muy parecidos. Nuestro planeta sí es diferente, pero creo que os gustará; es tranquilo, muy hermoso. No tenemos escasez ni de agua ni de alimentos. A penas tenemos ataques, salvo cuando algún planeta intenta robarnos nuestras piedras *Airean* que es nuestra mayor riqueza, nuestra fuente de comercio. Ahora descansad, os traerán algo para comer y beber.

En unas horas llegaremos a la luna, allí cruzaremos el portal hasta Marte y de allí, a *Phartian*.

Les sonrió a las mujeres y lentamente se acercó a ella.

-Tracy, ese es tu nombre, ¿verdad?

Ella asintió embobada mirando aquellos ojos azules.

-Ven, necesito comprobar algo.

Ella lo miró extrañada, justo igual que el resto de personas de la sala.

Él iba un paso delante de ella, caminaron por un pequeño pasillo. De repente se paró frente una puerta, la abrió y la invitó a entrar.

-Necesito que me expliques porque ibas atada y tu reacción al soltarte.

Ella lo miró seriamente.

-El alcaide nos avisó del intercambio pero con amenazas. Todas somos presidiarias, pero nuestro delito es haber luchado por un futuro mejor, por nuestros derechos. Nos amenazaron con duplicar las penas y encima el bastardo conoce a mi padrastro, me pidió que me negara para poder convertirme en el juguetito sexual de ellos.

Ella no se esperaba la reacción de él: gruñó con fuerza y sus colmillos quedaron expuestos totalmente.

Lentamente se acercó a ella.

-¿Te hizo algo? ¿Te tocó? ¿Intento sobrepasarse?

Ella negó con la cabeza.

Él se acercó un paso más.

- Necesito que me des permiso para olerte.

Ella jadeó.

¿Olerla? ¿Qué cojones quería decir con eso? ¿Era un puto perro que tenía que husmearla?

-¿Qué?... ¿Por qué?

-Necesito comprobar algo.

Ella tragó fuertemente y asintió con la cabeza.

Él se pegó a su cuerpo y metió su cabeza junto a su cuello, inspirando con fuerza. Notó la punta de su lengua lamiendo suavemente y su gemido se cruzó con el de él.

De repente se dejó caer a sus pies y la olió "allí". La sujetaba fuertemente de los muslos mientras inhalaba con fuerza y temblaba a sus pies.

-Mierda, mierda, mierda.

Él se levantó de golpe y ella lo miró realmente cabreada.

-¿Sabes lo que es vivir envuelta en la misma mierda que acabas de nombrar? No olería mal si aquellos idiotas nos hubieran permitido bañarnos con más asiduidad, ¿sabes? Y puedes darte con un maldito canto en los dientes de que "generosamente" nos regalaron cinco minutos de baño antes de presentarnos, si no, ibas a descubrir el verdadero olor de la mierda, gilipollas.

Y diciendo eso le soltó una sonora bofetada mientras salía hecha un basilisco hasta sus compañeras.

Imbécil. Idiota. Gilipollas.

¿Y ella por un momento había pensado que él era un buen motivo para quedarse en ese jodido planeta? Y un cuerno.

CAPÍTULO 4

Kurt se quedó mirando la puerta cerrada mientras pensativamente se acariciaba la mejilla golpeada.

Acababa de descubrir tres cosas.

Primero, efectivamente no se había equivocado, el olor de ella era el olor de él, por consiguiente, era el olor de su compañera.

Segundo, su compañera tenía un carácter de armas tomar, había escapado con una sonora bofetada. Había tenido suerte porque podía haber terminado luciendo sus pelotas de bufanda.

Y tercero, tendría que tener paciencia, mucha. Sabiduría, aún más. Fuerza y valor en la misma cantidad que piedras *Airean* nacían en el planeta y la ternura suficiente para hacerle comprender que ella estaba irremediablemente unida a él, que jamás podría volver a la Tierra y que no era un puto pervertido que se dedicaba a husmear la entrepierna de cualquier mujer.

Y en ese momento decidió darse a "conocer" quien llevaba dormido toda su jodida vida: su *oiyu*, y ¿quién era semejante "personaje"?, un ser interior, un ser que vivía dentro de él y mucho se temía, pero iba a ser un ser condenadamente gilipollas.

Esa es nuestra compañera

Joder, el imbécil le había dejado medio sordo con semejante grito.

"Suerte que me lo has aclarado, no me había dado cuenta. Bienvenido a nuestro mundo"

¿Bienvenido? Bienvenido cojones, esa que acaba de soltarnos un jodido bofetón es nuestra compañera y tú acabas de cabrearla.

"Tenía que cerciorarme que era ella, no pensé que iba a reaccionar de esa manera".

¿Y cómo cojones esperabas que reaccionara? Le husmeas entre las piernas y le sueltas, no un mierda, si no tres. Es decir, dos de regalo. ¿Qué esperabas? Yo te hubiera puesto las pelotas de diadema.

Treinta y seis años había tardado en despertarse su condenado *oiyu*, pero quedaba claro que iba a recuperar cada jodido año, con todo y cada uno de sus minutos y segundos.

Ve tras ella, gilipollas, tenemos que follarla.

Y, evidentemente, él sí que era el rey de la diplomacia.

"De esto me encargo yo, tu limítate a mantener la maldita boca cerrada y aparecer cuando se te reclame".

Pues como sigas haciéndolo igual de bien, me esperan otros jodidos treinta y seis años tumbado a la bartola.

Mucho se temía que su vida, controlada y medida al milímetro acaba de salir despedida de una patada y había pasado a mejor ídem, ahora tendría que lidiar, con una compañera cabreada y con un *oiyu* cachondo y gilipollas, ¿matar a Arnoox? No, primero lo mutilaría, cachito a cachito y después lo mataría, despacito, sin prisas, pero sin una maldita pausa.

Salió del pequeño cuarto y al llegar al final del pasillo se encontró con Brenck-Vayr. Su amigo era una montaña de músculos, medía dos metros, tenía el pelo de color marrón oscuro, muchísimo más largo que el de él y unos ojos de color verde.

-¿Qué le has hecho a la muchacha?

Kurt lo miró extrañado.

-Nada, ¿por qué?

-¿Por qué? Hace dos minutos salió del cuarto de donde la habías llevado maldiciendo, le ha pegado un bufido a Marox-Voer por atreverse a sujetarla cuando se cruzaron y tropezaron y a Jueem-Grii le ha soltado un sonoro y estridente grito por decirle si quería usar el lavabo para asearse. Kurt, se supone que estamos aquí para llevarlas felices y cómodas al planeta y evidentemente no lo estás haciendo con ella, así que no te le vuelvas a acercar.

Toda la sangre de Kurt hirvió, cogió a su amigo del cuello y lo estampó contra el pasillo, clavó su mirada en él y las narices prácticamente quedaron pegadas una a la otra.

-Es mía.

-No, no es tuya, hasta que no lleguemos...

Kurt alzó aún más la voz.

-Es mía, Brenck, mía, ¿entiendes? Nadie respira siquiera cerca de ella.

Brenck tragó con fuerza.

-¿Tuya? ¿Tu compañera? ¿Estás seguro?

-Sí, seguro, tiene mi mismo olor, mis tatuajes se calientan y agitan cerca de ella y apenas puedo soportar que otro hombre la nombre sin que me den ganas de saltarle a la yugular y mi jodido *oiyu* acaba de despertarse y te juro que a pesar de conocerlo tres minutos estoy a punto de colgarlo de las pelotas, ¿tú qué crees, Brenck, es mía, o no?

-Joder, ¿es tan fuerte?

Él soltó a su amigo, asintiendo con violencia mientras dejaba caer su cabeza contra la pared del pasillo.

-Fuerte e incontrolable. Ya me lo advirtió Arnoox, pero no me lo creí, jamás pude imaginar que sería tan fuerte y fulminante.

Brenck lo miró entre alucinado y triste.

-Es diferente a nuestras mujeres, Kurt, vas a necesitar mucha paciencia y fuerza para convencerla y que lo acepte.

Él miró a su amigo con una sonrisa irónica en los labios.

-¿Crees que no lo sé? Y encima no he empezado con muy bien pie con ella, maldita sea.

¿No has empezado muy bien? Macho, tu eres el puto rey del optimismo, lo has jodido, jodido, ¿lo captas?

¿Colgarlo de las pelotas? Amputárselas más bien.

Cuando entró a la sala donde estaban las mujeres, estas hablaban animadamente, pero la charla se paró nada más entrar él.

Todas lo miraron con un poco de recelo pero menos asustadas que al principio, todas menos una, una que lo miraba francamente cabreada.

Él se acercó lentamente a ella.

-Tracy, ¿puedo hablar contigo un momento?

Ella lo miró de reojo.

-No

Kurt suspiró suavemente.

-Por favor, Tracy.

-Ahora mismo no me apetece mucho hablar contigo.

Él se acercó un par de pasos más a ella.

-Necesito explicarte lo que ha pasado...

Ella saltó prácticamente del sillón donde estaba sentada.

-Oh, no, si lo he entendido a la primera. He irritado tu dulce y tierno olfato. Tú no sabes siquiera en las condiciones en las que vivimos, tú no eres nadie para tratarme como si fuera un maldito estercolero. Presumes de venir de un planeta donde nada os falta, me alegro por ti, capullo. Pero eso no te da el maldito derecho de husmearme y tratarme como escoria.

Él miró a su alrededor, las mujeres lo miraban con la frente arrugada, varios de sus hombres se habían ido asomando por la puerta al oír la discusión.

Ella tenía las mejillas coloreadas, los ojos echando chispas, la respiración alterada y el cuerpo estremecido y él tuvo una jodida erección con tan solo verla, algo que no pasaría inadvertido en unos segundos.

¿Qué podía hacer en esa situación? O echársela al hombro y llevársela o dar media vuelta e irse antes de que se pensaran que era un maldito pervertido. Por ahora y en vista de los resultados, optó por la opción dos.

Joder, debería haber escuchado a Arnoox cuando le habló de la fuerza con la que se manifestaba el instinto de posesión cuando conoces a tu compañera. Las ganas de querer poseerla, marcarla, reclamarla y amarrarla por completo a "todo él".

Opción incorrecta, idiota. Tú y yo tendríamos que estar ahora mismo haciendo un inventario de ese cuerpo.

"Estoy fascinado con tu carácter educado y refinado, empiezo a dudar que seas mi *oiyu*, más bien estoy empezando a creer que eres un maldito parasito".

Su *oiyu* le hizo un jodido corte de mangas.

Si yo fuera un maldito parasito, tú estarías sentado con el culo en el wáter, idiota.

No se acercó a ella en todo el viaje. Y no le dirigió la palabra a su *oiyu* en ningún momento, a pesar de tenerlo repitiendo en su cabeza, entre las definiciones a su persona de: idiota e imbécil, la misma maldita frase durante seis horas: busca a nuestra compañera y fóllatela.

Tenían que pasar un pequeño control en la luna, puro trámite, antes de cruzar el portal que los llevaría a Marte.

Cuando desembarcaron él se acercó sutilmente a ella. Había demasiados hombres cerca de su mujer y se sentía alterado, aunque intentó mantener sus instintos a raya.

-Tracy, Tracy.

Kurt se volvió a la voz de mujer que llamaba a su compañera, en ese momento. Notó cómo Tracy envaraba su cuerpo y él estuvo listo para atacar y defender en menos de un segundo.

La mujer se acercó lentamente hasta ella. Era bajita, de pelo oscuro recogido en un moño y sumamente delgada.

Por detrás la seguía un hombre alto, moreno, de ojos pequeños y un enorme bigote. No le gustaba la manera de mirar de ese hombre y aún menos en cómo lo hacía con su compañera

-Mamá, ¿qué haces aquí?

¿Era su madre? Entonces, ¿el que había detrás era el gilipollas de su padrastro?

Todo el cuerpo de él se tensó aún más y las ganas de ahogar al maldito capullo se intensificaron.

-Quería verte, cariño, no puedes irte. Pensé...pensé que cuando acabaras tu condena querrías venir con nosotros aquí.

Tracy se tensó y miró al hombre situado detrás de su madre.

-Jamás, mamá, ya te lo dije, mi sitio no está aquí y menos con él.

-¡Tracy!

Su madre sonó escandalizada.

El hombre soltó una sonrisa irónica y se acercó a ella.

-No vas a cambiar nunca, ¿verdad, Tracy? Siempre serás la misma perra.

Kurt vio negro o rojo o tal vez del mismo tono que el cielo de *Phartian*, no lo sabía. Pero en cuanto escuchó las palabras de aquel cerdo y vio su mano intentar coger a su mujer, todos sus instintos reaccionaron, su cuerpo se agitó violentamente y llegó en dos pasos al asqueroso padrastro, lo tomó del cuello y lo estrelló contra una de las paredes del pasillo.

-No la vuelvas a tocar, nadie la toca sin mi permiso, ¿me has oído?

Los soldados terrestres sacaron sus armas y lo apuntaron, al mismo tiempo que lo hacían los *phartianos*.

Kurt los miró a todos.

-Si queréis disparar, hacedlo. El maldito trato se rompería aquí y ahora, esto no es un asalto ni una treta para atacaros, esto es entre este cerdo y yo. ¿Qué decís, disparáis o no?

Todos se quedaron mirándose unos a los otros, Tracy se acercó lentamente a él y cruzó su mirada con la suya.

-¿Por qué haces esto, Kurt?

Él la miró extrañado.

-¿Por qué? ¿Cómo que por qué? Quería que fueras su juguete, Tracy, quería abusar de ti.

Ella puso su mano sobre su brazo y él se estremeció.

-Pero es mi problema, Kurt, no el tuyo y tu actitud puede causarte problemas.

-Me importa una mierda los problemas que pueda causarme y es MI problema, por supuesto que es mi problema, ahora eres una ciudadana *Phartian* y además...

Él sacudió su cabeza.

-¿Además?

Él la miró muy fijamente.

-Prefiero mantener esta conversación más adelante, cuando estemos solos.

Ella asintió y le apretó dulcemente el brazo.

-Suéltalo, Kurt, ya no puede hacerme nada.

Él la miró y asintió rígidamente, mientras abría sus manos y el cuerpo desmadejado de aquel imbécil caía al suelo.

Miró a los soldados que aún seguían con las armas apuntándolo.

-¿Hay algún problema para continuar nuestro viaje?

Todos negaron.

Se dirigieron al portal y un momento después, estaban en Marte. Pasar al siguiente portal, les llevó menos tiempo y menos contratiempos.

Estaban en *Phartian.*

Un cielo en tonos malvas los recibió, junto con un ambiente cálido, un aroma dulce y suave y un puñado de hombres, entre ellos, el *Phartok.*

-Bienvenidas a *Phartian.*

CAPÍTULO 5

El *Phartok* Arnoox era un hombre de unos dos metros de altura, con el pelo totalmente negro, largo, más largo que el de Kurt y con unos impresionantes ojos azules. Había venido a recibirlas y darles la bienvenida, junto a un puñado de soldados y una hermosa mujer que se mantenía pegada firmemente a él. La presentó como su compañera. Ella también era alta, tal vez un metro ochenta, de ojos color malva, como el mismo cielo, una larga melena negra y vestía muy diferente a los hombres, llevaba una especie de túnica totalmente adaptada a un cuerpo voluptuoso y lleno de curvas, abierta totalmente en los costados y unida por unos cordones finísimos, maquillada muy sutilmente, era la definición perfecta de belleza.

-Hola muchachas, bienvenidas a nuestro planeta, me llamo Dreena, quiero acompañaros a nuestro centro médico, allí os harán unas pruebas, después podréis asearse, se os darán ropas de nuestro planeta y después de comer podréis descansar en el *Gumnarium*, es nuestra residencia y también el centro gubernamental. Por favor, seguirme, nos iremos presentando y conociendo por el camino y responderé a todas vuestras preguntas.

Tracy miraba admirada toda la ciudad y escuchaba atentamente todas las explicaciones de Dreena. Les dijo que el nombre de la capital era *Dork-eann*, que tanto el cielo como el agua tenían aquellas tonalidades malvas, tenían dos lunas de un color azul muy pálido y una enorme estrella, igual que el sol de la Tierra, que era la que proporcionaba una temperatura diurna casi constante, durante casi todo el año, apenas tenían tres meses de un intenso frío, el resto del tiempo, el clima era primaveral, que sus días eran de treinta horas, repartidas en quince nocturnas y quince diurnas, que sus años eran de doscientos noventa y dos días, pero que en cantidad total de horas, era de igual duración que los de la Tierra.

Los médicos del centro eran agradables y muy cuidadosos, les hicieron analíticas y revisiones. Cuando terminaron, las trasladaron a unas inmensas habitaciones donde les proporcionaron ropa, igual a la que llevaba Dreena y después las dejaron para que pudieran disfrutar del baño.

La sala de baños era inmensa, con pequeños habitáculos donde había una bañera con una pequeña piedra *Airean* que no deja de manar agua.

Dreena les facilitó una especie de crema, que se frotaba en el cabello y que hacia desaparecer las canas y dejar el cabello todo del mismo tono, estaba fabricada con un tinte especial extraído de una planta llamada *tia-nee*, la misma que se utilizaba para tintar la ropa y para los tatuajes de los phartianos.

También les pasó una especie de "tarjeta" que pasada sobre la piel, a unos tres centímetros, hacia desaparecer el vello corporal. Y tanto se fascinó Tracy con ella, que terminó dejando su vagina monda y lironda cuando practicó arte gráfico sobre ella, se le había olvidado que el dibujo no había sido nunca lo suyo y terminó con un pequeña cresta de pelo entre las piernas que al final terminó quitando en medio por pura estética.

Tracy disfrutó de un baño como nunca se había dado, su piel quedó suave, tersa y con un delicioso aroma... ¿aroma?, ningún producto tenía aroma, eso sí, podía sentir el suyo propio, sutil, suave, dulce y con un leve toque ácido. *Ahora debería olerme el muy capullo*, decidió apartar a Kurt de su mente, aunque le resultaba difícil, nunca había conocido a un hombre igual que él, grande, fuerte, decidido y a la misma vez tan tierno y posesivo, si, resultaba posesivo y aunque no le gustaba no le desagradaba haberse sentido defendida por él, tanto frente al alcaide como a Jason.

Después de una abundante comida, donde les sirvieron una mezcla de alimentos de la Tierra y de *Phartian*, donde ella se enamoró del sabor y la textura de los *durlan*, unos frutos pequeños de color ámbar y de un sabor dulcísimo y un intenso aroma y de los *moong*, de color rojo, dulces con un toque ácido, las acompañaron de nuevo a sus habitaciones para que descansaran.

A Tracy le costó dormirse, pero apenas se había quedado dormida unos fuertes gritos y golpes la despertaron. Las voces parecían estar acercándose a las habitaciones y ella se tensó.

-Me importa una jodida mierda, me la voy a llevar, quieras o no ¿me estas oyendo Arnoox?

Tracy se quedó mirando la puerta, ¿era la voz de Kurt? No tardó en obtener la respuesta, de un fuerte empellón su puerta quedó abierta y Kurt ocupó todo el hueco de ella y detrás estaba el *Phartok*, Dreena, Brenck y un puñado de soldados.

***

Cuando Kurt vio a marcharse a Tracy con Dreena sintió todos sus instintos revelarse, no quería que la alejaran de él. Sabía que tenían que pasar la revisión pero también sabia de los médicos del centro y no podía apartar la imagen de ellos toqueteándola y todo su cuerpo ardió, si se calmó fue porque Brenck-Vayr puso una mano sobre su hombro y lo retuvo fuertemente.

-Primero habla con Arnoox.

Kurt solo pudo asentir. Durante más de tres horas le dio un reporte completo de todo lo sucedido, de las negociaciones y de lo que había descubierto de la Tierra.

-Entonces, ¿crees que intercambiarían más mujeres?

Kurt sonrió.

-Es un planeta superpoblado, con mucha falta de recursos, en la luna y en marte están mejor, pero sigue habiendo un excedente de personas. Efectivamente, vacunan a sus mujeres para controlar la natalidad, solo pueden tener un hijo.

Arnoox lo miró ceñudo.

-¿No se dan cuenta que así reducirán drásticamente su población? ¿Cómo han podido subsistir con semejante restricción?

Kurt lo miró igual de ceñudo.

-Esa es una de sus leyes más nuevas, apenas tiene unos ochenta o noventa años, cuando empezaron a tener verdaderos problemas de abastecimiento y la población entró en auge.

-Bien, ahora vete a descansar. Mañana seguiremos hablando.

-Antes de irme, tengo que hablar contigo Arnoox.

El presiente lo miró fijamente.

-¿Como *Phartok* o como amigo?

-Como amigo.

Arnoox invitó a sentarse nuevamente a Kurt.

-Está bien, tú dirás.

-Entre las mujeres de la Tierra está mi compañera.

Arnoox lo miró fijamente, después fue arrugando los ojos hasta que no pudo aguantar la carcajada. Kurt aguantó estoicamente las risas de su amigo y mientras el imbécil seguía riéndose él contó las malditas baldosas del suelo, cuando llegó a la nada despreciable cantidad de mil trescientas siete, el idiota dejó de reírse.

-¿No es broma?

-Evidentemente, no. Como debes comprender estoy tan sorprendido como tú o más, yo no quería este intercambio, imagínate mi sorpresa cuando descubrí que entre ellas, estaba mi compañera.

-¿Estás seguro?

-Si

El *Phartok* lo miró seriamente, sí, porque ahora había dejado de ser el amigo para convertirse en su presidente.

-¿La has emparejado ya contigo, al completo?

-No la he tocado.

-Está bien. A partir de mañana...

-No

Arnoox lo miró fijamente.

-¿Qué has dicho?

-Que no, no voy a esperar ni a mañana ni a pasado mañana, se viene conmigo, hoy.

-Kurt, no te estoy hablando como tu amigo.

-Me importa una mierda como me estés hablando, *Phartok*, ella es mía y viene conmigo.

Realmente ahora te empiezas a comportar con un jodido macho, no como un idiota.

"No lo hago por ti, imbécil"

Lo sé, Kurtcito, lo haces por los dos.

Kurt empezaba a dudar, no ya solo de la cordura de su *oiyu*, si no de la suya propia, evidentemente le había tocado un maldito toca pelotas.

"Si mantuvieras la condenada boca cerrada un par de horas, nos harías la maldita vida más fácil a los dos".

Pues nada, mozo, sigue abogando por una vida dándole al manubrio.

Como aquello no acabara pronto ya podía ir seleccionando modelo y talla de camisa de fuerza, la iba a necesitar y más pronto que tarde.

-Escúchame, idiota, tienes que darle un tiempo.

-¿Cómo tú se lo diste a Dreena?

-Dreena es *phartiana,* lo sabe todo de nosotros, ¿Cómo crees que se tomara tu compañera que quieras tomarla ya? No te conoce Kurt, además, ellos no son como nosotros, ¿Cómo crees que reaccionará cuando descubra a tu *oiyu*?

-Eso es cosa mía. *Phartok.*

-No seas cabezota, Kurt, no puedes llevártela ahora, dale un tiempo, además, en estos momentos está descansando.

Kurt se levantó de golpe y echó a andar hasta la puerta.

-No intentes detenerme Arnoox, tú mejor que nadie deberías saber cómo se siente, me hierve la sangre, tengo una erección que no desparece desde que la olí y no he podido tocarla todavía, si no la tengo voy a enloquecer.

-Kurt, ¡Kurt!, mierda.

A los gritos del *Phartok* acudieron los soldados apostados en la puerta, Dreena y Brenck-Vayr que esperaban en la sala contigua.

-¿Qué ocurre?

Dreena miró extrañada de Kurt, que corría prácticamente por el pasillo y abriendo puertas, hasta su compañero.

-Entre las mujeres está su compañera.

-Por todas las piedras *Airean*.

-Sí, justo eso Dreena.

Kurt seguía corriendo por el pasillo, mientras los otros lo seguían intentando pararlo y su oiyu continuaba alentándolo y arengándolo.

Realmente ahora te entiendo, cuando decidas cargártelo cuenta con mi ayuda, es un condenado gilipollas.

"¡Cállate!"

Tenemos que ser muy meticulosos y dañinos.

"Te he dicho que mantengas la maldita boca cerrada"

Claro, como él tiene un coño a su disposición, que jodidamente egoísta, tú ni puto caso. Creo que huelo a nuestra mujer cerca.

"Evidentemente no piensas cerrar la puta boca, ¿verdad?"

Y yo empiezo a pensar que te caigo mal, ¿estoy equivocado?

"Por fin lo has entendido, pedazo de imbécil"

Joder, tío, lo he captado, no es necesario ser tan desagradable. Apáñatelas solo.

Por fin un maldito minuto de tranquilidad, estaba pensando seriamente en hacerse una jodida lobotomía.

En ese momento escuchó la voz de Arnoox dándole una orden.

-Kurt, detente, maldita sea.

-¡No!

-Kurt obedece de una maldita vez o me veré obligado a encerrarte.

Kurt le contestó sin girarse siquiera mientras abría otra de las puertas.

-Me importa una jodida mierda, me la voy a llevar, quieras o no ¿me estas oyendo Arnoox?

Cuando abrió la puerta, sin verla, supo que ella estaba allí, todo su cuerpo se tensó y excitó al aroma de ella. Se había levantado de golpe, la sabana le cubría el cuerpo ¿desnudo?, porque tenía que estar desnuda, sus hombros blancos se veían completamente así y sus manos sujetaban con fuerza la sábana, una sábana que él hubiera arrancado para contemplar toda esa belleza al completo.

-Kurt, ¿Qué...que haces aquí?

Hablar, él tenía que hablar, él debería dejar de mirarla como si fuera la obra más hermosa de la naturaleza y articular alguna maldita palabra, pero simplemente, no podía, la sangre se le había acumulado en una potente y firme erección y los ojos no hacían otra cosa más que beberse la vista ante él. Fue Dreena quien habló por todos ellos.

-Lo siento, Tracy, Kurt quería asegurarse de que estabas bien, ¿verdad Kurt?

¿Asegurarse? No, de eso nada, él había venido a por ella y es lo que iba a hacer.

-No, he venido a por ella y me la voy a llevar.

Tracy lo miró arrugando la frente.

-¿A llevarme, adonde?

-A mi casa, conmigo.

Ella miró a todos extrañada.

-Dreena nos dijo que viviríamos aquí hasta que encontráramos una pareja.

Y una mierda, así de claro.

-Tú ya tienes pareja, yo.

Su *oiyu* aplaudió enérgicamente su contestación.

Con un par de pelotas, sí señor, en sutileza te doy un cero, pero en decisión tienes un diez.

"¿Te he pedido tu opinión, acaso?"

No, pero te la doy yo desinteresadamente, como verás soy un ser de lo más generoso.

"Pues mantente callado mientras soluciono esto a mi manera."

Tú mismo, sírvete, pero cuando pidas mi opinión…

"Pues eso, cuando te la pida abres la maldita bocota, mientras tanto la mantienes cerrada a cal y canto"

Qué desagradable eres, Kurtcito.

Ella tenía su mirada clavada en él.

-Y eso ¿Quién lo ha decidido? Porque a mí no me ha preguntado nadie.

-En esto tienes la misma maldita opción que yo, Tracy, ninguna. Está decidido, te vienes conmigo.

Joder, tal vez no se había expresado bien o no había utilizado las palabras correctas, y por un maldito momento pensó que debería haberle hecho caso a su *Phartok*, pero el dulce aroma de ella, el movimiento lento y suave de sus tatuajes que se calentaban al mismo tiempo y la vibración de su *oiyu*, le decían que no, que estaba haciendo lo correcto, pero la cara de ella no era la de una mujer halagada, feliz, no, más bien…si, más bien era el de una mujer enfadada, muy enfadada.

-Tengo treinta y cuatro años, Kurt, una mente que piensa por si sola y a pesar de que vengo de un planeta donde la libertad es una palabra que no concuerda con su significado, sí que me considero lo bastante libre para entregarme y vivir con quien yo elija, no con quien se quiera imponer ante mí.

May Day, May Day. Tenemos un maldito problema. Creo que debemos retroceder y replantear una nueva estrategia. Nuestras pelotas corren peligro, repito, nuestras pelotas corren peligro.

Su *Phartok* lo sujetó fuertemente del hombro y él lo miró atontado, entre la negativa de ella, el idiota que tenía enfrente y el gilipollas de su *oiyu*, estaba empezando a notar a su paciencia lista y preparada para salir en estampida con una maldita palabra más.

-Y con esto se acaba toda discusión, ¿verdad Kurt?

¿Acabarse? Si claro, ahora mismo. Soltó su hombro y se dirigió a grandes pasos hasta la cama, los gritos estrangulados de Tracy y Dreena se escucharon clarísimamente, pero por debajo del ronco "murmullo" de Arnoox: "jodido calentón de mierda".

Ella se abrazó con más fuerza a la sábana.

-¿Qué…que pretendes?

Él habló con los dientes encajados, las palabras apenas podían salir entre ellos.

-Te vienes conmigo, fin de toda maldita y ridícula discusión.

Ella empezó a patalear, cuando Kurt intentó tomarla en brazos. La sábana se desplazaba peligrosamente por sus piernas, largas, blancas, torneadas y pronto alcanzarían sus caderas, él recordó a su *Phartok*, a Brenck y a todos los malditos soldados que lo habían seguido.

-Estate quieta, mujer, o vas a mostrar tu cuerpo ante ellos.

Ella dejó de patalear al instante, para saltar al lado contrario de la cama, mostrando apenas un globo blanco, redondeado y muy mordible de su trasero, que lo hizo gruñir y tambalearse al mismo tiempo, su *oiyu* reclamaba la atención.

-Si vuelves a mostrarte desnuda, Tracy, tendré que calentar tu trasero.

-Me pones una mano encima y van a tener que recomponerte como a un condenado puzle.

Su *Phartok* cortó cualquier discusión más, de golpe.

-Se acabó toda esta tontería, ya está bien Kurt.

Él respiraba agitado, estaba empezando a perder su propio control. Miro fijamente a Arnoox.

-No puedo aguantar mucho más, joder, Arnoox, no me hagas esto.

Él lo miró tristemente y después pasó su mirada hasta Tracy.

-Tracy, sé que no conoces nuestras costumbres y esto puede resultarte molesto y tal vez, un poco violento. Hasta que Kurt pueda explicártelo correctamente, yo solo puedo decirte que hay algo en los hombres *phartianos* que nos hace reconocer a nuestra pareja, Kurt cree que tú eres la suya.

Él juró por lo bajo.

-¿Cree? ¿Cree, Arnoox? Mierda, tú sabes cómo estoy, no creo maldita sea, es mía.

-¿Y yo no tengo elección?

Él se volvió lentamente y la miró, vio sus hermosos ojos abiertos asombrados y al mismo tiempo asustados y enojados, vio el ligero temblor de su barbilla, como si quisiera llorar y vio a una hermosa mujer asustada, totalmente expuesta a unas personas que no conocía y luchando por su opción de poder elegir y se sintió como un maldito canalla. Agachó la cabeza y suspiró resignado, él no abusaba de las personas, si algo odiaba de la Tierra, era eso y por eso se había negado a hacer aquel trato y ahora estaba actuando como ellos.

La miró con deseo, con ansias pero también con respeto.

-Por supuesto, Tracy. Lo siento, siento haberte asustado de esta manera.

En tres pasos había abandonado la habitación, se oyó un golpe fuerte, seco y todos se estremecieron. El *Phartok* volvió la cabeza y miró a sus soldados.

-¿El puño o la cabeza?

Los soldados sonrieron.

-Los dos puños.

Arnoox movió la cabeza lentamente.

-Mañana los tendrá hinchados, por idiota.

Después miró a Tracy.

-No te preocupes muchacha y descansa. Pero me gustaría pedirte algo, no juzgues muy duramente a Kurt, por favor, él se cree en su derecho de reclamarte, cuando nos conozcas un poco más entenderás por qué. También me gustaría que le dieras una oportunidad, por favor.

Todos abandonaron la habitación, Dreena fue la última y le sonrió dulcemente.

-Descansa, Tracy.

CAPÍTULO 6

¿Descansar? Ya no pudo cerrar los ojos en toda la noche, Kurt era un hombre espectacular, un espécimen de macho único y ella jamás podría ni imaginar que podría llamar la atención de un hombretón así.

Don había sido un hombre más bajo que ella, de cuerpo flaco y manos y pies pequeñísimos. Era firme en sus convicciones, luchaba con fuerza y resolución por los derechos de la gente de la Tierra, pero en cuanto cruzaba la puerta de casa, era tranquilo y disfrutaba más de un buen libro que de su mujer, su emparejamiento no fue por amor, se respetaban y admiraban y se tenían un gran cariño y ella ansiaba un bebé, era el trato perfecto.

La noche anterior había visto deseo, lujuria y pasión en la mirada de Kurt, algo que no asociaba jamás con ella, pero ahí estaban, no entendía como, ella, una mujer tan normalita y nada llamativa podía haber encendido todo esa pasión en él y en tan poco tiempo. Pero a pesar de que se sentía halagada y no se oponía a encontrar una pareja, empezar una nueva vida y no volver jamás a la Tierra, quería tener la oportunidad de conocer a los demás "aspirantes" aunque sospechaba que ninguno podría compararse con él.

Cuando se levantó y bañó, un baño del que disfrutó como una niña pequeña con un nuevo juguete, salió a desayunar al comedor que les había enseñado el día anterior Dreena. A penas había unas ocho mujeres de la veintena que había llegado el día anterior. Entre ellas estaban Amy, Hellen y Rita, las saludó efusivamente, cuando entró en el comedor, Dreena.

-Hola muchachas, espero que hayáis descansado y me gustaría que me acompañarais a conocer la ciudad, cuando hayáis terminado claro.

Desayunaron en armonía, disfrutando de las frutas frescas, algunas idénticas a las de la Tierra y otras de diferente aspecto y sabores, Tracy adoraba, sobre todo el sabor de los *moong*, era como una especie de adicción, no sabía por qué pero le recordaba a Kurt, ¿su aroma?

Cuando terminaron, salieron al exterior, allí les esperaba un enorme vehículo, según les informó Dreena, era un *Komag*, los asientos estaban dispuestos en forma de U, para poder facilitar la conversación durante el trayecto.

Dreena les fue mostrando la ciudad, era amplia, limpia, los tonos malvas del cielo, combinados con el naranja de árboles y plantas, le daban un aspecto cálido.

Las casas eran de una sola planta, grandes, algo que les llamó enormemente la atención, con pequeños jardines delanteros, las calles eran muy amplias.

Cuando volvían de la visita, despúes de toda una mañana, descubrieron que solo el *Gumnarium*, era de dos plantas y que justo al lado, estaba el *Kunn*, el centro de entrenamiento de los soldados, en ese momento, muchos de ellos salían de él, Tracy no pudo evitar mirar, buscando a Kurt entre ellos y cuando lo descubrió todo su cuerpo se tensó, era impresionante, había algo en él que la hacía consciente de su feminidad, algo que había olvidado. Él estaba realmente comestible, todo su cuerpo empezó a latir y cuando apartó la mirada se encontró con la de Dreena y con su irónica sonrisilla. Mierda, la habían pillado comiéndose con los ojos a Kurt.

***

¿Describir la noche pasada? Solo había una maldita palabra para definirla: Mierda, si, había sido una noche de mierda.

Él había llegado a su casa entre estremecimientos por el deseo insatisfecho, con todo su cuerpo vibrando, con una erección enorme, con los malditos tatuajes quemándole la piel y con el condenado susurro del *oiyu*, que exigía a "su" mujer.

La teníamos, idiota ¿y tú que has hecho? dejarla allí.

Él le gruñó a su oiyu.

Llegando a ti. 1º Trilogía Phartian | Mary Shepherd

"Estaba asustada, ¿Qué pretendías?"

Jugar a las cartas no, evidentemente, ¿Qué cojones crees que pretendíamos? Follarla, Kurt, follarla. Déjate de mierdas, busca a nuestra mujer y fóllala.

"Eres un bruto"

Y tu un idiota.

"No podemos tomarla a la fuerza".

¿Quieres instrucciones?

"Quiero que te calles de una jodida vez".

Y yo que follemos, así que tú verás.

Maldito *oiyu*, le estaba provocando un dolor de cabeza aún más fuerte que el de sus pelotas.

Y encima de todo eso, se sentía como un miserable, sabía que no era justo para ella, que ni los conocía y mucho menos sabia de todo lo que suponía un emparejamiento con un *phartiano* y no quería obligarla, ni hacerla sentir mal, pero eso, eso escapaba a sus propias fuerzas, él quería darle todo el tiempo que necesitara, pero aquella decisión no dependía de él solo y se sintió totalmente ruin porque sabía que no podía darle el tiempo que ella pedía, no, ni siquiera se acercaba a lo que ella podría pedir, es más, tendría una maldita suerte de mierda si no la arrastraba hasta su casa ese mismo día para follarla hasta quedar totalmente secos.

77

Cuando llegó al *Kunn* esa mañana, sabía que iba a ser un día peor que la noche anterior, como alguien intentara tocarle las pelotas, siquiera intentarlo, terminaría haciéndole papilla los sesos. Sin dormir, con la erección que seguía persistente después de haberse masturbado por tres malditas veces, con los tatuajes en total movimiento y ardiendo sobre su piel y el jodido *oiyu* que había pasado de susurrar a exigir a grito pelado. No, no iba a ser un buen día.

Después de practicar solo, decidió marcharse a su casa, pero al salir se encontró con el alboroto y la algarabía de varios soldados. ¿Qué mierda pasaba?

-¿Qué ocurre?

Uno de los soldados se volvió y lo miró fijamente.

-Kurt-Aiman, estamos esperando al *Phartok*, nos han dicho que quiere hablarnos antes de pasar a conocer a las mujeres.

Si, en efecto, era un día de mierda. ¿Conocer a las mujeres? Es decir, para que su mente lo tuviera claro, iban a presentar a todas las mujeres, incluida la "suya", ante aquella jauría de hombres hambrientos y calenturientos, era eso ¿no? Bueno ante eso él tenía ya su maldita respuesta. Y un cuerno.

Cuando salió Arnoox a dar su "discursito", lo escuchó en silencio, apoyado contra una columna y mirándose las uñas como si aquello no fuera con él ni le importara, pero claro, el que lo conociera sabría perfectamente que todo aquello era una pantomima, sí, porque por dentro y casi por fuera ya, ardía totalmente y estaba por mandar a la mierda a todo el personal y buscar a Tracy para zambullirse en ella, presentía que su primera vez juntos iba a ser rápida, tórrida y dura. Totalmente.

Cuando el *Phartok* acabó toda la perorata bien ensayada, se acercó lentamente a él.

-Kurt, sé que estas algo molesto conmigo.

-No, no te hagas tan flaco favor Arnoox, estoy por arrancarte la yugular, ¿crees que eso es algo molesto?

-Entiendo cómo te encuentras.

-No, tú no entiendes una puta mierda, Cuánto tiempo tardaste en emparejarte con Dreena, ¿cinco horas? ¿seis?

El maldito canalla tuvo la decencia de sonrojarse.

-Tres horas.

Ahora sí que estaba cabreado, muy cabreado.

Qué utilizamos, ¿cuchillo? ¿Espada? ¿Un buen par de dagas? Me pido hacerle una incisión transversal a la altura de la nuca y desde ahí, ir extrayendo todos sus malditos órganos.

Evidentemente su oiyu aún estaba más cabreado que él.

-¿Tres putas horas? Magnifico, realmente, magnifico ¿y todavía tienes la maldita osadía de pedirme paciencia, Arnoox?

-Joder, Kurt, me imagino cómo te sientes, pero también debes comprenderla a ella.

-Sí y por eso todavía está en tu casa, *Phartok*, pero si no la tengo pronto mejor ponme ante un maldito pelotón de fusilamiento. Esto...esto es insoportable Arnoox.

-Lo sé, Kurt, lo sé, intentaré ayudarte.

Kurt, lo miró fijamente.

-No puedes ayudarme y lo sabes. Lo único que podrías hacer para ayudarme es traérmela, dármela y dejar que ocurra lo que tiene que ocurrir.

-Y cuando descubra todo ¿qué crees que pasará?

-No lo sé, Arnoox, no lo sé, pero por lo menos dejaría de sufrir como estoy sufriendo. Me voy a casa.

Él lo miró tristemente.

Y Kurt empezó a negar con la cabeza.

-No, Arnoox, sea lo que sea, no.

-Lo siento, Kurt, todos los comisionados tienen que estar presentes en la presentación de las mujeres.

- Adoraba a tu madre, Arnoox, pero tú eres un maldito bastardo.

CAPÍTULO 7

Durante la comida Dreena les informó de que conocerían a los soldados en primer lugar, ese día, más tarde conocerían a varios varones más de la ciudad y en los días siguientes, al resto de ellos que se habían acercado a firmar las peticiones para conocerlas. Tracy se sentía nerviosa, muy nerviosa, después de haber divisado a Kurt y haberse dado cuenta de que ni había reparado en ningún otro hombre más, estaba por pensar que tal vez él tenía razón y ellos estaban "destinados".

Cuando se refrescaron, pasaron a una gran sala, de techos altos, suelos de mármol, grandes sillones en tonos rojos, tal vez cerca de una treintena, con grandes ventanales cubiertos por unas cortinas en tonos verdes, al final de la sala había una enorme mesa con trece sillas y el fondo de la pared estaba cubierto por un inmenso tapiz en rojo oscuro con la figura de un *Phardook*, que como les había informado Dreena, era una hermosa ave y emblema del planeta, en tonos dorados. Tracy sintió calorcillo en su piel, un ligero estremecimiento cuando vio a Kurt, de pie frente a uno de esos sillones. Los ojos de él se clavaron en los suyos nada más entrar y no los apartó.

Lentamente, Tracy miró al resto de hombres que había tras la mesa, en el centro estaba el

Phartok, al lado derecho de él, seis hombres, todos casi ancianos, de pelo largo y blanco, vestidos con pantalones y camisas en tonos azul oscuro. A la izquierda estaban otros seis hombres, entre ellos Kurt, vestidos idénticamente a los ancianos pero en tono caramelo.

De pie y justo detrás de ellos, había casi un centenar de soldados. Era impresionante verlos, tan altos, anchos y fuertes, con ese pelo largo y los hermosos tatuajes.

Tracy volvió la vista hasta Kurt y vio que seguía con los ojos clavados en ella, apenas pudo apartar su mirada cuando empezó a hablar el *Phartok.*

-Como *Phartok* de este planeta quiero daros la bienvenida de manera oficial. Me alegro mucho de que decidierais venir y conocernos, todas sabéis que este planeta está escaso de mujeres, para nosotros sois un regalo, algo muy valioso, por eso queremos que os sintáis cómodas y felices en nuestro hogar. Quisiéramos que todas y cada una de vosotras pudiera emparejarse, por eso hoy estos hombres han decidido presentarse ante vosotras, más tarde iréis conociendo a más, queremos que nos deis la oportunidad de poder conocernos. Hay ciertas peculiaridades de nuestra raza que es distinta a la vuestra. Tal vez notéis que algunos hombres pueden ser más insistentes y que os digan que sois sus compañeras y quieran reclamaros, tal vez, penséis que son demasiado insolentes y audaces, ellos os explicarán poco a poco por qué, pero para que lo entendáis algo mejor, solo puedo deciros que somos capaces de reconocer a nuestra compañera con tan solo el perfume de su piel.

Con el último comentario del *Phartok*, Tracy volvió la vista hasta Kurt y una pequeña y temblorosa sonrisa se extendió entre sus labios. Ahora comprendía porque él había pedido permiso para "olerla" ¿era realmente su compañera? ¿Había olido el perfume que los emparejaba? Mierda, tenía tantas preguntas que hacerle, saber por qué, cómo y sobre todo, saber qué era eso de: "no puedo aguantar más ""en esto tienes la misma maldita opción que yo" y lo de "eres mía". Si, necesitaba explicaciones, muchas y ya.

***

No había podido apartar la vista de ella, aun sabiendo que aquello lo alteraría muchísimo más y no se había equivocado, todo su cuerpo era puro deseo, un volcán a punto de explotar, un "volcán" que quería dejar salir toda su "lava" dentro de aquel cuerpo de mujer que lo tenía a mil, había captado su aroma por encima de todos, era algo sutil que se metía hasta entre los poros de su piel, algo que lo atraía más y más hasta ella.

Durante una media hora se mantuvo apartado de Tracy, viéndola hablar con los hombres que se acercaban a conocerla, a ella y a las dos mujeres que en todo momento estuvieron con ella, pero cuando uno de los soldados puso su brazo sobre el de Tracy e intentó captar su aroma, todo su cuerpo se alteró y el *oiyu* rugió.

Dando codazos se acercó hasta ella como un maldito vendaval. Cuando llegó a su altura, Tracy alzó los ojos hasta él, sus miradas se clavaron, trabándose una con la otra, su aroma lo golpeó violentamente, su polla se alzó con rudeza y su *oiyu* exigió la unión ya, sin demora, sin más putas excusas.

Tracy lo miraba fijamente, sin apartar la mirada, prácticamente desafiándolo y él jamás rechazaba o retrocedía ante un reto, la tomó firmemente del brazo y la arrastró por toda la sala, sus cuerpos se habían estremecido ante aquel roce, aquello, quisiera ella o no, ya era inevitable.

-Kurt, ¡Kurt!, ¡Kuuurrt!

Él siguió andando con pasos decididos hasta la puerta, obviando los gritos de ella, hasta que Tracy clavó los pies en el salón y aun así siguió arrastrándola hasta su meta.

-Quieres hacer el maldito favor de mirarme.

-No, no voy a mirarte, vamos a mi casa.

-Escúchame, tenemos que hablar.

-Después.

Sabía que sonaba intransigente y duro pero ya no controla ni su cuerpo ni su mente, el *oiyu* estaba dominándolo desde el interior.

-Por favor, Kurt, suéltame y hablemos.

Sabía que no debía mirar atrás, lo sabía, pero aun así no pudo evitarlo.

Pues no mires, gilipollas, limítate a echártela en el hombro y follártela en la habitación más próxima.

Tracy se veía sumamente apetecible, pero también enojada, alterada y muy curiosa.

-Necesitamos hablar, Kurt.

Y un cuerno.

-No, tú y yo necesitamos follar.

Joder macho, eres mi ídolo. Si es que cuando te esfuerzas eres el puto amo, jodío.

Ella jadeó ante la rudeza de él.

-Será si yo quiero ¿o piensas violarme?

¿Violarla? Por todas las piedras *Airean*, no, por supuesto que no, él solo quería hacer su reclamo por ella, quería demostrarle que era su compañera.

Lentamente soltó su brazo y la miró con fijeza, tiernamente.

-No, jamás te haría daño Tracy, te lo prometo. Pero ya has escuchado a mi *Phartok*. Eres mi compañera, Tracy y en cuanto un hombre *phartiano* capta el aroma de su mujer, la unión es inevitable y se consuma en unas horas, llevo dos días sabiendo que eres mía, Tracy y estoy sufriendo, mi cuerpo te reclama, te desea y si no te tengo me volveré loco.

-Pero no te conozco, Kurt, no sé nada de ti, para mí esto es diferente. Necesito conocerte, saber si somos compatibles y si te deseo. Yo no mantengo relaciones sexuales con desconocidos.

Él miró alrededor, su *Phartok* lo miraba desde el otro extremo de la sala, Dreena también y hasta algunos de los soldados.

-Por favor, Tracy, acompáñame a otro sitio y hablemos, te prometo no tomarte sin tu consentimiento.

Ella asintió lentamente.

Esto era más difícil de lo que había pensado. Cuando una mujer *phartiana* conocía a su compañero y este la reclamaba no se negaba a él, ella sabía que serían compatibles, que él no se equivocaba al reclamarla y en cuanto se consumaba la unión, ella quedaba igual de enganchada que él, sus aromas se mezclaban y eran capaces de sentirse aunque estuvieran separados por kilómetros, se deseaban a todas horas, los hombres *phartianos* tenían un gran apetito sexual, sus compañeras se sentían totalmente satisfechas y felices. Y el *oiyu*, también, en cada posesión el lazo que los unía se hacía más fuerte, sobre todo cuanto más participaba el *oiyu* y estaba de por medio los colmillos de ambos y el *aium*.

Pero aquí estaba el maldito dilema, ¿Cómo convencerla? ¿Cómo reaccionaría ella a su *oiyu*? ¿Cómo meterla, de una maldita vez en su cama, antes de perder la poca cordura que le quedaba?

Déjate de tanta retórica, Kurt, no pienses con la maldita cabeza, idiota.

"Entonces quieres que piense como tú ¿no?, con la maldita polla".

Joder imbécil, es lo único que necesitamos ahora, enterrarnos en ella, las preguntas después.

"Yo preferiría que te quedaras callado, como habías estado hasta ahora".

A ver si te enteras de una maldita vez, Kurt, es nuestra compañera, aparece ella y aparezco yo, te jodes si no te gusta el trato.

Se gruñó a él mismo, joder, a él mismo, terminaría perdiendo la cabeza por culpa de Tracy y por culpa del jodido *oiyu* de las narices.

Evidentemente ella tenía preguntas pero él tenía una polla dura, un *oiyu* gritándole y exigiéndole y una paciencia que se había marchado al mismísimo fondo de las cuevas *Airean*, si y mientras él pensaba en follar, ella quería respuestas. Mierda.

CAPÍTULO 8

Cuando el *Phartok* terminó de hablar, Tracy se reunió con las demás mujeres. Evidentemente el tema de conversación era genérico: los hombres *phartianos*.

Amy y Caro la miraron fijamente.

-Están tan buenos, parecen esculpidos en piedra. Al principio pensé que habían mandado una selección de los machos más impresionantes a la Tierra, pero está claro que son todos espectaculares.

Tracy y Amy sonrieron al escuchar a Caro.

Amy las miró conspiradoras.

-Yo pensé que habían hecho un casting, no pueden ser tan perfectos.

Caro totalmente fascinada les sonrió.

-¿Creéis que lo tendrán todo igual de tamaño?

Las tres rieron. Caro de repente se puso seria y las miró fijamente.

-¿Pensáis que es posible que hasta yo, encuentre pareja?

Tracy la miró realmente enfadada.

-No te degrades así, Caro, era una mujer muy hermosa.

Esta resopló fuertemente. Caro era alta, rondando el metro ochenta, con el pelo muy negro, como sus ojos, corto y totalmente de punta, con un cuerpo libre de curvas, totalmente andrógino, pero en conjunto era una mujer muy bonita.

-Si claro, si quieres mantener relaciones sexuales con una tabla de mesa soy tu tipo perfecto.

No les dio tiempo a responder porque a partir de aquel momento fueron prácticamente rodeadas de hombres. De hombres dispuestos a husmear alrededor de ellas, hasta que uno se acercó demasiado y en tres segundos se vio frente a frente con un Kurt celoso, excitado y cabreado.

Y cuando se vino a dar cuenta era arrastrada por él por todo el salón. Tuvo que negociar una "tregua" con él porque se veía con el vestido luciendo de pamela mientras que Kurt se la follaba en medio de todo el salón, quedaba claro que estaba prácticamente en celo.

Llegaron a una pequeña habitación, estaba pintada en blanco y decorada con cortinas en tonos amarillos, sillones dorados, una pequeña mesa en el centro y grandes estanterías llenas de libros.

Kurt le indicó que se sentara en uno de los sillones y él se sentó justo al lado de ella y tomó su mano, ella intentó retirarla.

-Por favor, déjame que te toque, necesito tu contacto, sentir tu piel.

Ella tragó fuertemente mientras clavaba su mirada en él y dejaba que siguiera acariciando su mano, con cada leve roce, con sus dedos acariciando el pulso en su muñeca, su cuerpo se estremecía, aquello la distraía y así no podía concretarse y ella necesitaba respuestas para todas sus preguntas, pero fue incapaz de soltar su mano.

-Sé que vinimos para formar parejas, pero pensé que tendría más tiempo.

-Me lo imagino, Tracy, pero en esto yo no tengo tampoco más opción, quiero que tengas muy presente que si yo pudiera dominar todos estos impulsos, lo haría.

Tracy lo miró extrañada.

-No entiendo todo eso del aroma, ni que se despierte el deseo de emparejamiento y sea tan fuerte.

Kurt suspiró resignadamente.

-Es algo innato en nuestra raza, el varón *phartiano* reconoce a su mujer por el aroma, un aroma que es idéntico al suyo, en cuanto lo hace, la reclama.

-¿Y ella lo acata así, sin más preguntas? ¿Sin tener opción?

-La mujer *phartiana* sabe que es el hombre el que reconoce a su pareja, en cuanto la reclama se entrega a él confiada, sabe que no hay error.

Tracy seguía sin poder creerse algo así.

-¿En horas, Kurt? ¿Cómo narices puede una mujer querer compartir su vida con un hombre que acaba de conocer?

Él empezaba a mostrarse irritado.

-Es lo mismo para el hombre, Tracy, conoce una mujer y de pronto su aroma lo atrae de tal manera que deja de ser el mismo para vivir consumido y dominado por el deseo. ¿Crees realmente que yo deseo perder mi autocontrol de esta manera?

-Oye pues no lo sé, dímelo tú. Tú eres el que anda arrestándome de lado a lado, el que dice que soy su compañera, el que me husmea como si fuera un maldito perro tras su presa, el que dice que soy suya como si fuera uno de sus malditos pantalones.

Él se levantó de golpe y la miró alterado.

-Escúchame, yo no quería este trato con la Tierra, así que estoy tan conmocionado como tú, de repente estaba negándome a esto y mi *Phartok* decide mandarme a la Tierra a cerrar el maldito trato y ¡zas! Apareces tú y pones todo mi jodido mundo patas arriba.

Ella también se levantó alterada.

-Pues perdone el señor por alterar su maldito mundo. A mí tampoco se me dio otra opción, de repente apareció una de las celadoras con un saco por vestido, nos dio cinco asquerosos minutos de baño y después me encuentro ante un pelotón de hombres enormes e intimidantes y ¿sabes qué? un idiota entre los idiotas se dedica a oler mi entrepierna y refunfuñar, para después querer arrastrarme hasta su casa para follarme,

¡sorpresa!, ¿crees que estoy feliz y contenta? Pues mira mi boca mientras te digo algo: vete a la mierda.

Cuando intentó salir de la habitación, los brazos de Kurt la tomaron de la cintura y la arrastraron junto a su cuerpo.

-No vas a abandonar esta habitación, Tracy, es más, no vas a separarte de mí hasta que haga mi reclamo y seas mía.

Joder, al fin nos estamos entendiendo, eso, reclámala de una maldita vez.

"Cierra la puta boca si quieres que la tome".

Tuvo una visión mental de su *oiyu* cerrándose la boca como si fuera una cremallera, mientras le alzaba el dedo pulgar en señal de victoria. Si, terminaría perdiendo la cabeza, de eso no le quedaban dudas.

Kurt la giró entre sus brazos y la miró fijamente.

-Eres mía Tracy, mía. Y siento no poder darte más tiempo, pero simplemente, no puedo.

Y acercó su boca a la de ella, absorbiendo su aliento, su aroma, todo su cuerpo se calentó violentamente, sus tatuajes empezaron a agitarse y cuando sus labios se juntaron el *oiyu* empezó a danzar, levantado los brazos y haciendo ligeros movimientos obscenos con su pelvis, si, evidentemente estaba volviéndose loco.

Pero bendita locura perderse en esa boca, era un cálido refugio para su lengua, recorrió lentamente todos sus rincones, saboreándola, poseyéndola, amamantándose de su esencia. Sus manos resbalaron hasta su cintura y lentamente la fue acoplando a su dureza, ella gimió y el rugido de su *oiyu* salvajemente excitado retumbó en su cabeza, haciéndola arder como a sus pelotas.

Túmbala, ábrela de piernas y metete de una maldita vez en ella.

"Sé lo que tengo que hacer".

Pues date prisa joder, necesito tomar mi puesto.

"Será a mi modo".

Será una jodida mierda, o te la follas o te juro que vas a terminar corriéndote como un imbécil en tus pantalones.

Kurt soltó la boca de Tracy, bastante cabreado con su oiyu.

"¡Mantén la puta boca cerrada!"

Ella lo miró fijamente y la sintió tensarse entre sus brazos.

Bien, acababa de meter la pata hasta la altura de las axilas.

-Creo recordar que has sido tú el que ha empezado esto.

Kurt gimió ruidosamente.

-No era a ti, Tracy.

Ella miró alrededor y luego clavó la mirada en él.

-Es verdad, perdona, no me había dado cuenta de que teníamos el auditorio al completo.

Él intentó meterla de nuevo entre sus brazos.

-Ni me toques.

-Venga, Tracy, ya te he dicho que no ha sido a ti, sigamos donde estábamos.

Ella le sonrió dulcemente ¿de qué le sonaba esa sonrisa?

Ah sí, ya, en el mismo momento en que la rodilla de ella hizo impacto contra sus pelotas recordó donde había visto esa sonrisa, el día en que el alcaide terminó como él, tirado en el suelo y sujetándose las pelotas, si, ese día fue.

Ella se volvió entre sus brazos, lo miró fijamente y le dio una dulce y tierna sonrisa.

-¿Tú crees? Pues ve husmeando por ahí a ver si encuentras la maldita perra que se abra de piernas para ti, conmigo no cuentes, idiota.

Perdido totalmente en su sonrisa, el muy idiota no se vio venir cuando ella rápidamente alzó su rodilla y la encastró en sus pelotas, Kurt cayó al suelo con un gemido ronco y tomando sus "joyas" entre las manos, mientras se retorcía en el suelo, ella salió de la habitación y regresó a la sala.

"Eso le pasa por idiota, por obligarme y por hacerse el maldito machote conmigo"

Cuando entró en la sala nuevamente, se encontró con las miradas extrañadas del *Phartok* y su compañera, después de recorrerla de arriba abajo clavaron la mirada en la puerta vacía tras ella y después se miraron, entre ellos, aún más extrañados.

¿Qué les pasaba a aquellos dos? ¿Pensaban que se había cargado al idiota?

***

Debería habérselo visto venir, si, era un soldado experimentado y capaz de leer las expresiones, pero la maldita sonrisa lo había despistado, bueno, eso, y el aroma de ella, y el *oiyu* insistiendo en abrirla de piernas, ¡ah! y su polla dura, en fin, que estaba tirado en el suelo, con las pelotas latiéndole y ¡por fin! la polla fláccida y por pensar con ese colgajo en vez de con su cabeza, solo por eso, se veía así.

Tomó aire unas cuantas veces y cuando sus pelotas dejaron de latir al ritmo triplicado de su corazón, se puso en pie. Lentamente se recolocó la "tropa" y enfiló a la sala en busca de aquel demonio disfrazado de mujer.

Cuando entró en la sala, solo le costó cinco segundos encontrarla, y seis comprobar que tenía a la "armada" lista de nuevo. Bien, perfecto, funcionar, funcionaba, pero eso sí, el puto "radar" ya estaba de nuevo en marcha y aun con más solidez y vigor que unos minutos antes.

En cuanto empezó a andar hacia ella, se materializó delante de él su *Phartok*.

-¿Por qué mierda tienes que interponerte siempre entre ella y yo?

Su *Phartok* lo miró con una sonrisa irónica en los labios.

-Dado que tu solo piensas con la maldita polla, yo tengo que ser tu conciencia.

Kurt lo miró cabreado.

-Cuando te pida que lo seas, eres, mientras tanto mantente fuera del camino entre mi mujer y yo.

-Mira Kurt, tienes que entender...

-Entiendo que eres un malnacido, que por tu maldita culpa estoy así y entiendo que pretendas actuar como el maldito *Phartok* que eres, pero entiende tú otra cosa, es mía, la quiero, la reclamo y mi *oiyu* está por hacer su propio y maldito reclamo, ¿te apartas o te aparto?

Dreena llegó en ese momento hasta ellos.

-¿Queréis dejar de gruñiros como dos *endox*?

-Pues dile a tu pareja que se quite de mi camino.

Ella puso los ojos en blanco y miró a Arnoox.

-Dile a él que se comporte como un hombre no como una polla andante.

Ella volvió a poner los ojos en blanco y resopló cuando escuchó hablar de nuevo a Kurt.

-Dile a tu pareja...

-Basta, ponerle fin a tanta tontería. Kurt, escúchame, sé que estás ansioso y que a penas puedes controlarte y no sabes lo que Arnoox te agradece tu comportamiento y el dominio sobre tu persona y el *oiyu*.

Ambos resoplaron muy sonoramente. Pero ella siguió hablando.

-Sé que es muy duro para ti, Kurt y aun así te voy a pedir un pequeño favor, déjame que hable con ella, que le explique, no todo, pero sí como se siente una mujer cuando un hombre la reclama.

Él la miró fijamente y tragó fuertemente.

-No sabes lo que me estas pidiendo, Dreena.

Ella asintió dulcemente.

-Solo puedo imaginármelo, Kurt, pero también entiendo su angustia, su miedo y, lo más importante, ellas son diferente, Kurt, están acostumbradas a vivir y luchar solas, no están acostumbradas a depender de un hombre, para ellas es doblemente difícil.

Él asintió vigorosamente.

-Gracias, Kurt, mañana hablaré con ella, después podrás hacer tu reclamo, ni Arnoox ni yo nos interpondremos.

-Ahora tengo que irme a casa, no puedo estar en el mismo lugar que ella.

Arnoox y Dreena asintieron, confirmando que entendían el esfuerzo que suponía esto para él.

-Bien, entonces, como tengo vuestro permiso, voy a ver si sobrevivo a otra maldita noche o consigo matarme masturbándome.

La carcajada de Arnoox hizo volver a todas las cabezas, incluidas la de Tracy que no se perdió el sonrojo de Dreena que terminó dándole un ligero puñetazo en el hombro a Arnoox y la marcha a pasos agigantados de Kurt.

CAPÍTULO 9

Tracy se sintió "abandonada" después de la salida de Kurt, era algo que no lograba entender. La conversación dejó de interesarle y todo se volvió insulso a su alrededor, estaba por irse cuando escuchó la voz de Amy.

-¿Crees que es verdad?

Ella la miró extrañada.

-Lo del aroma, ¿crees que es cierto?

Si le hubieran preguntado hace tres días se hubiera carcajeado, es más, se hubiera partido de risa con semejante chiste, pero hoy, después de conocer a Kurt...no, no lo dudaba.

-Creo que sí, Amy. ¿Por qué? ¿Tienes compañero?

Ella se sonrojó. Amy era una mujer bajita, de apenas un metro y cincuenta y cinco, de pechos pequeños, cintura estrecha y amplias caderas, ojos negros enormes y pelo rubio muy corto.

-Sí, uno de ellos se ha acercado a mí, como los demás, pero en cuanto a empezado a husmear a mi alrededor, se ha marchado lanzando un *¡mierda!* y un *¡eres mía, recuérdalo!* No...no entiendo porque se ha ido si cree que soy suya.

Eso del *¡mierda!* y la maldita frase de: *eres mía*, lo mismo era una "bonita tradición" de allí.

Lo de irse, se ve que era marca de la casa, claro que después de ver cómo se ponían era mejor que desaparecieran hasta bajar el calentón que aparentemente les entraba.

Ella se sentía igual.

-Creo que deberíamos pedirle a Dreena que nos explicara todo esto, Amy, ella es mujer, entenderá nuestras dudas y recelos.

-Sí, estoy de acuerdo, mañana en el desayuno se lo preguntaremos. Además, he oído algo de un *oiyu*, ¿sabes quién es?

Tracy negó con la cabeza, ¿*oiyu*? Y ¿ese quién era?

-No lo había oído hasta ahora.

-Pues debe ser alguien importante, porque parece que lo conocen todos. ¿Te vas ya?

-Sí, Amy, estoy cansada y me duele la cabeza.

-Está bien, descansa, mañana hablamos.

Aquello era una mentira y de las gordas, ni le dolía la cabeza ni estaba cansada. Pero no tenía ganas de más charla ni de más husmeos, bueno, salvo si venían de parte de Kurt, claro, porque él lo hacía de una manera que alteraba todo su cuerpo.

Fue una noche larga, larga y caliente, muy caliente, apenas pudo descansar, al amanecer cayó rendida después de vueltas y más vueltas, vueltas y toqueteos varios por culpa del recalentón, que debía ser contagioso.

Cuando despertó ya era de buena mañana y si encima no iba tarde, se había recreado en el baño; había disfrutado como una loca en la bañera, adoraba aquellos baños, tanta cantidad de agua, sentirla resbalar por su piel, era una delicia.

Por eso cuando llegó al comedor, no le extrañó encontrar a todas las mujeres con el desayuno terminado y mirando impaciente a Dreena. Tracy echó un vistazo por el comedor y no encontró a Amy entre todas las mujeres, seguramente se había recreado como ella.

-Hola, Tracy

-Hola, Dreena

Mirar a aquella mujer era ver la feminidad más despampanante, con esa larga melena, con el cuerpo enfundado en uno de aquellos vestidos tan ceñidos y reveladores, hoy en tonos malvas resaltando el color de sus ojos y todas esas espectaculares curvas, la hacían sentirse algo empequeñecida, además lucía impecablemente maquillada, en tonos claros, se había fijado que Dreena siempre iba muy sutilmente maquillada, algo que en la Tierra prácticamente se había perdido. Por eso agradecía todos los cosméticos que ahora lucían en su cuarto de baño.

-¿Has descansado bien?

Bien lo que se dice bien, pues no, parecía un torbellino en la cama, es más, dos veces había caído despatarrada al suelo con tanta voltereta. Pero claro no le iba a decir eso, máxime cuando le preguntaría que a causa de qué y ella no podía decirle que se había tirado prácticamente soñando con Kurt y sus manos, y su lengua y su...bueno, que había tenido sueños calientes y húmedos y que por primera vez en años, había terminado masturbándose como una jovencita cachonda.

-Bueno, en realidad, estaba un poco nerviosa por todo lo vivido estos días y no he descansado muy bien.

Dreena sonrió, una sonrisa como si supiera lo que había estado soñando y lo que había estado haciendo con sus manitas la noche anterior.

-Ya, me lo imagino, por eso quería hablar contigo y con tus amigas.

-¿Hay algún problema?

-No, no es ningún problema. Quiero hablar con vosotras sobre el tema del emparejamiento.

Ella la miró alzando la ceja porque no confiaba en su voz, mejor calladita que estaba más mona, no fuera que se le escapara algo revelador de la noche anterior.

En ese momento, entró en el salón una sonrojada Amy. La miró fijamente, pero ella no alzó la cabeza ni miró a nadie antes de sentarse detrás de las otras mujeres.

-He estado hablando con tus amigas, están preocupadas y al mismo tiempo interesadas en saber todo lo del emparejamiento, me imagino que como tú, bueno tú estarás más nerviosa porque tu compañero ya está más que impaciente por reclamarte.

-Sí. Bueno, en cuanto a eso, ¿no crees que va muy acelerado?

-Arnoox me reclamó a las tres horas de conocerme.

Se atragantó, escupió el trozo de fruta que se había quedado encajado en su garganta, bebió un gran vaso de agua y la miró fijamente y se dio cuenta de que no era la única que estaba asombrada, todas las demás estaban alucinando como ella, de reojo vio entrar a Amy en el comedor en ese momento.

-¿Tres horas?

Dreena sonrió.

-Tres horas. Hacia unos meses que había sido elegido *Phartok* y recorría los pueblos cercanos para darse a conocer. Nos convocaron en la plaza y nos dio un discurso, luego pasamos a saludarlo y presentarle nuestros respetos, nada más darle la mano me miró fijamente y pegó su nariz en mi cuello.

Bien, a ella Kurt le había hecho lo mismo, eso y el plus de estampar su nariz en su entrepierna.

-Y entonces, ¿qué sucedió?

-Pues que apenas pudo apartar los ojos de mí y al mismo tiempo yo me sentía atrapada por su mirada. Me fui a casa y se suponía que él se había ido a otro pueblo, mi sorpresa fue cuando, dos horas después, lo vi parado frente a mi puerta, prácticamente no me dejo ni respirar, me dijo: eres mía, mi compañera y me besó.

-¿Y? Se supone que no te negaste ni objetaste ni le dijiste nada, ¿eh?

-Tracy, nosotras crecemos con ese conocimiento, igual que sabemos que en cuanto un hombre nos señala como suyas es incapaz de retenerse. Arnoox me arrastró hasta la casa donde pernoctaba y allí me hizo su compañera.

Todo un coro de jadeos acompañó a la revelación de Dreena.

Las mujeres miraban con los ojos abiertos y Amy lucía sonrojada ¿Qué le pasaba?

Tracy miró de nuevo a Dreena.

-Pero...pero eso es machista, no es justo para vosotras.

-Ni para ellos, Tracy.

Ella resopló, sí claro, a ellos se le ponía la "cachimba" dura y se follaban a su pareja sin que ella pusiera resistencia ¿y no era justo? Anda, vamos. Que no, que aquello era machista cien por cien.

-Escúchame, pensar por un momento como ellos. Son guerreros, capaces de enfrentarse a las más duras batallas, están entrenados para sufrir el dolor y no dejarse cegar por él, para aguantar torturas, son hombres fuertes, duros, capaces de controlarlo todo, pero de repente, frente a su compañera pierden todo su control y se vuelven totalmente vulnerables. No es fácil para ellos, por eso nos reclaman tan pronto lo detectan. En cuanto nos emparejamos, su alma, cuerpo y corazón se funden alcanzando algo de control. Nunca volverán a ser iguales, el poder lo tenemos nosotras.

Ella la miró alucinada, ella y todas las mujeres, menos Amy que seguía luciendo una maldita sonrisita sabihonda.

-¿Cómo?

Dreena sonrió.

-Los hombres *phartianos* no pueden pasar mucho tiempo sin sus compañeras. Conforme pasan los días sin ellas, prácticamente enloquecen, nos necesitan, jamás pueden volver a estar con otra mujer.

Aquello sí que atrapo el interés de Tracy y el de todas las mujeres que empezaron a murmurar, bueno, a susurrar, ¡que narices! empezaron a alzar la voz como si estuvieran en un mercado.

-¿Enloquecen? ¿No habrá otra?

-No, jamás, en el mismo momento en que vuestro compañero os posea no podrá soportar siquiera, el toque de otra mujer, sólo vosotras lo atraeréis y cuando esté lejos de vosotras sentirá vuestro dolor, angustia y deseos y en él se duplicaran.

Tracy jadeó. Bueno, realmente fue otro coro de jadeos.

Dreena la miró sonriendo.

-Además, está lo de su *oiyu*.

Eso, ¿quién se supone que era ese *oiyu*? ¿Un primo lejano?

-¿Y ese quién es? ¿Un familiar?

Dreena empezó a reír y Amy la acompañó ¿Dónde mierda estaba la gracia allí? y ¿Qué narices le pasaba esta mañana a Amy?

-Mmm, no, aunque también podría ser considerado así. El *oiyu* es él mismo.

Vale, certificado, en aquel planeta todos estaban chiflados, como putas cabras.

-¿Él mismo?

-Es un poco difícil de explicar. Veréis, en cuanto toman a su compañera por primera vez, aparece él.

Tracy la miró extraña.

-¿El *oiyu*?

Dreena asintió.

-¿Y qué quiere? ¿Viene a certificar la unión?

Dreena volvió a sonreír y con ella, de nuevo Amy, Tracy no pudo dejar de mirarla realmente molesta con ella y sus risitas.

-Más bien viene a unirse a la fiesta.

Tracy se levantó de golpe de su silla.

-Ah no, jueguecitos sexuales no, no pienso follar con otro tío porque a él se le ocurra, antes me vuelvo a la Tierra montada en un maldito cohete.

-Siéntate, Tracy, no lo estás entendiendo. Efectivamente son dos, pero es él mismo, se desdoblan.

-¿¡Qué!?

Aquello ya si fue el acabose, todas empezaron a gritar, a asombrarse, a ponerse coloradas y hasta, porque no decirlo, a relamerse.

-Tras el primer orgasmo con su pareja, el *oiyu* sale del cuerpo del hombre para hacer su reclamo también.

-¿Me estás diciendo que dentro de Kurt vive otro tío?

Dreena resopló.

-No, te estoy diciendo, que sólo con su compañera, el hombre *phartiano* se puede desdoblar, esto es como...¡como un dos en uno! El mismo hombre pero en dos versiones casi idénticas, el *oiyu* puede tener un ligero cambio en el color de los ojos y tal vez de comportamiento, es...es como si su conciencia tomara cuerpo, ¿lo entiendes?

Follada por dos Kurt, es decir, tendría que convivir con dos de ellos, ¿no?

Un momento, ella no había visto dobles por allí, bueno, cierto que todos parecían moles enormes, pero cada uno era diferente al otro.

-Arnoox no tiene doble.

Dreena sonrió.

-Sólo aparece para jugar en la cama. Y después de la primera vez, que no lo pueden controlar, aparece cuando los dos estéis de acuerdo en que esté presente.

Tracy seguía sin poderse creer todo aquello, era tan, pero tan alucinante. Por un lado lo veía sumamente machista, pero al mismo tiempo se sentía fuerte y poderosa. Kurt podría ser suyo, sólo suyo, bueno él y su *oiyu*. Mmm sonaba tan excitante y además teniendo siempre la total convicción de que jamás la engañaría. Eh, tenía que pensar todo aquello.

Tracy miró fijamente a Amy que ahora lucía una maldita sonrisa de sabihonda.

-¿Y a ti que narices te pasa?

Una sonrisa se extendió por toda la boca, tanto, que prácticamente fueron capaces de contarle los dientes.

-Ya he sido reclamada.

¡Mierda! Ella seguía asustada, llena de miedos y negándose a Kurt y Amy ¿Ya había sido reclamada?

La miró más fijamente.

-¿Y apareció el *oiyu*?

Amy asintió vigorosamente. Joder, parecía satisfecha la muy condenada.

-¿Y cómo fue?

Una de las mujeres le había quitado a Tracy la pregunta de la boca.

-Simplemente, maravilloso.

¿Maravilloso? Ser tomada por dos hombres a la vez de esas características ¿y había sido maravilloso?

-Pero...son enormes Amy, ¿no es doloroso? ¿incómodo?

La maldita sonrisita volvió a aparecer.

-Su *oiyu* se encarga de que todo sea fácil, solo hay placer.

Ella miró extrañada a Amy, pues como no lo hiciera más fácil teniendo su "apéndice sexual" como un lápiz, ella no entendía como narices iba a ser fácil.

Amy las miró a todas fijamente.

-Me mudo con él a vivir.

Tracy volvió a saltar de su silla.

-¿Ya? ¿Tan pronto?

Amy la miró en plan sabelotodo.

-Somos compañeros, Tracy, debo vivir con él, además, yo quiero hacerlo.

Tracy la miró anonada, aquello...aquello era tan precipitado ¿no?

Dreena se acercó a ella lentamente y la miró a los ojos. Tracy volvió la cabeza del grupo de mujeres que ahora rodeaban a Amy y la acribillaban a preguntas y miró a Dreena.

-Tracy, sé que tienes que pensar en todo esto, pero déjame decirte una cosa, cuanto más tiempo tengas apartado a Kurt, más va a sufrir y no te exagero nada cuando te digo que puede enloquecer. El deseo por ti, por tenerte y reclamarte es tan fuerte que puede hacerle perder la mente. No es que quiera presionarte, pero sí que te pediría que te lo pensaras rápido, si no quieres estar con él, tendrás que abandonar el planeta.

Todo el cuerpo de Tracy se estremeció.

-Y si yo me voy, ¿qué le pasará a Kurt?

La cara de Dreena se entristeció.

-Nunca ha pasado algo así, pero creemos que podría ser aun peor que cuando muere la compañera. Ellos se encierran en sí mismos, nunca vuelven a estar con otra mujer, son como una especie de carcasa, todo funciona en el exterior, pero prácticamente están muertos en vida.

Joder, menuda responsabilidad. ¿Qué hacer?

Dándole una disculpa a Dreena volvió a su cuarto.

¿Qué hacer? Por Dios, estaba claro, muy claro.

CAPÍTULO 10

Si la primera noche había sido una mierda, la pasada había sido un maldito suplicio. Su cuerpo se estremecía hasta con el leve roce de la sabana, al final terminó echándola a patadas de la cama. Totalmente desnudo y erecto, sudado y erecto, estremecido y erecto, vamos que había tenido la maldita erección toda la noche aun después de haberse masturbado en cinco ocasiones, cinco malditas ocasiones.

Y en las cinco jodidas ocasiones el maldito *oiyu* había estado dándole la lata.

¿Te he dicho ya que eres idiota? ¿No? ¿Si? pues te lo digo, eres idiota, podríamos tener a nuestra mujer a nuestra disposición, pero has preferido hacerte una luxación en la maldita muñeca de tanto "masajearte el pito" eres jodidamente idiota.

Así que acompañando a su erección y a la tensión en sus pelotas, ahora tenía que sumar un dolor de cabeza descomunal por culpa del idiota aquel que no paraba de martirizarlo.

No sabía cuánto más podría resistir sin reclamar a su compañera y sin asesinar a su maldito *oiyu*, así que decidió visitar el centro médico.

El centro estaba frente al *Gumnarium*, era enorme, con grandes salas, pintadas en tonos claros, espaciosos sillones y médicos pululando por todos lados.

En cuanto estuvo frente a Neer-Kues, médico y guerrero, no supo ni qué decir. Neer era un pedazo de "bestia", media más de dos metros, era increíblemente ancho, muy ancho, de ojos de un color azul tan claro, que parecía blanco y una boca pequeña, demasiado pequeña para tan enormidad de mole.

-Kurt, te hacía en el *Gumnarium* controlando a todos los hombres para que no salten sobre las mujeres.

Aquello lo hizo gruñir, gruñir y maldecir a partes iguales.

-¿Y tú porque no estas allí husmeando entre ellas?

Neer-Kues se echó a reír.

-Todas estuvieron aquí, Kurt, supervisé las pruebas y no percibí ni el más mínimo olor que me atrajera.

Él volvió a gruñir, en verdad que tendría que revisar su vocabulario, porque empezaba a parecerse más a un *endox* que a un humano, con tanto gruñido.

Neer lo miró fijamente y una sonrisa, que pasó a convertirse en carcajada, estalló de él.

-Mierda Kurt, ¿has encontrado a tu compañera? ¿Tú? ¿En serio? Pero si eras contrario a este trato, si tú eras el que se negó en repetidas ocasiones, si tú...

-Vale, ha quedado claro, Neer, sí, yo fui el que me negué y vote en contra y ahora mi compañera está entre ellas y para terminar de tocarme las pelotas, no puedo emparejarme con ella porque está asustada y es muy independiente ¿Contento? ¿Satisfecho? ¿No? pues te diré algo, Neer, esto es una jodida mierda, tengo una maldita erección, parezco un *calaam* empalmado y en celo. ¿Puedes hacer el favor de dejar de reírte y darme algo para controlar esto? Si no es así terminaré loco.

Neer-Kues lo miró todavía sonriendo.

-No hay nada, Kurt y lo sabes igual que yo. Tienes que emparejarte con ella y pronto. Nunca he sabido de nadie que aguantará tanto tiempo sin hacerlo.

-Pues cuando muera por sobreexcitación me hacéis una maldita estatua con la polla tiesa y con una plaquita: "Murió tras sesenta horas de perpetua erección".

Mientras Neer-Kues seguía riéndose a mandíbula batiente, él abandonó el centro.

Durante un par de horas se machacó haciendo ejercicios, dos horas en las que no solo tenía que combatir con su mal humor, también con la maldita erección que no había manera de controlar, estaba realmente agotado y su polla seguía estando dura, por todas las piedras *Airean*, aquello era una tortura.

Después de una larga ducha de agua fría que no sirvió para nada más que para limpiarlo y dejarlo con los dientes castañeando, decidió irse a su casa.

Al salir se encontró con Dreena.

-Hola Kurt.

-Hola Dreena.

-He hablado con tu compañera, Kurt.

Todo el cuerpo de él se tensó y su *oiyu* empezó a reptar y establecerse muy cerca de su piel, tanto, que dolía, pero estaba claro que no quería perderse palabra de la conversación. Tragó fuertemente saliva.

-¿Qué te ha dicho?

-Ahora mismo está en su habitación, me ha dicho que tenía que pensar, pero no creo que esté más tranquila, le he comentado como mujer, que se siente cuando nos reclamáis. El problema, aparte de que cree que es precipitado, es que estas mujeres son muy independientes, he hablado con ellas y Kurt, creo que tendremos que hacer muchos cambios si no, puede que terminen queriéndose ir.

¿Irse? ¿Dejarlo? Y un cuerno. Su *oiyu* lanzó un grito angustiado y roto.

-No pueden irse, ¿Qué sería de nosotros?

-Por eso mismo, Kurt. Tengo que hablar con Arnoox, creo que se avecinan cambios, Kurt y te digo algo, o cambiamos o creo que nuestro planeta al final, desaparecerá.

-¿Puedo ir a buscarla?

Dreena lo miro sinceramente nerviosa.

-Kurt, yo creo que deberías de esperar a que ella te busque.

¿Esperar? ¿Esperar a qué? ¿A qué se le cayera la polla por exceso de dureza? A que le diera un maldito infarto de tanto bombear sangre? ¿A perder la maldita mano de tanto pajearse?

Mierda, su vida era mucho más tranquila antes de aquel maldito viaje a la Tierra, si, mucha más tranquila *Y aburrida, triste, solitaria y sin follar Kurt, sobre todo sin lo último.* Su maldito *oiyu* tenía razón, vaya si la tenía.

Dreena lo miró sonrojada.

-Kurt...creo...creo que también está algo asustada con el tema del *oiyu*.

Él la miró alterado.

-¿Se lo has comentado?

-Sí, pensé que te facilitaría un poco las cosas, pero no sé si la he asustado más, parecía alucinada y además no sé si lo ha entendido muy bien, al principio creía que la ibas a compartir con otro hombre, he intentado explicarle que no hay otro, pero no sé si lo ha entendido.

Kurt gruñó.

-¿No le has dicho que somos posesivos y celosos?

Ella sonrió.

-Creo que eso es mejor que lo descubra sola o se lo expliques tú. Tienes una gran tarea ante ti, Kurt.

Si, una gran tarea.

Y una gran polla dura, tío, o la hacemos nuestra o ve despidiéndote del personal, porque vamos a morir por sobrecarga sexual.

Una gran tarea, una mujer asustada y un imbécil de *oiyu*. Pues pintaba bien el futuro que tenía por delante. Sí, señor. Maldito destino el suyo.

CAPÍTULO 11

¿Esperar? No, estaba decidido, ahora a los miedos, dudas y recelos tenía que sumar una mujer que pensaba que la iba a compartir. Y un cuerno.

Bueno en cierto modo debes reconocer que la compartes...conmigo

"Por si no te has dado cuenta todavía, imbécil, tú y yo somos la misma persona".

Ya, pero tengo mis propias ideas y pensamientos por si tú no te has dado cuenta,

"¡Oh! Sí, claro que me he dado cuenta, tú solo tienes un maldito pensamiento: ¡Follar!"

Mira tú quién cojones vino hablar. ¿Por qué tienes la polla dura? , porque no me iras a decir que te la pongo yo ¿No? Tú tienes tantas ganas como yo.

"Pero por lo menos intento controlarme y respetar sus ideas, tú solo piensas en ti".

Tú, ti, yo, joder Kurt, deja de repetir los malditos pronombres, somos lo mismo, mis pensamientos y deseos son los mismos salvo que yo los reconozco y tú eres un gilipollas que intentas enmascarar el deseo por ella y culparme a mí.

"No te culpo pero intento ser razonable y comprenderla"

Pues yo lo que entiendo es que tiene un cuerpo espectacular, digno de ser explorado, así que déjate ya de idioteces y vamos a por ella ¡Ya!, antes de que me una al maldito club "de masajes de pito".

"Bueno, debo reconocer que lo único que me satisface es que yo la tendré antes"

Jodido prepotente

"Tu seguirás empalmado y yo la disfrutaré, es más, lo mismo no quiere verte después de la primera vez"

Ni tú mismo te crees esa gilipollez

Su *oiyu* resopló sonoramente.

"Deja de hacer eso, idiota, o vas a dejarme sordo."

Pues entonces deja de provocarme.

"Y tú deja de tocarme las pelotas si no quieres que te deje en el "dique seco" por una larga temporada"

Como si pudieras

"¿Quieres apostar?"

Te aprovechas de que soy simplemente un pobre oiyu, encerrado continuamente, ignorado, mantenido oculto como un maldito secreto.

"No me das pena y como sigas haciendo el gilipollas, lo único que vas a "correr", van a ser las cortinas".

Y se acabó, no pensaba discutir con su *oiyu* o con el mismo, lo que fuera. Iba a por ella. La espera acaba de terminar, intentaría calmarla antes de reclamarla, pero lo mejor era que viera por ella misma que la deseaba y que su *oiyu* no era más que un *calaam* salido, pero al fin de cuentas él mismo. Un *phartiano* nunca compartía, él era *phartiano*, por ende, no compartía, ella era de él, solo de él.

Y mía

"Joder, idiota, ¿no habíamos quedado que éramos lo mismo?"

Cuando llegó a la habitación donde dormía, no estaba. Al volverse se encontró con una de las mujeres.

-¿Dónde está Tracy?

La mujer lo miró embobada.

¿Qué cojones le pasaba a aquella mujer?

-¿Sabes dónde está Tracy?

La mujer asintió y señaló el despacho donde la había arrastrado el día anterior.

Nada más llegar frente a la puerta, un sutil aroma lo invadió, si, efectivamente ella estaba allí.

Cuando abrió la puerta la encontró con un libro entre las piernas, con las mejillas sonrosadas y tan ensimismada en la lectura que no se percató de su presencia.

Lentamente se acercó a ella, inspirando con suavidad su dulce aroma.

Cuando llegó a su altura vio el libro que estaba leyendo. ¡Por todas las piedras *Airean*!

Estaba leyendo el libro de los compañeros *Phartian*. Ahora entendía su rubor. Carraspeó suavemente pero viendo que ella no se percataba de su presencia, lo hizo más fuerte.

La mirada asustada de ella se clavó en la suya y el rubor se intensificó.

***

Después de la conversación con Dreena se había quedado intrigada, eso del *oiyu* era algo que no comprendía muy bien. Eso y el deseo de él. Se levantó de la cama donde llevaba una hora sentada pensando y se puso frente al espejo.

Bien, era cierto que en los días que llevaba allí, su aspecto había mejorado, su larga melena castaño claro, brillaba, estaba sedosa, algo que en la Tierra era imposible con aquellos escasos baños, además, siempre tenía que llevarla trenzada o en una cola para que no se notara tanto la suciedad, aquí en *Phartian* la llevaba totalmente suelta y disfrutaba cepillándosela suavemente, las canas habían pasado a mejor vida por unos cuantos meses, como les había informado Dreena. Y con aquellas prendas de vestir tan seductoras, también había ganado un montón, nada como un vestido que enseñaba la mitad del cuerpo y ver a los tíos salivando, para que una gane en confianza. Y encima unas prendas íntimas hechas para fundirles las neuronas a aquella panda de macizos salidos, como las braguitas, por llamar de alguna manera a aquellos escasos tres centímetros cuadrados de tela que apenas cubrían su monte de Venus y dejaba el resto aireándose de forma descarada, a punto de provocarte un catarro. Y encima, había decidido prescindir del sujetador, porque el vestido en color chocolate que llevaba, se adaptaba perfectamente a sus pechos, es más, el tejido era firme, suave y elástico y realzaba sus pechos como si llevara un sujetador.

Pero mirándose más fijamente en el espejo no vio nada llamativo, a ver, era alta, si, tenía unas piernas largas, también, torneadas, sí, pero ahí acaba todo. Si, efectivamente, a ese conjunto lo acompañaban unas caderas amplias, extensas, un par de tetas, que aunque aún se mantenían orgullosamente firmes y en alto, tampoco es que fueran nada del otro mundo. Un culo...importante, abombado y destacado, vamos lo que viene siendo un buen pedazo culo. Y su cara no era para ser coronada como reina de belleza de todos los malditos planetas...no, unos ojos grandes, una boca a juego, ¡oh sí!, vamos que le cabía holgadamente un plátano travesado, y los labios todos conjuntados con ella. Así que no lograba entender todo ese ardor de Kurt y esa obsesión en poseerla.

Recordó que el día anterior, cuando él la había arrastrado hasta un despacho, aquel estaba repleto de libros, decidió acercarse hasta él y ver si lograba alguna información suplementaria. Luego de buscar unos minutos encontró un libro llamado: *Phartian*, compañeros, acoplamientos y *oiyu*.

Tomó el libro y empezó a leer con avidez, al cabo de cinco minutos se sentía acalorada, muy acalorada, caliente seria el término para definir todo ese calor, o ¿sería ardiente? Si, tal vez eso, ardiente y húmeda.

El *oiyu*, efectivamente era un doble, con el primer orgasmo del hombre *phartiano*, con su compañera, por supuesto, hacía aparición y después, ambos, los dos, uno y otro, joder, que fuerte, los dos, si, efectivamente, la reclamaban. No era compartir, porque los dos eran la misma persona, pero Tracy se tensó, ella no sabía si la tomaban por turnos o si tenía que ser los dos a la vez, esto y si era así ella tenía un pequeño problema, eh... no, más bien, un enorme problema, porque su "parte posterior" era un terreno ignoto, inexplorado y desconocido y si Kurt y su *oiyu* tenían todo, lo que se dice "todo" al tamaño de la altura y la anchura, iba a ser preciso lubricación y, o, engrase, en cantidades industriales, mucha pero que mucha cantidad. Y estando sumida en esos pensamientos escuchó un carraspeo y al alzar la vista se encontró con el "ariete" que pensaba tomar a su fortaleza por la puerta "trasera" y todo su cuerpo empezó a temblar levemente.

Kurt la miró fijamente, clavando sus ojos en ella, con las aletas de la nariz totalmente dilatadas, respirando con fuerza y las pupilas compitiendo con la dilatación de su nariz y entonces supo que iba a descubrir, casi al instante, como sería ser tomada por él y su *oiyu*, por cuantas entradas y si habría lubricación suficiente. Y si por si acaso no lo había pillado, le quedó claro cuando él, con voz ronca, le susurró:

-"Lo siento, Tracy, pero no puedo darte más tiempo, ven conmigo".

CAPÍTULO 12

Él lo había intentado, de verdad, pero no podía seguir luchando ni contra él mismo, ni contra su *oiyu* ni contra sus instintos, además, olerla y verla tan sonrojada, percibir el aroma de su excitación, había terminado enloqueciéndolo, ni había ni podía darle más tiempo.

Su *oiyu* rugió de tal manera que estuvo a punto de ensordecerlo cuando ella no se resistió y avanzó lentamente hasta él.

Notó su respiración agitada, sus dudas, miedos y recelos, pero también sintió su deseo, sus ansias y toda su pasión.

-No temas, Tracy, no voy a hacerte daño.

Ella tembló ligeramente,

-Tu no, pero ¿él?

Él la miró fijamente.

-¿Mi *oiyu*?

Tracy asintió.

-Pequeña, no lo entiendes ¿verdad? no hay nadie más.

Su oiyu se sintió ofendido.

¿No hay nadie más, gilipollas? ¿Y yo quien mierda soy? Te recuerdo, que si yo no la poseo no será nuestra compañera, ¿soy o no soy nadie? Idiota.

Kurt realmente estaba replanteándose el colgar a su *oiyu* de las orejas, estaba cansado de tanta chulería y prepotencia. El jodido se había erigido en el máximo responsable de aquella unión y lo que no había entendido, es que no podría aparecer hasta que él, Kurt, tomara a su compañera

"¿Vas entendiendo ahora quien es el principal responsable de que esto funcione?"

Me queda claro, muy clarito, la única responsable es ella, si no, tú y yo no tendríamos el inmenso y jodido placer de conocernos"

Aquí el idiota acaba de anotarse un maldito punto a su favor.

Tracy seguía mirándolo extrañada y él decidió pasar de su *oiyu* y centrarse en ella.

-Pero, Dreena me ha dicho…y ese libro dice…

Él se acercó lentamente hasta ella, posó sus labios a milímetros de su cuello, absorbió su aroma y le habló entre susurros.

-Mi *oiyu* soy yo. Tracy, tanto él como yo, estamos destinados a ti, no podemos obtener placer sin tu placer, no somos nada sin ti, eres nuestro lazo, nuestro nudo de unión y nuestra única misión es hacerte feliz, pequeña. No te preocupes, Tracy, deja que nuestros cuerpos hablen, ellos descubrirán la mejor manera de entenderse.

Ella asintió y él depositó un ligero beso en su cuello, deslizando su lengua hasta llegar al hueco de su clavícula, donde arrastró suavemente sus colmillos.

-Vamos.

La tomó de la mano y la guio a la salida.

Allí la subió a un pequeño vehículo, parecido a una nave espacial, de dos plazas.

-¿Qué vehículo es este? ¿Es tuyo?

Él le sonrió cuando se sentó a su lado y lo puso en marcha.

-Es un *dayinr,* todos los guerreros poseemos un *kioo*, que es de una sola plaza y descubierto, es la manera más rápida de desplazarse, sobre todo cuando luchamos y estamos en una persecución. El *dayinr* es solo para los hombres que tienen compañera.

-Pero nosotros no somos compañeros, todavía.

Él sonrió de medio lado.

-Desde que te olí, solo era cuestión de tiempo que fueras mía, Tracy. Cuando se lo comuniqué a Arnoox, nos puso uno a nuestra disposición.

Apenas un minuto después estaban en su casa. Era una de aquellas casas enormes de una planta, en color blanco, con grandes ventanales y un pequeño jardín al frente.

Ella lo miró embelesada.

-¿Esa es tu casa?

El asintió.

-Pero...pero es enorme, o ¿te la han dado también porque vamos a ser compañeros?

-No, casi todas las casas de la ciudad son iguales, Tracy. En los pueblos son aún más grandes. No todos los guerreros somos de la ciudad, cuando venimos y hasta que no superamos el periodo de formación, vivimos en una residencia, justo al lado del centro de entrenamiento, cuando termina la formación, se nos da una casa.

-Entonces, ¿todos los que viven aquí son guerreros?

-No, hay trabajadores de las fábricas, maestros, es un vecindario variado.

-Kurt-Aiman, hola jovencito.

Mierda y hablando de vecinos, mira tú quien aparece. ¿Gemir? ¿Llorar? ¿Pegarse cabezazos contra una maldita pared? No se podía tener más mala suerte..

Mierda, ¿en serio? ¡Venga ya! Unos pasos, a sólo unos pasos, deshazte de ella, Kurt.

"Como si pudiera, no la conoces tú bien".

Su vecina, la señora Misrte, avanzaba decidida hacia ellos. Tal vez si empujaba a Tracy hacia la casa podrían escapar "ilesos". Pero Tracy lo miró extrañada cuando él intentó empujarla y esos segundos fueron decisivos, los alcanzó, ¡pillados!

Ver venir hacia ellos a Misrte era todo un maldito espectáculo. Era muy alta, cerca de los dos metros, tenía casi las mismas medidas de ancho, unos enormes pechos que se balanceaban de forma ostensible y que a uno le llevaban a preguntarse cómo todo aquel volumen podía permanecer ahí arriba sin derrumbarse de un momento a otro, pero es que eran enormes, más grandes que su cabeza. Llevaba su melena cobriza totalmente suelta y danzando detrás de ella. Todavía no podía entender cómo una mujer de una edad comprendida entre los sesenta o setenta años (él no tenía las suficientes pelotas para preguntarle la edad, no, ni de coña) cómo podía tener esa vitalidad y ese brillo de malicia en los ojos verdes, la muy puñetera.

Llevaba viviendo sola, desde que su marido Halik-Shevvo desapareció hacía unos diez años en una enorme explosión en la empresa en la que trabajaba y no pudieron encontrar su cuerpo.

La mujer llegó hasta ellos exhibiendo una sonrisa de oreja a oreja.

-Hola, muchacho, llevo varios días sin verte.

-He estado bastante liado, señora Misrte.

-Bien, pero quería hablar contigo sobre el viaje a la Tierra.

¿Es una especie de broma, no? Aquí la abuela no pretenderá que le hagas un maldito repórter del viaje AHORA, ¿verdad?

-Verá, señora Misrte, ahora mismo no puedo...

La mujer volvió la cara hasta Tracy y la miró intrigada y con una enorme sonrisa.

-¿Y quién esta joven tan maja que te acompaña?

Kurt gimió, su *oiyu* gruñó.

-Ella es Tracy, ahora mismo íbamos...

-¿Es una de las mujeres de la Tierra?

Me cago en tó, Kurt. ¿No puedes mandar a la jodida abuela a hacerse una ruta por las cuevas?

Mientras que él intentaba calmar a su *oiyu*, Tracy decidió participar en la conversación.

-Sí, señora Misrte, soy de la Tierra.

-Pero si eres igualita a nosotras.

Ahora el que gruñó fue él, mientras que su *oiyu* gemía.

-Oh, qué bien, qué ilusión, ¿estás visitando la ciudad, jovencita?

¿De verdad? ¿La puñetera abuela pretende mantener una maldita conversación social a sólo cincuenta metros de la cama donde deberíamos estar ahora? Despídela, Kurt.

Sí, bueno, aquello era más fácil decirlo que hacerlo.

-En realidad, señora Misrte, Tracy es mi compañera y ahora mismo íbamos...

-¿Tu compañera? ¡Oh! pero eso es estupendo, podrás contarme cómo es la vida en la Tierra, cómo es... Qué ilusión, me alegro muchísimo. Además Kurt-Aiman es un buen muchacho, muy serio, eso sí, pero seguro que ahora que te tiene a ti y en compañía de su *oiyu*, haréis que el joven cambie.

¿Muerto en la explosión? ¿Cuerpo desaparecido? ¡Y una mierda! El tío se largó en cuanto tuvo la oportunidad, era eso o arrancarse las orejas y el muy capullo anda escondido y no piensa regresar hasta que la cotilla estire la pata, porque a esta no hay quien la aguante.

-Señora Misrte, en realidad esta es la primera vez que Tracy y yo estamos a solas y...

Joder con la vieja que no lo dejaba terminar una maldita frase.

-¡Oh, oh, sí! Por supuesto, el reclamo, claro. ¡Ay hijo! Perdona, no lo sabía. ¡Ah! El reclamo, recuerdo cuando mi Halik-Shevvo me reclamó.

¿No me jodas que la vieja piensa relatarnos su acoplamiento? O la cortas tú, Kurt, o te juro que vomito aquí mismo. No pienso tener pesadillas imaginándome a la mujer entre...mierda Kurt mis ojos, joder, no puedo quitar la imagen de mi vista.

"Gracias, capullo, ahora me la acabas de pasar a mí".

-Era muy guapo, Tracy, tan alto...

-¡Señora Misrte! Lo siento de verdad, pero le recuerdo que es mi primera vez con mi compañera.

-Tienes toda la razón, pasadlo bien los tres. Tracy, puedes venir a visitarme cada vez que quieras.

-Sera un placer señora Misrte.

La mujer se dio la vuelta y volvió por donde había venido.

Maldita sea con la abuela de las narices, pensé que se venía a certificar la unión, la madre que la parió.

Kurt empujó a Tracy hasta la puerta, pero esta pisó fuerte el suelo y se lo quedó mirando.

-¿Por qué no me has puesto un maldito cartel en la cabeza que pusiera "voy a tirármela"? ¿Tú sabes lo que significa la sutileza? Y ya puestos, ¿la urbanidad?

-Lo siento, Tracy, pero estoy impaciente y ella no paraba de hablar y mi *oiyu* insistiendo en tenerte, ¿lo entiendes?

-Lo que entiendo es que piensas más con eso que tienes entre las piernas que con la cabeza.

Maldita sea y todo por la cotilla de la vecina, jodida suerte la suya.

Él la acompañó hasta la puerta y la vio sorprenderse cuando esta se abrió sola.

-¿No tienes llaves ni tarjetas para abrir la puerta?

-Hay un scanner antes de llegar a ella, me reconoce y abre automáticamente.

Ella miraba todo asombrada. Parecía una niña pequeña admirando un regalo, totalmente fascinada. Parecía haberse calmado después del arrebato de furia en la puerta. Le encantaba que disfrutara de su casa, en serio, pero...después, si, justo después de poseerla, porque su cuerpo no podía tardar más en reclamarla y el maldito *oiyu* no hacía más que "sugerirle" que la follara inmediatamente. La dejaría disfrutar, tal vez al día siguiente, pero hoy, hoy tenía otros planes para sorprenderla.

***

Tracy miraba alrededor asombrada, la casa era grande, fresca y luminosa.

El salón que había nada más entrar era espacioso, pintado en blanco, con cuatro enormes sillones en varias tonalidades de amarillo, una amplia mesa, sillas alrededor de ella, una enorme estantería con libros y pequeños archivadores, grandes ventanales cubiertos con cortinas en color amarillo pálido, dando al salón una sensación cálida y confortable.

Pero ella apenas tuvo tiempo de disfrutar de la estancia porque Kurt la llevó por un amplio pasillo hasta su habitación.

Era enorme, como él, pintada en blanco también, como el salón, con un ventanal cubierto de un visillo en tonos anaranjados, una de las paredes era todos paneles, según le dijo Kurt, era en armario, descomunal, por supuesto, como todo por allí y una gran cama en el centro, esa cama atrajo su mirada, pasando casi por alto los confortables sillones a los lados y el pequeño escritorio en un rincón, porque la cama no era enorme, era un campo de entrenamiento, debía medir unos dos metros y medio de largo por tres de ancho, joder, allí podían dormir perfectamente, media docena de personas sin llegar a tocarse.

-Es muy grande ¿no?

Él sonrió mirándola fijamente.

-Soy muy grande, Tracy y mi *oiyu*, también.

Ella tragó salía fuertemente.

-Sí, veras, sobre eso quería hablarte.

Él se acercó lentamente y se colocó tras ella, Tracy quiso girarse pero él la sujetó con fuerza de las caderas.

-Quédate así, pequeña. ¿Qué me decías de mi *oiyu*?

¿Decir? ¿Qué decía? ¿Ella había hablado? La verdad es que no podía pensar en nada, cuando él lentamente apartó su larga melena y empezó a mordisquear suavemente su nuca, pequeños estremecimientos la recorrieron de arriba abajo, notaba los colmillos de Kurt pincharla dulcemente y su lengua deslizándose por todo su cuello.

La mano derecha de Kurt se aposentó sobre su vientre, trazando líneas sobre su ombligo, mientras que la izquierda fue trepando hasta alcanzar uno de sus pechos, con los dedos índice y corazón empezó a diseñar caminos bordeando su pezón, todo era tan suave, tan ligero y al mismo tiempo tan intenso, que pronto notó sus bragas húmedas. Los gemidos empezaron a escapar de entre sus labios entreabiertos.

-¿Qué querías saber de mi *oiyu*?

Susurró las palabras en su oído, mientras que con su lengua dibujó todo el contorno. La mano derecha había ido descendiendo hasta alcanzar su monte de venus y los dedos de su otra mano, por fin, tomaron el endurecido pezón entre ellos, rotándolo dulcemente.

-Yo...no, no sé cómo funciona lo de la posesión, Kurt, ¿me tomarás tú y después él?

La mano sobre su monte se deslizó más abajo, con sus dedos índice y anular, abrió sus labios y con el corazón empezó a juguetear con su enhiesto clítoris. Apretó con más fuerza su pezón y después de un leve mordisco sobre su yugular, le susurró:

-Él no te tomará sin mí, Tracy. Yo soy el único hombre de tu vida y él solo aparece cuando nosotros queramos, salvo hoy, que tiene que estar para completar nuestra unión.

Ella tragó con fuerza después de su ronca y posesiva confesión.

-Pero, me tenéis que tomar los dos, a... ¿a la vez?

El clavó uno de sus dedos dentro del húmedo canal de su coño y empezó a estimular su punto G.

-Sí, para que la unión sea completa, tendremos que poseerte los dos a la vez.

Ahí estaba la respuesta que tanto había temido, ella no, a ver, que su culo era un terreno todavía sin explorar y vamos que aquello que estaba sintiendo ahora mismo a la altura del "camino sin transitar" parecía más un obús de aquellos que había visto en los murales de la escuela que un pene. Todo su cuerpo se tensó, si "aquello" no le daba miedo ya de por sí, pensar en meterse "entre pecho y espalda" dos de aquellos "dispositivos" le resultaba imposible, irrealizable e inviable.

De acuerdo que Amy parecía feliz y contenta, pero a lo mejor ella ya...tal vez Amy ya había practicado "eso", vamos, sexo anal.

-Tranquila, Tracy, no vas a sentir nada más que placer, te lo juro por todas las piedras *Airean*.

Como si quería jurarlo por los planetas, los lagos y la madre que los parió, aquello era totalmente impracticable y no pensaba discutirlo siquiera.

-Kurt, creo que es mejor que sea por turnos.

Él se tensó tras ella mientras clavaba con más fuerza el dedo en su interior.

-No. Tú serás mía, Tracy y la única manera, es que te tomemos los dos. Ya te he dicho que no tienes nada que temer. Déjame demostrártelo.

Para él era fácil, pero ¿para ella?

Notó las manos de él soltarla lentamente y cuando se dispuso a transmitir su siguiente protesta, él la giró con fuerza hacia su cuerpo y cortó cualquier reclamo de raíz plantando su boca sobre la de ella y empezando a trabajarla como una maldita máquina succionadora. Adiós a todo pensamiento, palabra u objeción. Su mente pasó a convertirse en un amasijo de neuronas calientes y lujuriosas.

CAPÍTULO 13

Él había intentado calmarla, pero ella seguía inquieta y nerviosa y su *oiyu*, impaciente. Por eso decidió pasar a la acción, le demostraría que no había nada que temer, que no iba a sentir dolor, sólo placer; que era necesario que la tomaran a la vez, pero que eso sólo sería el doble de placentero. No había nada más que explicar.

Bueno, realmente, Kurt, te has saltado un pequeñísimo detalle, no le has hablado del tema de la concepción.

Kurt estuvo a punto de maldecir.

"Escúchame, idiota, bastante asustada está sin tener que contarle eso, entonces sí que podríamos ir despidiéndonos de hacerla nuestra."

Creo que deberías advertirle.

"Y yo creo que deberías mantener la maldita boca cerrada y dejarme tomar las decisiones a mí."

Ya las tomas, gilipollas y por eso hemos tardado tanto en tenerla y ahora encima te saltas la parte más interesante de nuestro emparejamiento.

"Cuando nos haya perdido el miedo, se lo contaré."

Prepárate para otra ronda de lloriqueos y miedos, en cuanto le sueltes que los dos tendremos que...

"O cierras la puta boca o llevo a Tracy de vuelta al *Gumnarium*."

Su *oiyu* le hizo un jodido corte de mangas mientras cerraba la boca y se "sentaba" a esperar para realizar su actuación.

Tracy temblaba en sus brazos mientras que él seguía besándola, lentamente soltó su boca y notó sus labios hinchados. La había besado con profusión mientras mantenía la maldita charla con su *oiyu*, tanto, que hasta había hincado un colmillo en su tierno labio del cual manaba una pequeña gota de sangre que él saboreó. Tenía su sabor, su esencia y eso lo enloqueció y cegó aún más.

Deslizó las manos desde sus nalgas, donde las había mantenido apretándolas con firmeza, hasta sus caderas y fue subiendo lentamente mientras se miraban fijamente.

Soltó los lazos que unían las dos partes de su vestido y este se abrió. Colocó las manos en su cintura desnuda y empujo el vestido hacia arriba. Tracy levantó los brazos y cuando él tuvo el vestido por completo en sus manos, lo lanzó hacia atrás.

Clavó su mirada en ese precioso cuerpo, en sus pechos desnudos, en su cintura, en sus caderas cubiertas con unas braguitas semitransparentes.

Mientras seguía mirándola fijamente, se sacó su camisa por encima y se quitó las botas, Tracy se cubrió los pechos con sus brazos.

Él negó mientras que le quitó con dulzura, pero con firmeza, las manos que cubrían sus pechos.

-No, pequeña, no me escondas estas bellezas, déjame disfrutarlas.

Kurt lamió su pezón con suavidad, giró su lengua sobre él mientras que jugueteaba con el otro entre sus dedos. Pegó sus labios con firmeza sobre su pezón y lo chupó con fuerza, adentrándolo al máximo dentro de su boca. Allí lo retuvo y jugueteo con él, mientras Tracy gemía y se frotaba contra su cuerpo. Él necesitaba más, mucho más, lamió aún con más fuerza el pezón mientras que daba pequeños tirones con sus dedos en el otro, lo retorcía lentamente entre sus dedos mientras ella gemía y jadeaba a partes iguales.

-Oh Dios, Kurt, duele…no, no, es perfecto, perfecto.

Soltó lentamente sus pezones y la alzó entre sus brazos y con delicadeza la puso en la cama, se quitó los pantalones y los calzoncillos, cuando escuchó el jadeo de Tracy la miró y vio que ella tenía clavada su mirada en su gruesa erección.

Ella tragó saliva con intensidad.

-Sigo pensando que esto no va a funcionar, Kurt, de verdad, no lo va a hacer y más si él es igualito a ti.

Él se posicionó sobre ella, mientras un gemido escapó de sus labios al sentir el cuerpo desnudo de Tracy pegado al suyo.

-Y yo te he dicho que no te preocupes, pequeña. Placer, sólo placer, encontrarás entre mis brazos, te lo juro.

Besó su boca con firmeza, succionando la lengua de Tracy hacia el interior de su boca, mordisqueándola suavemente, mientras dirigía la mano a su vagina. Cuando la alcanzó, abrió con delicadeza los labios externos y acarició sus labios menores, deslizando un dedo en el interior húmedo de su coño. Ella estaba totalmente empapada, sacó el dedo y lo fue deslizando aún más abajo, acariciando su perineo y su ano mientras Tracy se retorcía bajo él y empujaba sus caderas con fuerza. Volvió a subir el dedo y esta vez insertó dos dentro de ella, empujó con firmeza y luego los sacó con lentitud para volver a repetir el movimiento una y otra vez.

Deslizó su boca hasta uno de sus pezones y lo lamió con fuerza, saboreándolo y chupándolo con firmeza.

Tracy había echado la cabeza hacia atrás y gemía sin parar, Kurt notó su orgasmo crecer, las paredes de su coño se contraían y succionaban sus dedos con fuerza.

-Kurt, te necesito.

-Lo sé pequeña, pero regálame antes tu placer.

Ella seguía arqueando sus caderas con fuerza.

-No puedo, Kurt, te necesito dentro.

-Sí, sí que puedes. No entraré en ti hasta que hayas empapado totalmente mis dedos con tu sabor.

Siguió moviendo con fuerza sus dedos dentro y fuera de ella y se vio recompensado un minuto después cuando Tracy gritó con fuerza y una gran cantidad de fluidos impregnaron sus dedos. Cuando los sacó de su coño, gotearon sobre la cama. Mirándola fijamente, Kurt metió sus dedos dentro de su boca y la saboreó.

Tracy enrojeció violentamente.

-Eres deliciosa, Tracy, lo mejor que probado nunca.

Suavemente la besó para que ella también paladeara su propio sabor. Kurt encauzó su polla en su húmedo y estrecho canal y lentamente la penetró.

Las paredes de su coño seguían estremeciéndose aun después de su orgasmo y ayudaron a introducirse a su polla con más rapidez. De una sola acometida se encajonó dentro de su cuerpo, haciéndolos gemir con fuerza y cuando ella cruzó sus piernas en su cintura, sus brazos en su cuello y mordió con fuerza su cuello, Kurt empezó a empujar con más intensidad. Cada embestida lo introducía más adentro, golpeando sus pelotas contra el perineo de ella.

El sudor pronto los cubrió, resbalando lentamente por la piel y los gemidos duplicaron su intensidad con cada nuevo envite.

No podía durar mucho más. Con cada nueva acometida al cuerpo de Tracy, ella se retorcía y gemía con más fuerza.

Uno, dos, tres empujones más y empezó a sentir retorcerse a su *oiyu*, quemándole la piel al mismo tiempo que el canal de Tracy se estremecía con violencia. Su *oiyu* temblaba bajo su piel, gruñendo y jadeando, totalmente excitado y listo para salir.

-Vamos allá pequeña, vente conmigo, ven.

La cama se estremecía al compás de ellos, Tracy estaba totalmente colgada y pegada a él y al siguiente envite ella gritó con fuerza mientras él se derramaba dentro de ella con un ronco rugido.

Jadeando profusamente, su cuerpo se relajó sobre el de Tracy, mientras intentaban encontrar un poco de aire para llevar a sus pulmones. Sabía que era pesado, pero no tenía fuerza para moverse, además le encantaba sentir su cuerpo bajo él, pegajoso, sudado y caliente. Y más cuando sintió los dedos de Tracy jugueteando con su pelo.

Ella sonreía tiernamente con los ojos cerrados y él depositó un suave beso sobre esos dulces y magullados labios. Tracy abrió los ojos y lo miró...asustada y jadeó.

-¡Joder! ¿Qué no me preocupe? ¡Y un cuerno!

Él volvió la vista hasta los pies de la cama y descubrió a su *oiyu*, de pie, casi dos metros de hombre idénticos a él, desnudo y con una erección al completo. Sí, entendía sus recelos, pero lo que no sabía Tracy es que su *oiyu* se encargaría de encajar todo aquello dentro de ella con la mayor eficiencia gracias al *aium*... ¡mierda!, eso tampoco se lo había explicado y todo por estar pensando con su maldita polla en vez de con la cabeza.

Los ojos azul claro de su *oiyu* brillaron intensamente cuando él se levantó del cuerpo de Tracy y tuvo una visión de ella desnuda.

-La necesito ya, Kurt.

Ella jadeó con fuerza mientras que Kurt sonrió ligeramente.

-Me encanta tu jodida sutileza.

Tracy se levantó ligeramente y los miró con fijeza.

-Chicos, de verdad, creo que debemos hablar.

Como siempre, su *oiyu* hizo acto de toda su maldita diplomacia.

-No, Tracy, nada de hablar, vamos a follar.

Y a eso se le llamaba tener tacto, sí señor.

CAPÍTULO 14

El *oiyu* se acercó lentamente hasta la cama sin apartar la vista de ella.

Tracy lo miraba alucinada.

Era igual, si...no, bueno casi idéntico, ¿no?

Miró a Kurt fijamente, se había levantado y estaba al lado de la cama. Ella giró la cabeza de uno a otro, comparando, buscando las diferencias, si es que había alguna, ¡mierda! ¿Es que eran copias exactas?

Kurt tenía el pelo rubio oscuro y el de su *oiyu*, mmm, ¿tenía algunas vetas en tonos rojizos? Sí, efectivamente. ¿Y los ojos? Los de Kurt eran azules con unos ligeros tonos verdes, pero los de Aiman parecían verdes solamente, de un verde clarísimo.

Pero ahí parecían acabarse las malditas diferencias, sus cuerpos eran igual de grandes; los tatuajes de sus brazos, idénticos; las miradas, clavaditas; la sonrisilla de engreídos, calcada y...sus pollas exactamente iguales, largas, gordas, muy gordas y con esa inclinación hacia arriba que la hicieron ponerse mojada en apenas un segundo.

Mientras seguía salivando ante semejantes maravillas, pensó que los de la Tierra alucinarían sabiendo cuáles eran las verdaderas joyas de ese planeta.

-Desde fuera huele mejor, necesito probarla.

Tracy miró asombrada al *oiyu*.

-Aiman, la estás asustando.

Tracy miró fijamente a Kurt.

-¿Aiman?

-Sí, mi nombre es Kurt-Aiman, Aiman es el *oiyu*, por eso tenemos nombres compuestos.

Aiman había llegado hasta su altura y le acarició suavemente la cara.

-Eres preciosa, pequeña.

Ella lo miró atentamente y después volvió la vista hasta Kurt.

-Habla como tú.

Él le sonrió.

-Te dije que somos la misma persona, aunque él algunas veces piense por libre.

Aiman resopló con este último comentario.

Kurt le acarició la otra mejilla, haciéndola temblar.

-No tengas miedo, Tracy, los dos sentimos lo mismo por ti y los dos queremos lo mismo, hacerte nuestra y feliz y que sólo sientas placer entre nuestros brazos.

Kurt se sentó a su lado en la cama. Seguía acariciando suavemente su mejilla, cuando Tracy sintió un ligero movimiento al otro lado de la cama.

Ella seguía con la vista clavada en Kurt cuando notó la boca de Aiman succionando su pezón, no pudo reprimir ni la queja de asombro ni el gemido de placer cuando Aiman capturó su pezón y lo engulló prácticamente.

Kurt se agachó y procedió a disfrutar de su otro pecho.

Tracy no podía dejar de gemir. Aquellos dos hombres, o uno solo, o uno y su doble, como fuera, se movían igual, chupaban igual y le hacían sentir igual.

Aiman soltó su pezón y fue deslizando su lengua por todo su cuerpo.

Tracy notaba su saliva, era como gotas de rocío fresco que su piel estaba absorbiendo con avaricia y en cuanto se filtraba por sus poros, sentía un ligero calor, un cosquilleo y su piel se volvía más y más sensible al tacto de ellos.

Ella miró a Kurt.

-¿Qué me hace? ¿Qué está haciéndome, Kurt?

Él siguió lamiendo su pezón mientras el *oiyu* alcanzó su coño y empezó a lamer con fuerza su clítoris, impregnándolo con esa saliva que la hacía estremecerse con fuerza.

El placer se acrecentaba a pasos agigantados mientras que no tenía ni fuerza ni voluntad para mantenerse quieta. Sus caderas empezaron a arquearse por cuenta propia acercando su coño más cerca de esa lengua que la estaba volviendo loca.

Levantó la cabeza y miró fascinada a Aiman. Este seguía lamiéndola con fruición, sin dejar ni un milímetro de piel sin degustar y cuanto más la lamía, más excitada, caliente y agitada se ponía ella.

-¿¡Qué me está haciendo, Kurt!?

Kurt soltó el pezón, se inclinó hacia ella y la miró dulcemente.

-El *oiyu* tiene una saliva especial, el *aium*, con el mismo aroma que nuestros cuerpos, el mismo que me atrajo de ti. La saliva de Aiman es un potente lubricante y es afrodisiaca, facilita la penetración...anal.

Ella miró a Aiman, que seguía lamiéndola.

No pudo evitar que un gemido escapara de su garganta. Tracy tomó la cabeza de Aiman y la levantó de su cuerpo.

-Por favor, para ya.

Aiman la miró muy fijamente, sus labios brillaban, ella ya no sabía si era por su saliva o por todos los jugos que se escurrían por su excitado coño. Con la mirada fija en ella, sacó la lengua y se lamió los labios haciéndola estremecer, excitándola aún más y no pudo (ni quiso, ¡qué puñetas!) reprimir un ronco gemido.

-Es hora de dejar de hablar, Tracy, te mostraremos la verdad de nuestras palabras con hechos, ahora te tendremos los dos y verás que sólo sentirás placer.

Cuando Kurt terminó de hablar, besó su boca, se acostó en la cama boca arriba y la subió sobre él, Tracy notó la boca y la lengua de Aiman deslizarse por su espalda, sintiendo su saliva como una lluvia fina sobre su piel. Había llegado el momento de comprobar si cumplían lo que prometían.

CAPÍTULO 15

Kurt acariciaba lentamente un pezón de Tracy, girándolo suavemente entre sus dedos, mientras seguía besando su boca con lentitud, lamiendo todos los contornos internos de ella, empapándose de su sabor.

Ella estaba totalmente entregada a él por eso supo el instante justo cuando Aiman había alcanzado su culo. Ella se tensó ligeramente sobre él y entonces él soltó su boca de la de ella y la deslizó hasta sus pechos, procedió a lamer sus pezones, mordía lentamente la punta, endureciéndolo intensamente y después jugueteaba con su lengua sobre él, girándola de lado a lado, escalando aquella pequeña protuberancia y dejándola caliente y húmeda.

Kurt podía sentir todo lo que su *oiyu* hacía, por eso fue consciente de cuándo Aiman clavó su lengua en su ano, lamiéndolo suavemente y empapándolo con el *aium*. Jugueteaba con el fruncido agujero, humedeciéndolo y ensanchándolo. Poco a poco insertó uno de sus dedos dentro.

Tracy apenas se percató, salvo un ligero estremecimiento. Aiman subió su boca hasta su oído, lamiéndolo suavemente, mientras insertó un segundo dedo dentro de su ano y realizaba movimientos de tijera dentro de él.

-¿Te duele, pequeña?

Tracy gimió con fuerza cuando Kurt mordisqueó con más fuerza su pezón y Aiman inserto un tercer dedo.

-No, no me duele, es una sensación maravillosa, apenas siento tu dedo.

Ellos se miraron y rieron entre dientes.

Aiman mordisqueó su lóbulo y le susurró en el oído, antes de deslizarse de nuevo hacia abajo.

-Tengo tres dedos dentro de ti, Tracy.

Ella lo miró a él fijamente.

-¿Tres?

Kurt asintió antes de besarla de nuevo.

Aiman bajó su boca hasta el coño de Tracy, lamiéndola con fuerza, chupando y mordisqueando su enhiesto clítoris mientras que seguía sacando y metiendo sus dedos dentro del ano de ella.

Tracy empezó a agitarse sobre Kurt.

Aiman intensificó las lamidas en su coño y la velocidad en sus dedos, mientras que Kurt mamaba con fuerza sus pechos, alternando uno y otro.

Tracy se estremeció con más fuerza.

-¡Oh, Dios! Esto, esto es tan bueno, estoy tan caliente, no voy a poder aguantar mucho más, por favor, os necesito.

Kurt la miró fijamente.

-¿Estás segura, pequeña?

-Estoy a punto de arder, Kurt, por supuesto que estoy segura.

Kurt sonrió y miró a Aiman.

-Nuestra compañera está lista.

Aiman asintió.

-Empieza tú.

Kurt tomó a Tracy de las caderas, alzándola la sentó a horcajadas sobre él.

Ella se estremecía a cada roce de sus manos sobre su piel y soltaba suaves quejidos.

Kurt miró a Aiman.

-Está más que preparada, nos necesita ya.

Lentamente la dejó caer sobre su pene totalmente erecto. Kurt guio sus caderas, Aiman acariciaba suavemente sus pechos y Tracy se encajaba lentamente sobre la polla de Kurt. Con un largo gemido se dejó caer con fuerza sobre él y absorbió todo su miembro en su interior. Aiman la empujó suavemente sobre Kurt.

-Estoy muy llena, ¿de verdad encajareis los dos?

Kurt la besó suavemente en la sien.

-Sí, pequeña, encajaremos muy bien, ya lo verás.

Aiman se posicionó detrás de Tracy y le dedicó una última y sensual lamida a su ano, lentamente acercó sus caderas al culo de Tracy y tentativamente, su polla a su ano, con suavidad empujó las caderas y encajó la gruesa cabeza en el agujero, acercó la boca a su oído y lamió suavemente su lóbulo, haciéndola estremecerse con fuerza. Le dio un leve mordisquito y le susurró una pregunta:

-¿Te sientes bien, Tracy?

Ella asintió vehementemente, mientras soltaba otro gemido y arqueaba el culo hacia él, invitándolo a que lo poseyera, Aiman sonrió.

-Evidentemente, está más que preparada.

Con lentitud pasmosa se fue introduciendo dentro de ella y los tres gimieron cuando se enterró por completo dentro de su cuerpo.

Kurt notaba la polla de Aiman, sólo una fina pared los separaba, suavemente se fue moviendo y ambos combinaron perfectamente sus movimientos, alternando entradas y salidas, empujando con lentitud sus pollas dentro de aquellos estrechos y húmedos canales.

-¡Ohhhh! Ahora si estoy llena y es...es mmm, no tengo palabras.

Kurt miró a Aiman.

-Creo que podemos ir más deprisa.

Tracy gimió con fuerza cuando ellos incrementaron la velocidad y firmeza de sus embestidas.

Kurt sentía todo el placer propio y el de Aiman. Igual que su *oiyu*, su placer se doblaba, se acrecentaba y al mismo tiempo sentían el de Tracy.

Las paredes de su estrecha vagina empezaron a contraerse con fuerza, al mismo tiempo que las de su ano, atrayendo y succionando sus pollas con ansias hasta su interior. Con un fuerte chillido ella se corrió, empapando la polla de Kurt de sus jugos, que mezclados con la saliva de Aiman lo hicieron arder y por consiguiente, a su *oiyu*.

Aiman lo miraba fijamente, con su cuerpo perlado de sudor.

-Es el momento Kurt.

Kurt asintió.

-Ahora, ahora.

Cada uno de ellos mordió con suavidad el cuello de Tracy, clavando sutilmente los colmillos en la blanca piel de ella, Aiman empapó el mordisco con su saliva y doblaron la fuerza de sus empujes. Ahora entraba con fuerza Aiman, mientras que Kurt arqueaba sus caderas y se preparaba para la próxima embestida, los movimientos se hicieron más persistentes y fuertes, alternando las entradas y salidas, coordinados totalmente.

Kurt soltó su boca del cuello de Tracy para susurrarle:

-Vamos, cariño, ven con nosotros.

Volvió a morderla suavemente para seguir incrementando, aún más, el ritmo de sus embestidas. Sus cuerpos empezaron a sudar y calentarse, les subió la temperatura y su piel hormigueó, los testículos se les encogieron y de repente, liberaron con violencia su semen caliente, en copiosos y abundantes chorros y con dos fuertes rugidos se corrieron dentro de Tracy, haciéndola correrse nuevamente, con una fuerza como jamás habían sentido ninguno.

Los dos soltaron el cuello de Tracy para susurrarle.

-Ahora eres nuestra, pequeña, sólo nuestra.

Tracy se estremeció entre sus grandes cuerpos.

Los tres quedaron totalmente sudados y saciados.

Lentamente, las respiraciones se suavizaron, el ritmo de sus pulsaciones se aminoró y la fuerza volvió a sus gastados cuerpos.

Aiman besó dulcemente la nuca de Tracy.

-Ha sido todo un placer hacerte nuestra compañera, Tracy. Ahora eres completamente nuestra, no podremos vivir sin ti, pequeña, pero tú tampoco podrás vivir sin nosotros.

CAPÍTULO 16

Los tres juntos, ellos firmemente encajados todavía en su cuerpo, se giraron y se tumbaron de lado. Las manos de Kurt y de Aiman la acariciaban suavemente, deslizándolas por sus caderas hasta sus pechos y de allí de nuevo a sus caderas. Iban dejando suaves y dulces besos en su cuello, en su clavícula, se sentía mimada, dulcemente extenuada y al mismo tiempo viva. Era realmente maravilloso tener a dos hombretones así para ella sola, dos hombres que decían no poder vivir jamás sin ella y ella tampoco podría vivir sin ellos…un momento. ¿Cómo que no podrían vivir ya el uno sin el otro? ¿Qué castañas se suponía que significaba eso?

Alzó la cabeza con fuerza, algo que hizo parar las caricias de ellos sobre su piel y que deslizaran sus pollas fuera de su cuerpo, algo que su culo y su coño no agradecieron para nada.

-¿Qué significa eso de que ya no podremos vivir el uno sin el otro?

Ellos cruzaron una mirada y una sonrisita, de esas que ella ya estaba empezando a maldecir. Esa sonrisita de *"pero qué jodidamente machote soy"* se instaló en la boca de Kurt y sabía que en cuanto girara la cabeza encontraría una maldita réplica en la de Aiman. Un segundo después lo confirmaba, sí, ahí estaba. Eran unos engreídos, a lo que su cachonda conciencia le contestó un *"cariño, porque pueden, no te fastidia, ¿o no te has dado cuenta que nos han dejado con las neuronas haciéndose el boca a boca para reanimarse?"* Cuando tenía razón la tenía, así que mentalmente le hizo una maldita reverencia, punto para ella.

-¿Pensáis contestarme alguno de los dos?

Kurt la besó dulcemente en los labios, mientras que Aiman reanudó la tierna tarea de acariciar su cuerpo.

Kurt fue el que empezó a hablar.

-Para que el emparejamiento sea total y completo, tenemos que morderte los dos a la vez al mismo tiempo que eyaculamos en tu interior, la saliva de Aiman, el *aium*, potencia aún más nuestro aroma y activa nuestras neuronas mandándole un mensaje de hambre y necesidad a nuestros cerebros. Pasamos a ser vitales el uno para el otro, no podremos pasar mucho tiempo el uno sin el otro, necesitaremos el contacto, el sabor de nuestros cuerpos.

Tracy lo miró fijamente, Kurt acarició uno de sus pezones y Aiman acercó su boca a su oído susurrándole tiernamente.

-Necesitaremos hacer el amor a menudo, será como un ansia que nos dominará. Cuantas más veces lo hagamos, más reforzaremos el vínculo y cuanto más fuerte sea nuestro vínculo más nos necesitaremos.

Ella se estremeció entre los brazos de ellos, que ahora la estrechaban con fuerza.

-Lo sentiremos todo, pequeña, nuestros dolores, nuestras penas, nuestras ansias, nuestro deseo, todo se potenciará.

Ella miró fascinada a Kurt. Y de pronto sonrió.

-Entonces, si estoy pensando en ti... -cuando escuchó el gruñido de Aiman volvió la cabeza y le sonrió- Está bien, pensando en vosotros... -un suave beso en sus labios fue la recompensa por incluirlo.- deseándoos, ¿vosotros lo sentiréis?

Aiman le sonrió.

-Sí, sentiremos tu deseo, tu necesidad de nosotros.

Ella ensanchó la sonrisa y volvió la vista a Kurt.

-¿Y os excitareis?

Kurt entrecerró los ojos.

-¿Qué estás pensando?

Ella hizo un dulce mohín.

-¿Yo? Nada.

Aiman soltó una carcajada.

-Creo que tenemos un pequeño monstruo entre nuestros brazos, Kurt. Sí, cariño, nos excitaremos y vendremos corriendo a ti en cuanto podamos.

Un pequeño bostezo de Tracy los hizo ponerse en movimiento, fue casi cómico verlos mirarse preocupados y empezando a movilizarse. Kurt miró con fijeza a Aiman.

-Nuestra compañera está cansada.

Kurt la tomó entre sus brazos y se levantó con ella, Aiman los siguió mientras se dirigían al cuarto de baño, que era...enorme, como todo lo de ellos.

Las paredes del baño estaban revestidas de azulejos en color gris oscuro, dos lavabos con dos piedras *Airean* estaban en un lado, un enorme (¡cómo no!) armario estaba justo al lado; una puerta, que ahora estaba entreabierta, mostraba un inodoro. Y al fondo, una colosal bañera, de forma cuadrada y con cuatro piedras Airean colocadas en cada esquina invitaba a zambullirse en ella. A zambullirse en ella y hasta a bucear, era una mole.

-¿Es que todo lo tenéis que hacer a lo grande?

Ellos sonrieron, Aiman se metió en la bañera y la recibió cuando Kurt se la pasó, para meterse él.

-Todo aquí está preparado para los tres, Tracy, nada puede limitar nuestro placer, nada.

Tracy besó a Aiman en los labios, mientras que lentamente se deslizaban y se sentaban en la bañera. Kurt extendió los brazos hacia ella y la sentó sobre su regazo.

Pegada al cuerpo de Kurt, todo el frente quedaba libre para Aiman, que llenando sus manos de jabón las empezó a deslizar por su cuerpo, enjabonó su cuello y deslizó las manos hasta sus pechos, jugueteando con ellos y endureciendo sus pezones que pronto lucían como dos pequeñas fresas coronadas de espuma. Las manos de Kurt acariciaban su vientre y se deslizaban cada vez más abajo, haciéndola rogar para que en la siguiente vuelta alcanzara su hinchada vagina.

Todo su cuerpo se estremecía mientras ellos jugueteaban con él, llenándola de caricias y besos húmedos. Pero otro pequeño bostezo de ella les hizo darse cuenta de su cansancio.

La enjuagaron tiernamente y después la secaron con una de las toallas, enormes, que Aiman sacó del armario. Después de secarse ellos, Aiman la tomó en sus brazos y los tres juntos se dirigieron al dormitorio.

Aiman la depositó con suavidad en el centro de la cama. Mientras que él se acostó frente a ella y Kurt a su espalda, Aiman la acercó a su cuerpo y Kurt se pegó totalmente a ella por detrás, estaba protegida por sus dos guerreros, que la tenían fuertemente abrazada. Aiman besó sus labios, mientras que Kurt dejó un suave beso en la nuca y le susurraron un:

-Descansa pequeña.

CAPÍTULO 17

Tracy se fue despertando lentamente, estaba tumbada sobre su lado derecho, sentía un calor abrasador, notaba arder su cuerpo y humedad, mucha humedad, eso sí, en zonas estratégicas, mmm, sus pezones, su vagina, su culo...un momento. ¿Y esos ruiditos? Intentó mover su cuerpo y se dio cuenta de tres cosas.

Uno, estaba firmemente sujeta.

Dos, estaba siendo acariciada.

Y tres, estaba llena, repleta, totalmente poseída por dos penes enormes que se habían instalado en su cuerpo.

Abrió los ojos para encontrarse a Aiman mamando de su pecho e incrustado en el fondo de su vagina y a Kurt mordisqueando su hombro y con todo el armamento avasallando su puerta trasera.

-Al fin has despertado, Tracy.

Ella miró fijamente a Aiman.

-¿No eras tú el encargado de lubricar? Mmm- no pudo reprimir el gemido al sentir el empujón de Kurt.

-Y me he encargado, pequeña, llevamos un buen rato preparándote.

-Eres una dormilona.

Ella volvió la cabeza hacia Kurt y este capturó sus labios en un beso profundo, deslizando su lengua hasta el interior de su boca.

Aiman empujó su polla aún más adentro y Kurt respondió con otro empuje, pronto estuvieron moviéndose alternativamente, empujando con una cadencia suave y profunda.

Ella apenas podía moverse, ellos la tenían sujeta por la cadera y la cintura, Aiman chupándole un pezón con fuerza, impregnándolo con su saliva, endureciéndolo, haciéndolo hormiguear y calentarse y Kurt mordiendo su nuca mientras empujaba con fuerza en su culo.

Ella se agarró con fuerza a uno de los hombros de Aiman y se dejó llenar por ellos, gimiendo con cada empuje, buscándolos cuando sus penes abandonaban su coño o su culo. Pronto el calor fue inaguantable, la presión dentro de ella alcanzó una fuerza descomunal, quería y debía lograr el orgasmo, pero cuando estaba a punto, los dos dejaban de moverse y la dejaban agonizando de deseo.

-¿Queréis dejar de jugar conmigo y follarme duro?

Aiman le sonrió tiernamente mientras que Kurt empujó con más vigor dentro de ella.

-¿Lo quieres así, pequeña?

Aiman respondió con otro fuerte empuje en el estrecho canal de su coño.

-Sí, así y sin parar, por favor.

La sujetaron con más fuerza y empezaron a empujar con más energía, sus movimientos dejaron de ser controlados y alternos, entraban y salían imprecisamente, sólo con fuerza, mucha fuerza. Su coño empezó a contraerse rítmicamente, dando ligeros masajes a la polla de Aiman y él empujó aún más descontroladamente dentro de ella.

Al notar las contracciones femeninas y los fuertes envites de Aiman, la fricción y el calor, hicieron empujar con más ánimo a Kurt y el orgasmo les barrió como una ola, pasando de uno al otro e incrementándolo, haciéndolos sudar y gritar hasta dejar sus gargantas roncas.

***

Describir el resto del día sería simple, muy simple: follar, comer, baño, follar y vuelta a empezar. Eso sí, entre medias de tanto ajetreo habían aprovechado cada pequeño descanso para conocerse un poco más. Tracy les había hablado de su vida en la Tierra, de todos sus problemas, de las luchas para poder sobrevivir y tener un mundo mejor y ellos le habían explicado cómo había sido su vida en Phartian hasta ahora. Aiman había dejado muy claro que la vida para él había empezado con ella, que la deseaba, que la adoraba y que la necesitaba, estaba eufórico y dispuesto a evidenciar claramente que quería ser reclamado a menudo, aprovechó cada puta palabra para hacerlo bien patente, es más, lo remarcó en cada frase.

Los *oiyus* no podían estar más de un día fuera, pero Aiman había agotado cada segundo y cuando se despidió de Tracy con un dulce beso en sus labios magullados le susurró un: "reclámame pronto, pequeña" que fue contestado con un suave gemido de ella.

Tras la marcha de Aiman, ella había dormido entre sus brazos, estrechamente abrazada a él, sus piernas estaban entre las suyas, una de sus manos lo sujetaba del pelo y la otra estaba entre los dos, apretada entre sus caderas y cercana a su polla que de nuevo lucía una enorme erección.

Los *phartianos* eran muy sexuales con sus compañeras y ellas respondían a esa pasión, pero nunca había oído que un *oiyu* estuviera fuera del cuerpo de su *phartiano* toda una noche. Tracy no había querido que él se fuera y había respondido a cada caricia, a cada beso y había estado dispuesta cada vez que ellos la habían reclamado. Aiman había vuelto a su cuerpo totalmente relajado, agotado y desde entonces se mantenía tranquilo y en silencio, algo que Kurt agradecía inmensamente.

Pero a pesar de todas las veces que habían hecho el amor, la seguía necesitando. Cada instante con ella le hacían necesitarla más y más, cada roce de su piel era un estímulo, la suave respiración de ella contra su cuello lo tenían totalmente excitado, electrizado y a punto de zambullirse de nuevo entre sus piernas. Quería dormirse, quería dejarla descansar, pues estaba agotada, pero su cuerpo se resistía a no tomarla de nuevo.

***

Tracy sintió la agitación de Kurt, estaba sumida en un profundo sueño y de pronto notó una ansiedad crecer en ella, un calor que se fue propagando por todo su cuerpo lentamente y una ligera humedad se instaló entre sus piernas. Eso la hizo despertarse suavemente y en cuanto estuvo despierta sintió todas las reacciones del cuerpo de Kurt. La necesitaba, estaba ardiendo por ella.

Escuchaba su respiración agitada, se estaba quemando con el calor de su cuerpo, estaba húmedo. Una ligera capa de sudor le recubría el cuerpo y cuando movió una de sus piernas hacia arriba, él se estremeció y ella se encontró una erección enorme plantada en su muslo. Sí, estaba totalmente excitado, pero se negaba a despertarla. Era tan dulcemente considerado e idiota, ella no podía ni quería negarse, a pesar del cansancio su cuerpo estaba reaccionando a él.

Se estiró perezosamente sobre su cuerpo y deslizó su boca hasta su cuello, inhaló con fuerza, aspirando ese aroma de él, de ella, de Aiman, ese olor que era incapaz de separar de ellos tres y de toda su pasión. Pero igual de adictivo que el aroma, era el sabor y ella necesitaba saborearlo, deslizó su lengua por su cuello y él se sobresaltó.

-¿Estás despierta?

Ella sólo gimió mientras siguió deslizando la punta de su lengua por todo el cuello de él. Tenía un toque salado, un tenue rociado de miel y el suave sabor ácido del *moong*.

Deslizó la lengua una y otra vez por todo su cuello, lamiéndolo con fuerza, impregnándose de su sabor, mientras que él deslizaba las manos por su cuerpo de forma errática, temblando bajo ella, gimiendo y endureciéndose más y más con cada toque de su lengua. Ella deslizó las manos por el pecho duro de él y cuando alcanzó sus pequeños pezones los estimuló friccionándolos con las yemas de sus dedos, mientras que chupaba con fuerza su cuello.

-Pequeña, me vas a matar. Por favor, dame tu boca.

-No, quiero devorarte como tú lo haces conmigo.

Él intentó darle la vuelta, pero ella se había subido sobre él, así que abrió sus piernas y lo abrazó con ellas mientras chupaba y mordía su cuello con intensidad y con sus uñas empezó a rasgar suavemente sus pezones y Kurt comenzó a estremecerse con fuerza bajo ella.

-Ten compasión, cariño, vas a hacer que me corra sin haber sentido tu calor.

Ella deslizó una de sus manos hasta su polla, cuando llegó a ella la acarició suavemente haciendo que Kurt prácticamente sollozara. Varias gotas de líquido pre-seminal se deslizaban por la cabeza de su pene, Tracy las recogió con sus dedos y frotó toda la cabeza con ellas, humedeciéndola totalmente.

-¿Te gusta, Kurt?

El gimió con más fuerza cuando ella empezó a deslizar su mano por toda su verga, subiendo y bajando con fuerza.

-Vas a matarme, pequeña, juro que vas acabar conmigo, no es posible aguantar tanto placer.

Ella lo miró sonriendo.

-¿Entonces paro?

Él soltó un gruñido.

-Prefiero que me mates con tu toque, Tracy, a que dejes de hacerlo.

¡Dios! El muy capullo era capaz de derretirla con una sola palabra.

No quiso seguir torturándolo más, también había que decir que ella estaba al límite, así que levantó sus caderas y guio la polla de él hacia su avaricioso coño que latía frenéticamente por tenerlo dentro. Con suavidad se fue dejando caer sobre ella y cuando estuvo enterrada profundamente dentro de ella, ambos soltaron un fuerte gemido.

Kurt la tomó de las caderas, sujetándose a ella pero dejándola marcar el ritmo. Tracy empezó a mecerse sobre su pelvis, con leves movimientos, subiendo de vez en cuando y dejándose caer con fuerza. Un giro a la derecha, un sutil balanceo de delante hacia atrás y viceversa y de nuevo un pequeño ascenso con una rápida caída.

El sudor empezó a resbalarle a Kurt por sus sienes, pequeñas gotas se le habían formado sobre el labio superior y tenía su labio inferior apretado fuertemente entre sus dientes, pero seguía quieto, dejando que ella tomara de él todo el placer que quisiera y como lo quisiera.

Notó una creciente humedad entre sus piernas, él seguía pre-eyaculando, había clavado los pies fuertemente en el colchón y sus gemidos se enlazaban uno con otro. Sus ojos seguían clavados en ella, sus pupilas dilatadas, los giros de su cabeza y sus gemidos cada vez más roncos le hicieron comprender que estaba al límite, así que empezó a moverse con más fuerza y velocidad.

Kurt siguió sin soltar sus caderas y ayudándola a moverse pero sin conducirla, era ella la que marcaba el ritmo. De pronto estuvieron jadeando los dos, los gemidos dieron paso a los pequeños gritos y un ronco bramido de él dio paso al agudo grito de ella mientras llegaba al orgasmo.

Agotada, se dejó caer laxamente sobre el pecho de Kurt mientras seguía sintiendo la fuerza y el calor de los chorros de semen que seguían saliendo de él, mientras que las contracciones de su coño lo ordeñaban con avaricia.

Cuando consiguieron recuperar la respiración, Kurt la acompañó nuevamente al baño y se dieron una ducha ligera, para después terminar en la cocina, devorando famélicos cualquier cosa que encontraran en ella.

Los frigoríficos no existían en *Phartian*, los alimentos se almacenaban en una especie de habitación refrigerada, una pequeña pantalla, mostraba la selección de alimentos almacenados, sólo tenías que pulsar en ellos y una cinta trasportadora los dejaba en una pequeña barra, como la de un bar. Según le había dicho Kurt, una vez a la semana se podían hacer los pedidos y los almacenes se encargaban de abastecer de nuevo la cámara.

Después, totalmente saciados, se dejaron caer de nuevo en la cama, estrechamente abrazados.

Tracy acariciaba el pecho de Kurt, era tan duro, tan musculado, no se cansaba de tocarlo.

-Tracy, si sigues haciendo eso, no vas a descansar en un buen rato.

Ella sonrió y besó dulcemente su pecho, mientras que con la punta de su lengua acarició su pezón haciéndolo gemir.

-Tracy, por favor, necesitas descansar.

-No estoy cansada.

Él la tomó de la barbilla y la besó intensamente.

-Tienes que descansar, cariño, te hemos tomado muchas veces, no entiendo que no estés dolorida. Descansa, pequeña.

Ella lo miró fijamente.

-¿Mañana irás al *Gumnarium*?

-Sí, no quisiera dejarte, pero tengo una reunión con el *Phartok*.

- Iré contigo, ¿no?

-¿Quieres ver a tus amigas?

Tracy lo miró extrañada.

-Sí, pero aparte de eso quiero ver los trabajos que hay disponibles.

Ahora fue el turno de Kurt de mirarla extrañado.

-¿Trabajos? ¿Qué trabajos?

-Pues el mío, cuál va a ser.

Kurt volvió a tomarla de la barbilla.

-Tracy, no tienes que trabajar.

-Pero siempre lo he hecho.

Él negó con la cabeza.

-Pero aquí no, nuestras mujeres no lo hacen.

Ella se soltó de él y se sentó mirándolo fijamente.

-¿¡Qué!?

Aiman se despertó en ese momento y le soltó un berrido a Kurt.

-*¿Qué cojones le has hecho a nuestra compañera?*

Adiós a la maldita tranquilidad.

CAPÍTULO 18

Tracy seguía mirándolo fijamente.

-Creo que no te he entendido muy bien, Kurt. ¿Me estás diciendo que vuestras mujeres no trabajan en nada?

-Sí, me has entendido perfectamente.

Tracy agitó su cabeza.

-Bueno, pues entonces, descríbeme, para que yo, una simple y mera mujer de la Tierra, te entienda, ¿cuáles son las funciones de las mujeres en *Phartian*?

Él la miró sonriendo dulcemente.

Y ella pensó que ojalá, y sólo ojalá, no cometiera la maldita imprudencia de decir que las mujeres no hacían nada, salvo cuidar la casa y a sus estúpidos compañeros, porque si lo decía, aquí el idiota y su condenado doble iban a ver a una mujer realmente cabreada.

-Pues, cuidan de la casa, de los hijos y son las encargadas de escribir nuestra historia, nuestras costumbres, avances, las batallas, los tratados, todo lo escriben en los *Libros Phartianos*.

Tracy pegó un tirón a la sabana, se envolvió en ella y se puso de pie de un salto.

Pues sí, el muy asqueroso había cometido la imprudencia de decirlo, con un par. No sabía si es que era muy "machote" o es que en realidad el pobre era idiota, pero cojones, lo que se dice cojones, para soltárselo los había tenido, eso había que reconocérselo.

Lo miró fijamente con la mano en el pecho.

-¡Ay Dios! No sé si voy a poder soportar tanta maldita emoción. Joder, lo mismo me da un infarto con tanto alboroto.

Él la miró extrañado.

-¿Eso es sarcasmo?

-No, ¿por qué preguntas semejante cosa? ¿Algo en mi voz te ha podido dar a entender eso? Pero si estoy emocionada, feliz, contenta, es más, como siga así de emocionada lo mismo me van a oír chillar hasta en el condenado *Gumnarium*.

Kurt saltó de la cama y la miró francamente mosqueado.

Maldita sea, Kurt, esta cabreada, muy cabreada. No puedes ser tan idiota como para no haberlo pillado, ¿no?

"Lo he pillado, pero no te necesito dándome consejos, mantente al margen."

Perdona que dude de esa decisión tuya, pero cada vez que te quedas a cargo de esta relación terminas cagándola a lo grande.

"Vete a la mierda."

A la mierda no sé, pero creo que nos veo de nuevo machacándonos la jodida muñeca, bombeando nuestras pollas.

Tracy empezó a golpear rítmicamente el suelo con su pie, mientras que lo miraba ceñuda, ¿pensaba contestar o seguir con la cara de imbécil que lucía en aquel momento?

-No lo entiendes, Tracy. Nosotros cuidamos a nuestras mujeres, sois nuestro mayor tesoro, nuestra riqueza y nuestro futuro.

Ella pegó un tirón a la sábana que se había deslizado y prácticamente había dejado sus senos expuestos.

-No estoy diciendo que no me cuides, cuando lo necesite, por supuesto. Lo que te estoy diciendo es que quiero hacer algo con mi vida, sentirme útil.

Él se acercó lentamente a ella con el ceño muy fruncido.

-¿Ser mi compañera no es suficiente para ti?

¿Era idiota o se lo hacía? La estaba cabreando mucho. ¿No estaba entendiendo las cosas adrede o porque era cortito de mente?

Tomó aire y decidió hablarle lento, calmada y firme.

-No he dicho eso, Kurt, simplemente es que he trabajado toda mi vida. En la Tierra me dedicaba a llevar los informes de las granjas donde trabajaba, ayudaba en ellas y además, me entrenaba para luchar contra los abusos de los soldados.

Él le sonrió y le acarició la mejilla.

-Pero aquí no tienes que hacerlo, pequeña.

Tomó aire otra vez, le sonrió con cara de idiota y le apartó la mano de un jodido manotazo.

-Pues no pienso quedarme metida en casa con los brazos cruzados esperando que tú y el "alquilado" que vive contigo, aparezcáis por la puerta.

Lo estás haciendo de vicio, sigue, sigue, lo mismo nos corta la polla a la altura del ombligo y no tenemos que preocuparnos de la muñeca.

Kurt resopló sonoramente.

-¿Te estoy cansando, Kurt?

-No es por ti, Tracy, es Aiman.

-Fantástico, no tengo bastante con un idiota, que vienen a pares.

Oye tú, aclare a Tracy que yo estoy intentando arreglar la situación, no quiero estar en el mismo lote que tú. Porque, reconozcámoslo, tiene razón, eres un idiota.

-Joder, Tracy, no me estás entendiendo, esto no lo he decidido yo. Nuestro planeta se rige por unas normas, unas leyes. Nuestras mujeres están protegidas y no necesitan trabajar.

Ella lo miró fijamente, no sin antes resoplar y apartarse unos cuantos pelos inoportunos que habían caído sobre su frente.

-¿Y les habéis preguntado a ellas si se sienten felices?

Kurt la miró indignado.

-Por supuesto que son felices.

-Me encanta, de verdad, sois unos cerdos trogloditas de mierda. No sólo las arrinconáis, si no que ya sabéis hasta cómo piensan. Siglos, ¿me oyes? Siglos tardamos en la Tierra para hacer comprender a los hombres que éramos iguales que ellos y que teníamos los mismos derechos y ahora hemos venido a parar a un condenado planeta retrógrado.

Él se puso colorado, luego pasó a un tono púrpura para terminar entre un tono amarillo limón tirando a verde pistacho.

-No sé quién mierda es el troglodita ese, ni me importa, te estoy diciendo cómo son las cosas en nuestro planeta y no entiendo tu enfado. Vas a vivir mejor.

Ella recogió la sábana y terminó echándosela sobre un hombro.

-Oh sí, por supuesto que voy a vivir mejor, en cuanto vuelva de nuevo a la Tierra y me aleje de ti, del otro idiota y de la panda de machistas de este planeta.

Iba a girar, iba a hacer una salida triunfal, cuando el mamarracho aquél la tomó fuertemente de los hombros, la giró y la miró fijamente y a punto de echar espuma por la boca.

-No me vas a abandonar, Tracy, ¿me oyes? Te juro que sales por esa puerta con semejantes intenciones y te ato de por vida a mi cama.

Se había probado y encima la había amenazado, así que, a pesar de que sabía que terminaría con los dedos magullados, no pudo evitar darle una patada en la espinilla. Él la soltó para cogérsela y saltar sobre un   pie mientras gruñía.

-Mejor no te digo por donde me paso tu chulería, Kurt. Y te aviso que hasta que no aclares este tema con tu *Phartok*, con el condenado comisionado o con la madre que los parió, tú y el inquilino vais a ver reducida vuestra actividad sexual a nula, a no ser que os encarguéis de daros placer mutuo.

Y salió dando un portazo.

Y ahora es cuando yo respiro mucho más tranquilo. Eres el puto rey de la diplomacia. No sé cómo no te aprovecha mejor Arnoox, terminaríamos a hostias con todos los condenados planetas.

Maldita fuera su estampa, la de su *oiyu* y el condenado carácter de Tracy.

CAPÍTULO 19

No había podido dormir en toda la maldita noche. Cuando se calmó, salió a buscar a Tracy y la encontró dormida en el enorme sofá, la cubrió con una manta y se sentó en el sillón frente a ella. Tuvo que aguantar, no sólo el insomnio, sino también a Aiman que estuvo toda la jodida noche maldiciéndolo, cabreado con él, enfadado por la injusticia cometida contra su persona y culpándolo en exclusividad del cabreo y amenazas de Tracy.

Cuando volvió la luz del día, Tracy despertó lentamente, estirándose con sensualidad sobre el sofá, haciendo erguirse a su polla y a Aiman rugir de deseo y frustración

Y pensar que podríamos estar hundidos en el calor de ese cuerpo y míranos, aquí estamos, adornando el maldito sillón como un jodido almohadón de plumas.

El día prometía, sí, efectivamente prometía ser más de lo mismo y eso lo pensó él solito cuando, no sólo escuchó al idiota de Aiman, sino cuando vio la mirada ceñuda de Tracy.

-Buenos días, pequeña.

Ella lo miró aún más ceñuda y decidió pasar olímpicamente de él.

-Tracy, ¿podemos hablar?

-¿Has cambiado de idea desde anoche?

Evidentemente era firme en sus decisiones.

-Tracy, ya te dije que esto no depende de mí.

-Entonces no tengo nada más que hablar contigo.

-No estás siendo justa, pequeña.

Ella lo miró echando chispas por los ojos.

-¿No estoy siendo justa? ¿Y tú, Kurt? Soy algo más que un coño que tú y tu condenado doble podáis follaros. Soy una persona que siente y que piensa. Toda mi vida he tenido que luchar, trabajar y vivir por mi cuenta. Me gustas y quiero vivir contigo, darle una oportunidad a nuestra relación, pero si pretendes que sea poco más que un maldito jarrón, no puedo darte esa oportunidad, me iré en el próximo intercambio.

¡Y una mierda! Haces algo, Kurt, o te juro que el que te va arrancar las pelotas con unos alicates voy a ser yo.

Llegó en dos pasos a ella, la tomó fuertemente de la barbilla y pegó su cara a la de Tracy.

-Nunca, ¿me oyes?, nunca me abandonarás. Si lo haces, te buscaría hasta en el último rincón, levantaría cada maldita piedra, escanearía todos los jodidos planetas, arañaría el suelo, atizaría cada volcán, removería cada condenada galaxia y te encontraría, ¿me estás oyendo, Tracy? Lo que no entiendes es que tú y yo no podremos vivir jamás el uno sin el otro, moriríamos lentamente, nos sumiríamos en una agonía lenta y dolorosa.

Ella lo miró con los ojos llorosos.

-Tal vez lo prefiera.

Él apretó con más fuerza su barbilla.

-Estás colmando mi paciencia, mujer. Voy a ver a Arnoox, vendré a por ti a la hora de la comida y comeremos en un comedor del centro de abastecimiento, quiero comprarte ropa.

Ella lo miró enfurruñada y cruzando los brazos bajo sus pechos.

-Tendré que revisar mi agenda, lo mismo la tengo tan ocupada que puede que no tenga tiempo para acompañarte.

Él se inclinó aún más hacia ella y la besó con fuerza, gimiendo contra sus labios firmemente apretados, lentamente separó su boca de la de ella y la miró con una sonrisa triste en los labios.

-Estarás preparada, Tracy. Más tarde hablaremos.

Salió cerrando suavemente la puerta.

Tomó su *kioo* y se dirigió al *Gumnarium*.

¿Qué piensas hacer?

Nunca volvería a tener un maldito instante de tranquilidad, estaba claro.

"No lo sé, pero lo que no voy a consentir es que nos deje."

No puede, es nuestra compañera. Su lugar es en nuestra casa y en nuestra cama.

"¿Y yo soy el rey de la diplomacia? ¿Es que no la has escuchado? Tracy ha llevado una vida distinta a nosotros, no va a querer quedarse de brazos cruzados.

Nuestras mujeres lo hacen y no las he oído quejarse ni una maldita vez, tendrá que acostumbrarse.

"Realmente, Aiman, aparte de tocarme las pelotas y pensar en follar, ¿haces algo de provecho? Ella no es *phartiana*, es de la Tierra"

Como si quiere ser del culo de la galaxia, vive aquí, vive como una phartiana, fin de la discusión.

"No se conformará, tendré que hacer algún trato con ella y mientras, intentar hablar con Arnoox, con el resto de mujeres de la Tierra y hasta con el *Comisionado*, tal vez haya que cambiar nuestra forma de vida."

Me gustaría verlo. Plantéale al comisionado semejante chorrada y lo único que vas a conseguir es que terminen descojonándose de la risa. No se han cambiado las leyes en este jodido planeta desde que se creó. Además, ¿dónde mierda se supone que trabajarían?

"No sé, habría que hablarlo. Tracy dice que ha llevado las cuentas de las granjas y que aprendió a luchar".

Pues nada, convence a los idiotas que las próximas guardianas de las piedras Airean serán las mujeres de la Tierra y seguro que ya no tendríamos que preocuparnos de Tracy, de una maldita patada nos mandaban a la Tierra sin pasar por los putos portales.

"¿Se te ocurre una idea mejor, imbécil?"

Sí, que te limites a enseñarle su lugar, en nuestra cama y dispuesta, punto.

"En algún momento de toda la discusión, ¿estuviste atento? Ella es algo más que un coño que follar, Aiman, es una persona con sentimientos, libre de pensar, de sentir y de hacer lo que quiera."

¡Mierda! ¿Dónde he escuchado yo esto antes? Ah, sí, espera que esta me la sé, sí, ya sé, de la boca de nuestra compañera, ¿cierto?

Kurt respiró hondo, bajó del *kioo* y lo dejó en el recinto reservado para ellos.

"¿Has estado tocándome las pelotas deliberadamente?"

Mentalmente vio a Aiman mirándose las uñas y encogiendo los hombros.

No eres mal tío, Kurt, algo idiota, un poco imbécil y lento de entenderas, pero en el fondo, majete. Tú sabes lo que tienes que hacer para tener contenta a nuestra compañera, al fin y al cabo, ella es lo más importante para nosotros, ¿o no?

"Puto imbécil."

***

Tracy se había quedado mirando la puerta cuando Kurt salió hecho una furia y cerrando suavemente. Si hubiera sido ella, el portazo lo hubieran escuchado, sin interferencias, a la altura de la luna, pero él era más comedido.

Iba a levantarse para tomar algo cuando sonó un toque en la puerta. Despacio y envuelta en la sábana, abrió levemente y frente a ella vio a la vecina de Kurt, la señora Misrte.

-Hola, buenos días, Tracy. He visto que Kurt se marchaba y he venido a visitarse y a traerte un pastel de *moong*, ¿puedo pasar?

-Sí, por supuesto, pase señora Misrte.

-Por favor jovencita, nada de señora, sólo Misrte. Puedes vestirte mientras preparo un jugo y corto el pastel, conozco la casa porque la distribución de ella es exactamente igual a la mía, ve jovencita, te espero aquí.

Quedaba claro que la mujer era una entrometida pero era tan educada y dulce que no se atrevía a contradecirla en nada.

Fue a la habitación, tomó su vestido que seguro que Kurt había doblado y puesto en uno de los sillones y fue al baño a adecentarse un poco.

Unos minutos después salía totalmente vestida, peinada y con un ligero toque de brillo en los labios y antes de ir hacia la cocina, echó un vistazo a la cama revuelta que había estado compartiendo con Kurt y Aiman esos días. Un ligero rubor cubrió sus mejillas cuando recordó todos los momentos tórridos vividos.

Salió de la habitación dando un ligero suspiro. Había sido memorable, perfecto, hasta que abrió la bocota y se complicaron las cosas con sus estúpidas leyes.

Cuando llegó al salón, Misrte ya estaba sentada en el sofá y había colocado frente a ella, en la pequeña mesa, dos platos con sendos trozos de pastel y dos vasos de jugo. Se sentó junto a ella y le pegó un buen mordisco al pastel. Estaba delicioso.

-Esto está riquísimo, me tienes que enseñar a hacerlo, Misrte.

-Por supuesto, anda come hija que debes de estar agotada.

Tracy se ruborizó intensamente.

-No tienes que avergonzarte conmigo, Tracy. Todas hemos vivido las mismas experiencias. Son maravillosos, ¿a qué si?

-Pues sí, pero...

-Además, tu hombre duplicado, capaz de volverte loca por partida doble, nunca te faltara pasión ni sexo ni amor, mucho amor.

-Cierto, pero...

-Y si uno se agota, tienes al otro. Y después vuelven a actuar en conjunto y hacen que a una se le fundan las neuronas.

¿Estaba manteniendo una conversación de sexo con una desconocida y encima, con una que le doblaba la edad? Maldita sea.

-Te contaré un secreto: rétalos, diles que no son capaces de rendirte, descubrirás hasta qué punto son capaces de entregarse.

Tracy tragó con fuerza.

-Verás, Misrte, me resulta un poco raro mantener esta conversación contigo.

La mujer sonrió pícaramente.

-Yo también he sido joven, cielo, y sé lo que es estar totalmente satisfecha. No te preocupes, esa vergüenza desparecerá. Además, no tienes aquí ni a tu madre ni a tu suegra para darte las instrucciones para manejar a estos hombres.

Eso era cierto, pero era raro estar hablando de todo esto con ella.

-Bueno, ahora quiero que me cuentes cómo es la vida en la Tierra.

Dos horas después, cuatro vasos de jugo y el pastel comido al completo y una Misrte que había pasado desde la sorpresa, a la estupefacción para llegar a mirarla, en momentos, con lástima, acariciaba ahora su mano.

-Dura vida la de la Tierra, hija. Y aburrida sin dos buenos hombres para mantenerte saciada.

El guiño de ojos y la sonrisa traviesa de la mujer sacaron una carcajada a Tracy.

-En eso estoy de acuerdo contigo.

Misrte se puso seria en ese momento.

-Entonces, ¿es por lo del trabajo por lo que has discutido con Kurt?

Tracy miró alucinada a la mujer.

-¿Cómo sabes que he discutido con Kurt?

-Cariño, sabe más el diablo, por viejo, que por diablo. Conozco a Kurt desde hace muchos años, era amigo de uno de mis hijos, Manaad-Jurg, murió en un combate hace cinco años.

Tracy acarició las manos de la mujer.

-Lo siento mucho.

-Gracias, cariño. Es triste perder a tu compañero, mucho. Murió en una explosión en la fábrica que trabajaba, no pudieron encontrar su cuerpo, era químico. Pensé que me moría, tardé un año en poder respirar siquiera sin que me doliera y después empecé poco a poco a recuperar mi vida y cuando lo estaba consiguiendo, llegó la muerte de mi hijo, fue un duro golpe.

Tracy seguía apretando fuerte las manos de la mujer, intentando trasmitirle cariño y confortarla un poco.

- En fin, como te decía, jovencita, conozco a Kurt y le he visto salir esta mañana dando pasos agigantados, con semblante triste y ni me ha saludado al pasar. Creo que ni me ha visto, él siempre es muy educado y considerado conmigo, así que sabía que ocurría algo. Al principio he pensado que podía ser porque te hubieras negado a tomarlos, pero cuando he visto tu cara, la cara de una mujer totalmente satisfecha sexualmente y esas pequeñas incisiones en tu cuello, sabía que te habían tomado, así que escuchándote me imagino donde está el problema.

-Misrte sé que tenéis vuestras leyes y que debería respetarlas, pero son tan injustas.

-Por supuesto que son injustas.

Ahora sí que la había descolocado, ¿estaba de su lado? ¿La entendía?

-¿Tú también lo crees?

-Por supuesto, y mi compañero también estaba de acuerdo conmigo, pero ¿qué podía hacer él, un simple químico, contra todo el planeta? Por todas las malditas estrellas, somos capaces de hacer las cosas igual que ellos, pero intenta explicarle eso a los estirados y capullos del *Comisionado*. Son incapaces de ver más allá de sus gordas y asquerosas narices.

-Entonces, ¿por qué no habéis hecho algo?

La mujer sonrió.

-¿Cómo, cariño? Después del virus, quedamos muy pocas mujeres y los hombres se volvieron aún más posesivos y cuidadosos. Por todas las piedras *Airean,* no sé ni cómo no terminamos metidas en jodidas urnas y aisladas. Al principio fue casi cómico, no podías estornudar siquiera sin que a los pobres les entrara un cólico crónico pensando que nos podía pasar algo. Y en los partos, era horrible tenerlos al lado, terminabas agotada de empujar y con las manos fracturadas de tanto que te las apretaban.

Tracy sonrió levemente.

-Así que no dijimos nada. Esta ha sido siempre nuestra vida, pero por supuesto que nos gustaría cambiarla. Las mujeres de las aldeas ayudan a sus maridos en las granjas, y créeme no han perdido ni un brazo ni la dignidad ni nada. Ahora explícales eso a los viejos barbudos y castrados del *Comisionado* y es capaz de darles un infarto masivo a todos.

-Entonces, ¿crees que es justo que me revele?

-Por supuesto que sí, corazón. Pero te va a costar mucho, muchísimo. Empieza con Kurt.

-Créeme, he empezado, pero para lo que me ha servido.

Misrte rio desvergonzadamente.

-Cariño, tienes un as en la manga, aprende a utilizarlo.

-¿Sexo?

-Sí, es rastrero lo sé, pero es la mejor forma de dominar a estos hombres, niña. Después de probarte, son como *calaam* en celo, no podrán pasar mucho tiempo sin querer meterse entre tus piernas, mantente dura ahí y lo iras envolviendo en tu dedo meñique.

-Pero es tan sumamente indigno.

Misrte rio ahora con fuerza.

-Totalmente, niña, pero ¿no utilizan ellos sus armas contra nosotras? Además, en el amor y en la guerra, todo vale. Sólo juega tus cartas, tesoro, si él te escucha y te entiende, podrá hacerse oír. Tiene la fuerza y el carisma para conseguirlo. Tiéntalo, provócalo, ¿por qué no?

¿Podría ella ser tan rastrera? Mmm, por supuesto, ¿no actuaban ellos como malditos trogloditas? Pues ahora iban a empezar a tomar su misma medicina.

CAPÍTULO 20

Después de una sesión de entrenamiento y de pasar por su sala de comisionado donde tuvo que repasar varios informes y firmar unos documentos, Kurt se dirigió a ver al *Phartok*.

Arnoox estaba en su propia sala y en esos momentos estaba solo. Era una sala casi idéntica a la suya y a la del resto de comisionados: una habitación luminosa con una enorme mesa, el sillón donde en esos momentos estaba sentado Arnoox, tres más alrededor, varias estanterías con libros y documentos y una enorme lámpara situada en el techo. Después de una charla sobre nuevos proyectos y los informes, Kurt decidió pasar al ataque.

-Creo que podemos tener un problema entre las manos con las mujeres de la Tierra.

Arnoox lo miró extrañado.

-¿Problema? Yo no veo ninguno, diecinueve mujeres se han emparejado, sólo quedan once en el *Gumnarium*. Dreena me ha sugerido que podríamos hacer visitas a los pueblos cercanos, pequeñas excursiones para que las mujeres conocieran los alrededores y al mismo tiempo que vieran a los hombres de los pueblos. De allí podrían salir nuevas parejas. Estoy más que satisfecho, así que no, no veo ningún problema.

Tal vez todas las mujeres no fueran como su compañera, aunque empezaba a dudarlo, así que lo más probable es que en unos días el problema les estallara justo delante de sus propias narices.

-No me refiero a problemas de emparejamiento, sino en nuestra forma de vivir.

Arnoox lo miro entrecerrando los ojos.

-¿En nuestra forma de vivir? ¿Qué hay de malo en ella?

Kurt se removió algo incómodo en su asiento.

A ver Kurt, sabíamos que esto fácil no iba a ser, deja de irte por las putas ramas y suéltale el discursito a Arnoox, él debe de ser nuestro mejor aliado.

"Para ti es fácil, capullo, pero me temo que terminará colgando mis pelotas del balcón del *Gumnarium,* después de que deje de reírse de mí en toda la jeta, por supuesto."

-Parece ser que las mujeres de la Tierra, todas tienen trabajo.

-Sí, lo sé, pero aquí no tienen que hacerlo.

Kurt carraspeó, mientras que su *oiyu* le lanzaba miradas de aliento, deditos en alto, V de victoria y palmaditas en la espalda. El muy capullo tenía sus pelotas bien resguardadas, mientras que las suyas pedían de un corte por lo sano de la daga que en esos momentos lucía Arnoox envainada y sujeta por correas en uno de los muslos.

-Bueno, pues parece ser que nuestra vida es demasiado ociosa para ellas, no les gusta.

Arnoox empezó a sonreír.

-¿No les gusta o no le gusta a tu compañera?

Kurt le echó una mirada asesina.

-Evidentemente, a ella, pero parece ser que todas las mujeres se sentirán así pronto. Según Tracy, han luchado durante años por hacer las mismas cosas que los hombres.

Arnoox empezó a mover la cabeza en gesto negativo.

-Kurt, esto tendrás que hablarlo con tu pareja. Nuestras mujeres no trabajan, viven por y para la estabilidad familiar, es nuestra forma de vida, no vamos a cambiarla por ella.

Kurt empezó a sudar, si no podía ni convencer a Arnoox, lo tenía bien jodido.

-Escúchame, Arnoox, Tracy amenaza con abandonar el planeta si no se siente útil.

-Mantenla ocupada en la cama, Kurt.

Me gustaría ver a este capullo soltarle semejante gilipollez a nuestra compañera. Sería capaz de arrancarle los huevos de una patada sin despeinarse un jodido pelo. Creo que sería lo mejor, así se le bajarían los putos humos que tiene el muy imbécil.

-Joder, Arnoox, ¿quieres escucharme? Si todas las mujeres empiezan a pensar igual, vamos a tener un maldito problema entre manos. ¿Qué cojones harás cuando se marchen en el próximo intercambio?

Arnoox se levantó de un golpe.

-No se irán.

-¿Por qué tú lo dices? Arnoox, creo que debemos estar atentos y tal vez, sólo digo tal vez, hablarlo con el resto de los comisionados. Debemos estar preparados por si tenemos que hacer algún cambio.

Arnoox se acercó en dos pasos a él.

-Escúchame, Kurt, y deja de pensar con la jodida polla. No he hecho este trato con la Tierra para que ahora tu compañera decida tocarme las pelotas. Ella se queda, las demás emparejadas se quedan, fin de la discusión. No pienso reunir al *Comisionado* por semejante idiotez, pedirían mis pelotas en una bandeja de plata y se las merendarían.

Kurt se levantó también alterado.

-Está bien, no digas que no te lo advertí. Impón tu maldita voluntad, pero si Tracy se marcha, yo me iré con ella.

Y salió dando un portazo.

Joder macho, me dejas impresionado, pedazo punto que te acabas de marcar ahí. Yo voto por pasar de él directamente y marcharnos a hablar con el Comisionado.

"Perfecto, Aiman y entonces en vez de merendarse las pelotas de ese idiota, serían las nuestras las que se merendarían. Si Arnoox, que pensé que tenía la mente más abierta, es incapaz de entenderlo imagínate la panda de trogloditas.

Hablas como nuestra compañera y por cierto, ¿qué cojones es un troglodita?

"Ni puta idea, pero tiene que ser algún maldito animal de los que pululan por su planeta."

Ahora a ver cómo cojones le soltamos a Tracy que no se van a hacer cambios.

"Estoy por hacerte caso e ir a hablar con el *Comisionado*, tal vez sea menos indoloro hacerlo con ellos que con Tracy. Joder, vamos a terminar castrados, me lo veo venir."

Su *oiyu* por una maldita vez estuvo de acuerdo con él, durante todo el trayecto se mantuvieron callados, taciturnos y sintiendo el cabreo de Tracy, porque si algo tenían claro, es que su compañera todavía estaba muy, pero que muy enfada con ellos. ¿Hablar con ella? ¿Llegar a un acuerdo? ¿Negociar? Malditas todas y cada una de las estrellas, ¿con que mierda iba a negociar?

¿Con qué vamos a negociar? Sólo tenemos el maldito despelote y con eso no me refiero a que nos desnude. Seremos más que felices si lo hace con la mayor rapidez posible, eso es lo único que tenemos para negociar con ella.

CAPÍTULO 21

Cuando abrió la puerta la vio sentada tranquilamente en el sillón. Vestida con una casaca de él en tonos tierra. Sus piernas lucían desnudas, salvo que en los pies también llevaba unos calcetines suyos y tenía un libro entre las manos. Alzó la cabeza por apenas un segundo e ignorándolo totalmente siguió leyendo.

Pues pintaba bien la cosa, sí, señor.

Joder, podría tener un poquito más de consideración con él, al fin y al cabo lo había intentado.

Ella no lo sabe. Claro que cuando sepa el resultado de la conversación lo mismo nos conviene resguardarnos detrás de una maldita puerta.

-Hola, Tracy.

Ella hizo un gesto con la mano que no supo muy bien si era un saludo o un vete por dónde has venido.

-¿Cómo ha ido tu mañana?

Ella alzó su cabeza al mismo tiempo que Aiman empezó a gritarle.

Joder, Kurt, tú la sutileza te la pasas por los mismos huevos, ¿no? De todas las malditas preguntas que podías hacerle, ¿se te ocurre esa? Ahora entiendo porque Arnoox no te quiere cerca cuando negocia tratados. Si por ti fuera, estaríamos exterminados. ¿Cómo cojones puedes ser tan estúpido?

-Estupenda, mi mañana, estupenda. ¿Y la tuya?

No sabía si arriesgarse a contestar, dijera lo que dijese terminaría explotándole en la jeta, se lo veía venir.

-Bien.

-Pues me alegro por ti.

-Me doy un baño y nos vamos a comer.

Ella siguió leyendo, ignorándolo.

-Por mí ni te molestes, no pienso salir, estoy agotada.

Bueno, se acabó. Él no pensaba dejarse pisotear de esa manera. En dos zancadas estuvo frente a ella, le quitó el libro, lo tiró sobre la mesa y tomándola de las manos la alzó hacia él.

-Creo que no he sido muy claro. Me baño y nos vamos, no te he preguntado, Tracy, te he informado.

-Y yo te he dicho que estoy cansada.

Él la tomó fuertemente de la barbilla.

-Escúchame, Tracy, no voy a entrar en este juego absurdo. No voy a consentir que me trates como si fuera un maldito objeto de esta casa.

-Bueno, pues bienvenido al maldito club, porque así es como me siento yo.

-Esto no es culpa mía y lo sabes. Entiendo cómo te sientes y haré todo lo que esté en mi mano para buscar una solución, pero en nuestra casa y en nuestra cama, no pienso tolerar distanciamientos y frialdad, ¿te queda claro?

Ella lo miró fijamente.

-Clarísimo, ¿lo próximo que será? ¿Ponerme unos malditos grilletes?

Él sonrió.

-Si te ato, será para nuestro placer, en nuestro planeta no tenemos esclavos.

-Permíteme que disienta, ¿qué cojones soy yo?

Él apretó más fuerte su barbilla y se inclinó hacia ella, dejando su boca a milímetros de la de Tracy.

-Eres mi compañera, en igualdad de condiciones en esta relación.

-En la relación puede, ¿pero fuera de ella?

Tuvo que besar su boca, su aroma lo estaba volviendo loco, el calor de su cuerpo, la fuerza de su carácter, todo en ella lo hacía perder el control cuando la tenía cerca.

La besó con intensidad, poseyendo su boca con fuerza, era suya, quería que le quedara claro, le pertenecía por completo, igual que él era totalmente suyo, por entero y jamás iba a permitirse el perderla aunque tuviera que dejarlo todo atrás y marcharse a otro sitio, aunque tuviera que ir a la Tierra con ella por mucho que odiara el planeta.

Lentamente la soltó, vio sus labios hinchados y húmedos por la intensidad del beso. Se los acarició suavemente con el pulgar.

-No lo entiendes, ¿verdad, pequeña? No hay nada ni nadie que sea más importante para mí que tú. Haré todo lo posible y hasta lo imposible para que seas feliz, pero dame un respiro, déjame que te explique las cosas y te prometo que buscaré soluciones.

Ella lo miró alterada. Kurt quería pensar que no sólo por el enfado, sino por la pasión entre ellos.

-Escucharé lo que tengas que decirme, Kurt, pero no pienso cambiar de opinión, no puedo vivir de brazos cruzados.

Él besó suavemente sus labios y se fue al baño.

***

No hablaron durante todo el trayecto y Tracy se dedicó a mirar por la ventana del *dayinr*.

Le fascinaba la ciudad, con sus calles amplias, limpias y sus hermosas casas, con aquellos jardines frente a ellas.

Llegaron al centro de abastecimiento. Un edificio enorme, de una sola planta. Era de forma cuadrada, en el centro había una enorme fuente con la figura de un *phardook* y del pico del animal manaba agua sin parar. Alrededor de la fuente había varios arcos y cada uno de ellos era la puerta a una tienda o comedor. Kurt la guio hacia uno de aquellos arcos.

El comedor era una sala enorme, con grandes ventanales. Había varias mesas diseminadas por el local, lo suficientemente separadas para poder mantener una conversación sin molestar a los demás clientes y mantener la intimidad. Todas las mesas tenían manteles de colores claros, con un enorme cesto de frutas en el centro. Los camareros iban vestidos con pantalones negros y camisetas, totalmente adaptadas, en el mismo color.

Tracy tuvo que tragar con fuerza, joder, todos y cada uno de aquellos hombres eran inmensas moles de músculos y testosterona. ¿Se suponía que una se tenía que concentrar en la comida con todos esos hombres pululando por allí? Cuando escuchó un gruñido miró a Kurt que la miraba muy irritado. ¿Había dicho en alto lo que pensaba de los camareros?

-No, no has dicho nada, Tracy, pero lo veo en tu mirada. Deja de comértelos con los ojos, ¿quieres? Eres mía, joder.

Ella lo miró sonriendo.

-¿Tampoco se me permite mirar?

Él volvió a gruñir.

-Como los miras ahora mismo, no. ¿Cómo crees que me siento? No me miras a la cara y a ellos te los estás devorando.

¿Celoso? Mmm, interesante. Oye, un momento, él había dicho lo que ella estaba pensando... oh, oh, ¿qué quería significar eso?

-¿Lees mis pensamientos, Kurt?

-No, pero sí que leo tus expresiones y siento tus emociones y maldita sea si piensas que me agrada ver a mi mujer calentarse por otros hombres.

Ella volvió a sonreír.

-No me estaba calentando, machote. Pero no puedo evitar admirar a los hombres, sois todos impresionantes.

Creo que nuestra mujer necesita otro buen revolcón, me jode que mire a los otros, haz algo, Kurt, no me gusta nada esta sensación.

"¿Y crees que yo estoy contento?"

Pues muéstrale a quién tiene que mirar y apreciar, saca músculos, pavonéate, bésala o fóllatela pero no quiero en mi mente la sensación de ella caliente por otro tío.

Se sentaron en la mesa y Tracy le dijo que pidiera por ella, aún no estaba familiarizada con todos los alimentos del planeta.

Miraba a Kurt de reojo, él la miraba fijamente, sin apartar la vista de ella, con los brazos cruzados y el ceño fruncido. De vez en cuando echaba miradas asesinas a todos los hombres del comedor, pero apenas un segundo después su mirada estaba de vuelta en ella.

Cuando les trajeron la comida, ella empezó a comer con ganas, todo allí estaba riquísimo y tenían una dieta muy variada y equilibrada. Echó otra mirada a Kurt y a pesar de que había descruzado los brazos, seguía mirándola y no había tocado su comida.

-Si no tenías hambre, ¿para qué hemos venido?

-Al fin te has dignado a hablarme y a mirarme.

Ella resopló con fuerza y siguió con su comida.

Durante toda la comida lo ignoró, mientras que él se iba alterando más y más. Lo notaba muy dentro de ella, sentía su rabia y su frustración, pero también sentía su anhelo, su deseo, su pasión y eso repercutía en ella y en su carácter. Empezó a sentirse nerviosa y cuando la llevó a una de las salas de ropa, apenas se sentía cómoda. Él fue el que iba eligiendo los vestidos para ella, hasta que se hartó de tanto vestidito mono y sexy.

-¿Tampoco le permitís a vuestras mujeres ponerse pantalones?

El vocabulario de Kurt había quedado prácticamente reducido a gruñidos y murmullos, en los que estaba segura ella no quedaba muy bien parada.

A penas dos minutos después de hablar ella y gruñir él, tenía en los brazos todo un maldito surtido de pantalones y una especie de casacas en todos los colores. ¡Dios! Todo lo tenía que hacer a lo grande, así que para fastidiarlo decidió probarse todas y cada una de las prendas que le había situado entre los brazos.

Decidió darle todo un pase de modelos, bien calentito. Lo fascinante fue verlo excitarse poquito a poco, fue cruel por parte de ella, lo sabía, pero se lo merecía. ¡Oh sí!, por supuesto que se lo merecía.

Primero salió con una de las casacas sin ponerse los pantalones debajo, lo cual la dejaba desnuda desde medio muslo, él saltó del sillón donde estaba sentado y miró alrededor buscando miradas masculinas clavadas en ella.

-¿Te gusta?

Él apenas gruñó.

-Sí, maldita sea, claro que me gusta, pero podías haber salido con los puñeteros pantalones, Tracy.

Las gotitas de sudor empezaron a acumularse cuando salió con uno de aquellos vestidos ceñidos y sin apretar los cordones de los laterales, así que lucía bastante de sus senos.

-¿Y qué opinas de esto?

-Tracy, ¿a qué se supone que estás jugando? Cierra los putos cordones.

Kurt se removía inquieto en el sillón mientras murmuraba algo así como que prefería recibir una patada en la entrepierna que ir de nuevo con ella a comprar ropa.

Y el remate fue cuando salió con uno de los pantalones pero sin la casaca en su parte de arriba, luciendo un espectacular sujetador de encaje morado. Él no saltó, no, se lanzó en plancha hacia ella rugiendo un:

-Tápate mujer, lo que estas luciendo es sólo mío.

El gruñido de Kurt le confirmó que Aiman había hecho algún comentario dejándole claro a quién pertenecía ella.

Al final él había terminado caliente, sólo había que echar un vistazo al frontal de sus pantalones, pero ella no había terminado mucho mejor

Él terminó comprando todos y cada uno de los modelitos que se había probado, no sabía si era por su prepotencia o porque le habían encantado los modelos después de semejante desfile. Se llevaron tan solo unas cuantas prendas, el resto se las mandarían al día siguiente.

Llegaron a casa en el mismo silencio que habían estado compartiendo durante toda la tarde.

Al entrar, Kurt lanzó la bolsa que llevaba en las manos sobre el sofá.

-Ya está bien, Tracy, se acabó toda esta mierda.

Ella lo miró extrañada.

-No me mires como si no supieras de lo que hablo. Te he dicho que entiendo tu cabreo, que respeto tu punto de vista, pero estoy hasta las pelotas de que me ignores.

-Ya te dije cuál era la solución. Arregla esta situación, no pienso vivir así.

-¿Esa es tu última palabra?

-Sí.

-Bien.

¿Bien? ¿Cómo que bien? ¿Me quieres explicar que cojones te pasa? ¿Por qué no le has dicho que hemos hablado con el imbécil de Arnoox, pero que no hemos conseguido nada?

"¿Hemos? Yo no recuerdo ni una puta palabra tuya con él. Además, quiero que ella confié en mí, que sepa que estaré siempre de su parte y que haré hasta lo imposible porque sea feliz".

Pues por eso se lo tenías que haber dicho, para que aprenda a confiar.

"Debe aprender a confiar en nosotros sin necesidad de tener que andar dando explicaciones."

¡Ah vale! Ahora lo entiendo, esto es una maldita prueba de confianza, ¿no? Algo así como que: yo soy el puto amo y ella debe aceptar mi palabra y punto. Vamos, que al final va a ser Tracy la que tenga razón y eres un capullo de esos, un jodido troglodita.

"Es nuestra compañera, nuestra prioridad es que ella sea feliz, ¿por qué cojones no lo entiende?"

¿Porque no se lo has explicado? Joder Kurt, como el futuro de nuestra raza dependa de ti, ya puedes decirle a Arnoox que la raza está destinada a irse a la mierda, tal cual.

CAPÍTULO 22

Tres días, tres jodidos y malditos días habían pasado desde que habían tenido esa discusión, desde entonces ella dormía en una de las habitaciones de invitados y lo ignoraba totalmente. Él estaba duro por las mañanas, por las tardes y cada una de las condenadas horas del día y la noche y ella... ella también lo deseaba. Cada minuto que pasaban separados era una agonía, sentía sus ansias, sus deseos y no poder tocarla lo estaba enloqueciendo.

Lo de no poder tocarla es cosa tuya, idiota. Si el plan era que nos ignorara, está funcionando a la perfección, desde luego, pero si lo que tenías en mente es una rendición por parte de ella, está fallando estrepitosamente.

"Cállate."

No, si yo me callo. Me callo, me mato a pajas y me cago en todo tu maldito plan de mierda.

"¿Tienes un plan mejor?"

Evidentemente el tuyo es un asco, así que podrías pasar al plan B de una jodida vez.

"No hay plan B."

Fabuloso, realmente fabuloso. Yo por lo menos me satisfago pero tú sigues guardándote, ¿para qué? Tracy no va a dar su brazo a torcer. Ella lo sabe, yo lo sé y tú, aunque te joda, también lo sabes. Así que si no quieres que eso que se te empina entre las piernas quede fosilizado de por vida, deberías hacer algo.

En ese momento la puerta de su sala del comisionado se abrió dando paso a Dreena. Él se puso lentamente en pie.

-Hola, Dreena.

Ella le sonrió nerviosa.

-Hola, Kurt. ¿Estás muy ocupado?

-No, estaba terminando. ¿Pasa algo?

Dreena se sentó en un sillón frente a él, así que él también se sentó.

-Arnoox me contó la conversación que tuvisteis hace unos días.

Kurt la miró extrañado.

-¿Cuál conversación?

-La que tuvisteis sobre las mujeres de la Tierra. Kurt, tú tenías razón, las mujeres están poniéndose nerviosas.

Él alzó una de sus cejas.

-Sé que sois muy protectores con nosotras y estamos acostumbradas a ello, pero ellas no. Y las entiendo, a veces a mí también se me hacen eternos los días.

Kurt la miró muy serio.

-¿Lo sabe Arnoox?

-Qué sentido tiene, ¿verdad? Sois tan posesivos que no podemos haceros cambiar de idea, pero ellas no entienden nuestra manera de vivir. Quieren hacer algo más en su vida que esperar a sus hombres en casa, de brazos cruzados. Sólo quedan seis mujeres sin emparejar pero unas y otras se aburren, Kurt, tenemos que hacer algo.

Él la miró sonriendo irónicamente.

-Créeme, lo intenté, pero me encontré con el maldito muro que es tu compañero.

-Lo has intentado una vez y cuando solamente Tracy era la que se quejaba. Pero ahora son todas las mujeres, creo que deberíamos hablarlo con Arnoox.

-Podemos intentarlo, Dreena, creo que a ti te escucharía más que a mí.

-Gracias, sé que esto es difícil para vosotros, pero si queremos que nuestro planeta siga creciendo creo que deberemos replantearnos nuestra manera de vivir. Agradezco que me escuches y que estés decidido a ayudar. Otra cosa, he preparado una visita mañana a la cueva de las piedras *Airean*, ¿crees que Tracy querrá acompañarnos?

Seguro que daría saltos de alegría si salía de casa, siempre y cuando no fuera con él, por supuesto.

-Seguro que sí, puedes pasar a decírselo.

-Está bien, entonces iré a verla ahora mismo. Gracias por entenderlo, sé que va a ser difícil pero seguro que podremos hacer algo.

Eso esperaba, porque si no, su futuro pintaba negro, muy negro.

***

Durante los tres malditos días que duraba su cabreo y había empezado a utilizar el "fabuloso plan", lo único que había conseguido eran duchas frías, bastantes. Mirar todas las noches y las mañanas a un Kurt mirándola con deseo y dejándola temblorosa con la pasión que encerraban esas miradas y divisar una tienda de campaña instalada de forma perenne en el frontal de sus pantalones, aparte de eso...nada, simplemente, nada de nada.

Tracy miró a la mujer a su lado que en esos momentos le estaba enseñando a hacer un pastel.

-No está funcionando, Misrte.

La mujer la miró sonriendo.

-Y estás frustrada, porque sabes cómo es ese hombre en la cama y lo deseas, pues imagínate él y por partida doble. Mmm, sí, yo puedo imaginármelo y sé que estará el pobre que encenderá los focos con sólo mirarlos.

-¿Te he dicho que eres perversa?

La mujer volvió a sonreír con fuerza.

-En estos tres últimos días lo he escuchado una docena de veces por hora que hemos compartido.

-Pues no he conseguido nada, Misrte, sólo frustrarme.

Misrte la miró alzando la ceja.

-Créeme, lo he notado y la masa que aporreas con tanta virulencia, también. Es más, creo que la he visto suplicar dos o tres veces.

Tracy resopló.

-No sé qué hacer, Misrte. ¿Y si no da su brazo a torcer?

La muy bruja se rio con fuerza.

-Créeme, está más que dispuesto a hacer algo, sólo tienes que ver su cara todas las mañanas. Ese hombre está tan necesitado que creo que terminará por tirarse a su propio *oiyu*. Lo que pasa es que tú eres una impaciente, Tracy, no puedes cambiar cientos de años en tres días. Además, tampoco te dije que hicieras una dieta de abstinencia total. Las mujeres de hoy en día no sabéis sacar provecho a lo que tenéis.

-Pues dime tú, señora licenciada en polvos estelares, ¿qué se supone que tengo que hacer?

-Señorita, dejemos las ironías. Escúchame atentamente y aprende. Si estás sediento, muy sediento y te dan unas gotas de agua, las bebes con avaricia, pero te sigues quedando con sed, ¿correcto?

Tracy asintió vigorosamente mientras seguía amasando, ahora con más suavidad, la masa.

-Y qué crees, después de haber probado un poco de esa agua, ¿te quedaras con más o menos sed?

Dejó de amasar y la miró fijamente.

-¿Perversa? Eres diabólica, Misrte.

-Niña, no se sobrevive en un mundo de hombres si no sabes luchar con las armas que tienes.

-Pero, ¿manipularlo con el sexo?

Misrte la miró de nuevo sonriendo.

-Escúchame, aquí no nos dejan otra opción, niña. ¿Le niegas comida? Tienen en abundancia. ¿Agua? La llevamos clara cuando hay excedente de ella. Así que ya que ha probado a su mujer, no pueden estar con otra. Alguna maldita ventaja podremos sacar las mujeres de eso, ¿no?

Tracy sólo pudo asentir sonriendo.

***

Cuando llegó a casa esa noche, Tracy estaba en su posición preferida, tumbada en el sillón, leyendo. Las únicas dos variables con el resto de los días anteriores es que nada más verlo entrar dejó el libro a un lado y lo miró fijamente y que la casaca que llevaba, estaba abierta enseñando, bueno, más bien insinuando, sus generosos pechos. Otra noche con el mástil listo para aguantar toda una maldita colada. ¿Estaba empezado a ablandarse? No, un segundo después cualquier esperanza salió catapultada por la ventana.

-Ha venido a verme Dreena. Mañana van a visitar las cuevas de las piedras *Airean* y ha venido a invitarme, le he dicho que tendría que pedirte permiso, ¿lo tengo?

A ver, podría empezar a contar del mil al cero y si no lograba calmarse podría recitar el nombre de todos los *Phartok* desde que se fundó el maldito planeta y si eso no funcionaba, podría estamparse la cabeza contra una de las malditas paredes, que solucionar, no solucionaría nada, pero por lo menos le dejaría un dolor de cabeza que le impediría pensar en nada más. Estaba malditamente cansado y frustrado.

-He sido yo el que la ha mandado a casa a preguntártelo. Nunca te he prohibido salir de casa.

-Gracias.

Ella se levantó y se dirigió a su habitación.

-Tracy, ¿hasta cuándo piensas mantener esta actitud? Me estoy cansando.

Ella se volvió lentamente y lo miro enfadada.

-¿Te estás cansando, Kurt? Pues yo estoy harta, aburrida, descontenta, ¿sigo?

Y de un sonoro portazo se encerró en su cuarto.

Una preguntita, ¿este era el maldito plan B?

"Vete a la mierda."

Pues no, evidentemente no era el plan B, seguimos en el jodido plan A. Espero que se ocurra algo pronto, porque mis pelotas están empezando a solidificarse.

"Vete a la mierda."

Ya veo que los recursos están bajo mínimos, hasta los insultos son repetitivos y monótonos. Si pudiera, me uniría al club del portazo y te dejaría aquí plantado como un maldito karni.

CAPÍTULO 23

Ella sabía que estaba siendo injusta, por supuesto que lo sabía. Sabía de sobra que estaba siendo una perra, una maldita perra. Hasta ella misma, durante todos esos días, había maldecido su mal humor, sus desplantes, su manera tan injusta de tratarlo.

Al principio se creía con toda la razón de su mano y justificaba su monumental cabreo y encima con el apoyo de Misrte, más aún, pero en cuanto su conciencia empezó a pincharle y a hurgar en la cada vez más grande herida, se dio cuenta de que no sólo de que estaba equivocada, si no que no estaba siendo justa.

Porque realmente si Kurt se hubiera presentado en la Tierra intentando cambiar una sola de las leyes o normas del planeta, seguro que hubiera terminado, como mínimo, deportado o con la cabeza debajo del brazo. Así que siendo justa con él y con Misrte, debería darles la razón.

¡Ah! Pero había algo en ella, algo que le hacía no recular jamás en una decisión, sí, por donde metía la cabeza, aunque se dejara las orejas en el maldito intento, tenía que sacarla. Ese algo se llamaba: orgullo, ni más ni menos.

El primer día lo llevó bien.

El segundo no fue tan bueno.

Porque otra de las cosas en las que él tenía razón, era en que había algo muy profundo que los conectaba, no sólo sentía su dolor, su angustia, su frustración, no, también tenía que sentir su deseo, sus ganas de ella, toda esa pasión que la dejaba temblorosa en la cama, con sus pezones duros, con su coño empapado y latiendo con fuerza.

Y por si fuera poco, hasta sentía lo mismo de Aiman, pero notaba que él hacía algo para desahogarse, unos momentos, prácticamente ardía y en otros estaba mucho más relajado.

Pero Kurt, Kurt seguía manteniéndose duro, caliente y ansioso por ella. El muy capullo no se había masturbado ni una vez, era tan sumamente tierno saber que había un hombre que se levantaba y acostaba duro por ti, que sus manos temblaban por el deseo de tocarte. Veía sus miradas apasionadas, cómo se la comía con los ojos y ella se derretía y se fundía con esas miradas.

Y había desarrollado una fijación perversa, sí, porque jamás, es decir, nunca, vamos que en absoluto, ella hubiera permitido una actitud machista de nadie, pero ahora sí. Ahora quería verlo venir hacia ella, que se la echara al hombro, quería verlo en una actitud de machote, de tío de las cavernas, haciendo valer su derecho a tenerla y poseerla. Quería que la tirara sobre la cama y la follara sin descanso, o tal vez encima de la mesa del salón, o en la enorme bañera, que parecía una maldita laguna con semejante tamaño. Eso, quería verlo venir, todo caliente y decidido hacia ella para dominarla con su fuerza mientras ella se "resistía" y maldecía por ese carácter tan machista y troglodita.

Pero el muy capullo, era un considerado y honorable hombre. ¡Mierda! Se estaba viendo venir que tendría que ser ella la que lo arrastrara a la cama más cercana. Y toda esa frustración sexual, sumada a su aburrimiento estaba haciendo de ella una mujer con un ataque continuo de hormonas revolucionadas y en pie de guerra. O tal vez debería hacer caso a Misrte y pasearse medio despelotada ante él todo el tiempo que estuviera en casa.

Y por eso lo había pinchado un poquito más esa noche. Ella sabía de sobra que había sido él el que había mandado a Dreena, ella misma se lo había confirmado, pero quería llevarlo al extremo, obligarlo a que se la llevara a la cama. Había visto su mirada hambrienta, llena de deseo cuando descubrió sus senos medio desnudos, pero el muy capullo ni con esas. ¿Qué esperaba, una invitación firmada?

Dos malditas horas después seguía frustrada, cabreada en exceso y sumamente frustrada... Esto ya lo había pensado antes ¿verdad? Así que se durmió de puro aburrimiento y... frustración y le importaba una mierda que eso se hubiera convertido en una maldita idea fija en su mente.

***

A la mañana siguiente, después de una noche de pena, frustrada (joder con la palabrita que se había convertido en un maldito mantra), sin dormir, cabreada y totalmente necesitada (no pensaba volver a utilizar la palabra maldita). Se dio una ducha, se vistió con una casaca en color verde oscuro y unos pantalones negros, se calzó unas botas y se peinó con una cola de caballo, se dio un ligero toque de brillo en los labios y salió a desayunar.

Y él estaba allí. A primera vista, estaba follable, de segunda, comestible y de tercera, irresistible. Pero conforme se acercaba a él, vio sus ojos rojos, las ojeras, su palidez y (sí, hala, que se fastidiara porque pensaba utilizar la palabreja de las narices) estaba frustrado.

Pues que se jodiera, tenía que haberla arrastrado hasta su cuarto y follarla. Pero no, él tenía que ser o un maldito terco o un hombre íntegro. ¿De qué narices servía tener dos hombres a tu disposición si los dos te tenían temblando de ansiedad y necesidad?

-Hola, Tracy.

¿Hola Tracy?

Hola, ¡narices! Y encima le hablaba con esa voz ronca, caliente, fuerte. ¡Ah, mierda! Ella quería gritar, quería besarlo, comérselo poquito a poco, sin pausa, ni un solo segundo, recorriéndolo de arriba abajo... quería hacer un detallado estudio de sus tatuajes, acariciar toda esa piel tersa, morena, caliente, quería beber de esos labios gruesos, de esa boca perfecta... ¿Qué?

¿Qué decía aquel majadero? Ella lo miró extrañada.

-¿Qué decías?

-Te preguntaba si habías descansado bien.

¿Descansar bien? ¿Era una broma? Sí, debía ser una macabra y retorcida broma.

-He descansado perfectamente. ("Hala, por idiota"). ¿Y tú?

Él dejó la taza que tenía en las manos sobre la encimera de la cocina y lentamente se fue acercando a ella, muy suavemente, mirándola como si ella fuera el plato estrella del menú, como si fuera la última gota de agua del desierto.

Llegó frente a ella y deslizó el dedo índice por su boca, dibujándola muy despacio, ella sacó la punta de su lengua y le acarició la yema del dedo, haciéndolos gemir a los dos a la vez. Y… y en ese momento alguien tuvo la maldita, detestable y fantástica idea de venir a tocar a la puerta y entonces (sí y le importaba un carajo si era repetitiva y obsesiva) quiso gritar, más bien, bramar, de pura frustración.

Él la miró tristemente.

-Es Dreena.

Odió el maldito sentido de la oportunidad de Dreena.

Odió el condenado viaje a las cuevas.

Odió a Dreena.

Y ya puestas, odió y maldijo al culpable de su estado: su endemoniado orgullo.

CAPÍTULO 24

Dreena llegó acompañada de un *maalin* en color negro. Era precioso, sí, tan dulce y chiquitín. Pero por muy tierno que fuera el animalito, eso no bastaba para remitir el calor creciente entre sus piernas, el deseo ardiente que sentía en esos momentos y las ganas de mandarla a tomar viento fresco por interrumpir. Dreena vestía también una casaca como ella, en color amarillo, con unos pantalones marrones, botas y el pelo totalmente suelto y como siempre estaba maquillada de manera muy sutil.

Miró malhumorada a Dreena y pasó junto a Kurt, frotándose de manera descarada contra él, oyó su gemido y se aplaudió mentalmente por dejarlo tan desesperado como ella se sentía.

Por un momento estuvo tentada de cerrarle la puerta en las narices a Dreena, pero sólo fue un maldito instante, pensó que era mejor dejar a Kurt y de paso a Aiman, cociéndose en su propia salsa, calientes, duros y desesperados, sí, ellos la iban a extrañar igual o más que ella misma.

Cuando llegó al *komag,* vio que había una docena de mujeres de la Tierra, entre las que se encontraba Amy.

Realmente vivir allí les estaba sentando maravillosamente, Amy estaba preciosa, radiante, igual que el resto de las chicas. Todas iban vestidas de forma cómoda, con casacas y pantalones.

-Hola Amy, ¿cómo estás?

Ella le sonrió dulcemente.

-Estupendamente, feliz, aunque nunca pensé que llegaría a decir esto, pero demasiado descansada, ¿puedes creértelo?

¿Creérselo? Ella estaba igual, pero seguro que Amy no había sido tan tonta como ella y no había renunciado a divertirse y disfrutar de su relación con su pareja.

-¿Y Caro?

Amy empezó a saltar prácticamente dentro del vehículo.

-¡Oh Dios! Es verdad, como estos días no nos hemos visto, no lo sabes. Caro encontró compañero, hace un par de días.

-¿Sí? Me alegro tanto por ella, se sentía tan insegura.

-Pues deberías haberla visto, prácticamente fue ella la que se lanzó sobre su compañero. Según me contó Dreena, fue la unión más rápida de la historia de todo el planeta.

Ella miró extrañada hacia Dreena que empezó a reírse a carcajadas.

-Fue presentarle a Koin-Duin, él olerla y decir que era su compañera y Caro se abalanzó sobre él, abrazándolo con sus piernas y brazos.

Desde entonces andan encerrados en casa de Koin.

Tracy soltó la primera carcajada en días. No le extrañaba el comportamiento de Caro, siempre se había sentido muy insegura con los hombres y después de varias relaciones fallidas donde había terminado sufriendo muchísimo, había perdido toda ilusión y esperanza por una relación. Seguro que se agarraría a su compañero como una lapa, ella necesitaba sentirse querida, muy querida.

-Me alegro por ella.

Dreena le sonrió.

-Nos alegramos todas, créeme, estaba empezando a perseguir a todos los hombres y ofreciéndose para que la husmearan.

Todas volvieron a reír. Dreena la miró radiante.

-En serio, Tracy, Caro es una mujer estupenda y muy simpática, le hará bien a Koin y él a ella.

-Se merece ser feliz.

Dreena la miró seriamente.

-Nos lo merecemos todos, Tracy, todos.

Tracy la miró fijamente, Dreena tomó su mano y se la apretó suavemente.

-Bueno chicas, las cuevas donde están las piedras *Airean* están a una hora de la ciudad. Mientras, si queréis, os explicaré porqué son tan especiales y tan deseadas por todo el mundo.

Dreena les explicó que las piedras *Airean* sólo existían en *Phartian* en una inmensa cueva, con varias ramificaciones, situada en las montañas que limitaban con la ciudad por su lado sur.

Las piedras no podían ser cortadas, ni se extraían a base de golpes, eso las desintegraba totalmente.

Las piedras crecían pegadas unas a otras, ellas solas se desprendían y ese era el momento para recogerlas. No todas eran del mismo tamaño, por eso, las más pequeñas eran destinadas para el abastecimiento de los hogares y las grandes, para ríos y lagunas.

La piedra se situaba en el lugar donde querías que manara agua. Previamente ese lugar debería estar humedecido o haber tenido agua y de forma espontánea, la piedra empezaba a manar agua.

La duración de las piedras era aproximadamente de un año, salvo si salían del planeta. No se sabía muy bien porqué, pero entonces su duración se veía reducida a la mitad de tiempo o aún menos. Pasado ese tiempo perdían su brillante color morado, se volvían marrones, se resecaban y se desintegraban. No se sabía ni su procedencia ni su composición. Al desintegrarse con los golpes, era imposible analizarla, porque se convertían en polvo, el cual se volatizaba en apenas unos minutos.

Todos los planetas querían poseerlas, por eso sufrían bastantes ataques, varios de ellos habían tenido éxito en sus saqueos y se habían llevado un buen botín de piedras para comprobar que no podían clonarlas ni que tampoco ellas crecían fuera de *Phartian*. Por eso, algunos planetas se estaban volviendo más osados en sus ataques intentando invadir *Phartian* y no sólo quedarse con la cueva, sino también con el planeta. Así que vivían en constante alerta.

Las cuevas estaban fuertemente custodiadas y había una red muy complicada de vigilancia. Aparte, había entradas y subterráneos secretos que sólo el *Phartok*, el comisionado y los guerreros sabían dónde estaban. Gracias a esa inteligencia y pericia habían logrado sobrevivir y salir victoriosos tras las muchas incursiones que habían recibido.

Las montañas eran de un tono muy apagado de azul, no eran muy altas, ninguna llegaba a los ochocientos metros o quizás aún menos.

Cuando llegaron, varios guerreros las escoltaron hasta la entrada de la cueva. Era una pequeña apertura de dos metros de alto por unos tres de ancho, pero recorridos unos cien metros de un estrecho pasadizo, se llegaba a una sala enorme, de unos intensos y brillantes colores morados.

La sala estaba iluminada y era alta, pero sobre todo, muy amplia. En el centro de ella había una pequeña laguna, de apenas cincuenta centímetros de altura de agua y justo en el centro, una enorme piedra, de más de cincuenta metros de diámetro y unos dos metros de alto, que parecía una enorme frambuesa llena de bultitos, que eran en realidad las piedras *Airean*. Se escuchaban como pequeños murmullos y luego, las salpicaduras del agua al caer rodando muy suavemente, las piedras a la laguna. Allí, varios hombres se encargaban de recogerlas y transpórtalas por unas vías al exterior.

Lo más fascinante era escuchar esos ruidos, como pequeños gemidos, como si en realidad las piedras quisieran transmitirte sus sentimientos. Todas se quedaron embelesadas con el espectáculo, era grandioso y muy relajante.

Recorrieron despacio toda la cueva, admirando la enorme piedra desde todos los ángulos y escuchando aquella dulce melodía.

De repente un alboroto llegó del pasadizo que conducía al exterior y varios guerreros entraron corriendo a la cueva.

Se pararon frente a ellas, mortalmente serios, enfundados en aquellos monos de piel, que no dejaban nada a la imaginación, estrechamente abrazados a cada uno de aquellos espectaculares cuerpos.

-Dreena, estamos siendo atacados, tenéis que acompañarnos a una de las salidas secretas.

Las mujeres se miraron asustadas y Tracy dio un paso hacia adelante.

-Dadnos armas y os ayudaremos.

En toda su puñetera vida había sido tan fijamente observada. Así a ojo calculaba unos treinta y cuatro pares de ojos se clavados en ella. ¡Joder! ni que hubiera pedido los secretos de estado del maldito planeta o los planos de las salidas de las cuevas.

CAPÍTULO 25

Miró fijamente al guerrero plantado ante ella que la miraba cuidadosamente. Ella agitó una mano frente a él.

-¿Me has oído?

El hombre al final reaccionó y miró a los otros guerreros tras él.

-¿Ha pedido armas?

Todos y cada uno de ellos asintieron sin apartar la vista de ella, el guerrero la volvió a mirar firmemente.

-Las mujeres no luchan.

¡Oh, Dios! ¿Aquel imbécil pretendía mantener semejante discusión en aquel momento?

-Eso, machote, podemos discutirlo otro día y en otro momento, pero te puedo jurar que esta mujer sí que lucha, dame un arma y te lo demostraré.

El mastodonte negó fuertemente con la cabeza.

Tracy miró a las mujeres que se habían situado ahora al lado de ella, demostrándole que la apoyaban y que estaban dispuestas a luchar,

Dreena las fue mirando una a una y luego clavó la vista en ella.

-¿Estáis seguras?

Tracy le sonrió.

-Por supuesto, Dreena, pero si tú quieres irte, hazlo. Nosotras les echaremos una mano a los chicos hasta que lleguen los refuerzos.

-Entonces yo también me quedo.

Aquello fue como si de repente se hubieran tomado un camión de laxantes, carreras por todos los lados, gritos, indignación, hasta que a ella se le hincharon las narices y muy educadamente, sin despeinarse ni el flequillo, alzó su pierna, la enredó con la del guerrero y haciéndole una llave lo tiró al suelo y se agachó sobre él, presionando "sutilmente" su rodilla sobre las pelotas del hombre. Él gritó y la caída y el grito fueron los efectos necesarios para que se calmara todo el maldito guirigay que se había formado. Todos y cada uno de los hombres la miraron de nuevo, esta vez añadiendo la desconfianza y el miedo en sus miradas de enojo y asombro.

-Voy a repetir esto muy despacio porque parece ser que en este planeta los hombres sois lentos de entenderas. Queremos armas, queremos ayudar y de donde nosotras venimos, las mujeres luchamos y nos defendemos igual que los hombres. ¿Me he explicado con la suficiente claridad? ¿O queréis que os haga papilla, uno a uno, las malditas pelotas?

Uno de los hombres se acercó lentamente, echando miraditas furtivas a Tracy y al guerrero que aún seguía tumbado en el suelo, eso sí, tuvo la precaución de cubrirse, discretamente, la entrepierna con sus manos.

-Pero no podemos hacer eso. Si nuestro *Phartok* se entera de que os hemos dado armas nos cortará las pelotas y más estando su compañera aquí.

Tracy se levantó, dejando al guerrero tumbado intentando tomar aire y se acercó al hombre que le estaba hablando, lo que hizo que este diera tres pasos atrás en menos de una décima de segundo.

-Mira tío cachas, estamos perdiendo un tiempo muy valioso y yo de ti, me preocuparía más de lo que pueda pasarle a tus pelotas en este momento si no nos das las jodidas armas, ¿me estás entendiendo?

La verdad es que el hombre parecía acojonado pero debía estar debatiéndose entre toda una vida llena de ideas protectoras, el miedo a su *phartok* y el pánico a ellas y evidentemente, estaban quedando en empate. Pero en cuanto todas las mujeres echaron a andar decididas hasta ellos y el soldado tumbado en el suelo se levantó, muy, pero que muy despacio y recolocándose sus "tesoros", la balanza empezó a inclinarse a su favor. Eso y el grito de Dreena pidiendo "amablemente" las malditas llaves del almacén fue lo que desencadenó, de nuevo, que aquellos hombretones echaran a correr. Un minuto después fueron conducidas hasta el almacén.

Aquello era el sueño de cualquier amante de las armas, evidentemente estaban bien equipados para cualquier eventualidad. Tracy alucinó con la cantidad y la calidad de las armas, pistolas y fusiles de asalto de proyectil sólido y láser, precisos y con disparo automático. Pero lo que realmente le encantó fueron las dagas y espadas. Había espadas de energía, para usar a dos manos, algo que sí, que a ellas les costaría manejar, pero las dagas eran más manejables. La empuñadura tenía la figura del *phardook y* la hoja era de forma curva con grabados en ella, eran ligeras, fáciles y cómodas de utilizar para ellas. Al final todas optaron por las dagas y por los fusiles, salvo Dreena que sólo se llevó una pistola y la daga.

El guerrero que había sufrido el aplastamiento de sus pelotas, la miró francamente aterrado.

-Arnoox me cortará las pelotas, pero no antes de hacerse un colgante con mi polla, de eso estoy seguro.

Tracy lo miró sonriendo.

-No te preocupes, cariño, no estará solo cuando lo haga. Soy la compañera de Kurt-Aiman.

Los gemidos de los hombres retumbaron por toda la cueva. Eso había sido muy, pero que muy perverso por su parte, pero no había podido resistirse.

***

Kurt había pasado al despacho de Arnoox. Había pensado en mantener la conversación, de nuevo, sobre las mujeres de la Tierra, pero prefirió esperar hasta poder contar con el apoyo de Dreena.

-Ahí te dejo todos los informes, si no necesitas nada más iré al *kunn* a dar mis clases de entrenamiento.

Arnoox dejó los informes que él le había pasado sobre la mesa, pero antes de contestar, la puerta se abrió violentamente dando paso a uno de los capitanes de la guardia del *Gumnarium*.

-Phartok, estamos siendo atacados.

Tanto Arnoox como Kurt se levantaron rápidamente de sus asientos.

-¿Dónde?

-En las cuevas, señor.

Kurt miró a Arnoox.

-Las mujeres están allí.

Y diciendo eso empezó a correr hacia la puerta.

-Joder, Kurt, espera, no podemos perder los malditos nervios, tenemos que hablar con la cueva y saber cómo están las cosas.

Kurt lo miró cabreado.

-Mi compañera está allí, Arnoox.

Su amigo lo miró tristemente.

-La mía también.

Eso le hizo tragar fuertemente y pasarse una mano temblorosa por la cabeza, mientras que Aiman seguía rugiendo dentro de él.

Pasa del gilipollas y ve a por nuestra compañera, ¡ya! Joder Kurt, es nuestra, mueve el jodido culo y vamos a por ella.

"Él también está preocupado y tiene razón, no podemos perder los nervios, tenemos que saber qué está pasando"

Aiman no parecía muy convencido... no, evidentemente no, porque le sacó el maldito dedo corazón y no, no estaba señalando a ninguna parte, ciertamente era un gesto explícito por donde podía meterse la brillante idea.

Arnoox conectó el comunicador y llamó al capitán de los guardias de la cueva.

Se escuchó el sonido de lucha y la voz fuerte del capitán.

-Capitán Demon-Lisx.

-Capitán, habla el *phartok*, quiero un informe rápido y detallado.

Normalmente en un segundo el hombre habría empezado a hablar, pero cuando pasaron diez segundos de carraspeos, toses y gemidos varios, Arnoox y él cruzaron las miradas, francamente asustados.

Kurt se acercó al comunicador.

-¿Capitán?

-Bueno, verá, hemos sido atacados de imprevisto como siempre lo hacen estos malditos cobardes. Parece ser que han descubierto cómo interceptar nuestras señales de emergencia. Por ahora resistimos bien, estamos atacando y defendiéndonos, todos estamos alerta y atacando, repito, todos estamos atacando.

Arnoox miró extrañado a Kurt.

-Capitán, ¿han sacado a las mujeres por alguno de los túneles secretos?

-Repito, todos, pero todos, señor, le remarco de nuevo el todos, estamos defendiendo las cuevas.

Otra ronda de toses y carraspeos siguió a semejante información.

Arnoox estaba impacientándose.

-¿Qué cojones de respuesta es esa? ¿Dónde están las mujeres?

-Señor, con el debido respeto, las mujeres se han vuelto locas, no hay otra explicación admisible para el comportamiento de ellas. Es inaudito, sorprendentemente incomprensible y créame, no me agrada tener que decirle esto, máxime cuando su compañera está entre las mujeres y su comportamiento ha igualado o incluso superado diría yo, la conducta...

Arnoox miró a Kurt antes de lanzar un maldito rugido.

-¡CAPITAN!

-Perdón, señor, pero es que todavía estoy alterado ante semejante insubordinación. Señor, las mujeres han amenazado con aplastar nuestras pelotas, se han revelado, han tomado practicante al asalto el almacén, se han armado y están defendiendo las cuevas.

-¿¡QUÉ!?

Los gritos alterados de Kurt y Arnoox sonaron a la vez. Arnoox miró fijamente a Kurt.

-Si esto es cosa de tu compañera, Kurt, juro que la mandaré de nuevo a la Tierra.

-Vete a la mierda. No vas a mandar a mi compañera a ningún lado. Y mueve tu jodido culo si quieres acompañarme, porque yo voy a por ella.

CAPÍTULO 26

l salir se vieron detenidos por un nuevo guerrero.

-Señor, están atacando también la ciudad.

-Hijos de puta, están dispuestos a adueñarse del planeta.

Kurt miró nervioso a su alrededor, ¡joder! Él quería ir a buscar a Tracy y pero sabía que ahora tendría que quedarse a coordinar a los guerreros.

Arnoox lo miró también fijamente, dudando entre salir corriendo en busca de lo más importante para él o quedarse a defender el planeta.

-Tendremos que quedarnos, por lo menos hasta que lo tengamos todo controlado.

Aiman rugió cabreado y él se contagió de la misma frustración que sentía su *oiyu*.

-Mira, Arnoox, tú quédate, para eso eres el maldito *phartok* pero yo voy a por mi mujer, no pienso quedarme aquí sin saber que le está pasando a ella.

Arnoox se acercó en dos pasos.

-Estoy tan preocupado como tú, Kurt y sí, soy el jodido *phartok* del planeta, pero tú eres un maldito comisionado, ¿me estás entendiendo? Tienes una obligación con este planeta igual que yo, te joda o no, quieras estar en otro lado o no, así que cumplirás con tu maldita obligación igual que yo, ¿entendido?

Kurt asintió, mirándolo furiosamente. Y de pronto una mueca, entre idea brillante y resignación, se implantó en su cara.

-Mierda, está claro lo que debemos hacer.

Arnoox lo miró extrañado.

-Aiman, te necesito.

Una luz de comprensión se hizo en los ojos de Arnoox.

Mira, de verdad que soy parte de ti mismo, que somos uno y bla, bla, bla, pero no pienso formar parte de tus malditas perversiones, si quieres follarte a ti mismo o formar un trio o cuarteto con el imbécil de Arnoox y su oiyu, cómprate una polla de goma o tíratelos tú mismo, me la suda, pero me niego a satisfacer tus "bajos instintos", serás cabrón

Kurt maldijo entre dientes.

"¿Quieres dejar de pensar con el maldito culo? Siempre presumes de tu inteligencia y esta suele brillar por su ausencia. Sal fuera, capullo."

¡Y un cuerno!, Nuestra compañera no está, si tantas ganas tienes, te la meneas. Haberte pensado lo de tenerla apartada de nosotros, que esa es otra, pero claro, ahora no es momento de discutir y menos con el "idiota e insensible del

oiyu". Insisto en que no pienso formar parte de tus pervertidos juegos, soy tu oiyu no tu juguetito personal para utilizarme como te salga de las narices, serás capullo.

"Aiman, realmente colmas mi paciencia. Este es un caso especial, repito, imbécil, un caso especial en el que está involucrada nuestra compañera y su vida, ¿tengo que explicártelo de nuevo?"

En unos segundos, Aiman se hizo presente.

Mierda, Kurt, lo olvidé. Ya estoy aquí. ¿Qué tengo que hacer?

Los guerreros que los rodeaban y que no estaban emparejados, observaron asombrados a los *oiyus* de Kurt y Arnoox.

-Tanto tú, como Vriem, el *oiyu* de Arnoox, iréis a la cueva. Si lográis convencer, aunque tengo mis malditas dudas, a nuestras compañeras de que regresen, hacedlo y sino, estad al lado de ellas, protegedlas ¿entendido?

Tanto Vriem como Aiman asintieron. Y echaron a andar hacia los pasadizos secretos.

-Aiman –el *oiyu* se volvió rápidamente- Cuídala, si le pasa algo te juro por todas las lunas, que cortaré tu cabeza.

En realidad, Kurt, esas amenazas harían efecto si no supiéramos que tu cabeza rodaría junto a la mía, pero como entiendo tu sufrimiento, que es el mío, voy a pasar por alto esta gilipollez.

Insolente, jodido listillo de las narices, pero la amenaza no había sido vacía, prefería ver su cabeza rodar antes que perder a Tracy.

Mientras que Vriem y Aiman salían a proteger a sus compañeras, ellos se dirigieron al salón del *Comisionado*, allí ya estaban reunidos todos los mandatarios y varios capitanes de los guerreros.

Analizada toda la situación, coordinados todos los movimientos y estudiadas todas las estrategias, Kurt fue designado para encargarse de uno de los escuadrones, coordinando desde tierra a los *dayinr,* totalmente equipados con cañones de fusión, situados en el frontal de la nave y varios cañones láser en las alas. Los asaltantes no deberían de llegar a tocar tierra, gracias no sólo a los *dayinr,* sino también a las baterías láser situadas estratégicamente en la azotea del *Gumnarium.*

Una hora después la lucha seguía siendo encarnizada y tuvo que repetir todas las putas órdenes porque no conseguía coordinar dos malditas palabras y una jodida idea, su cuerpo estaba en la lucha, su mente y su corazón al lado de su mujer, una mujer que ahora mismo estaba luchando, porque el imbécil de Aiman, como se temía, no había logrado convencerla de regresar. Todos sus instintos se revelaban con semejante pensamientos, sus impulsos lo obligaban a proteger a su compañera, no dejarla en peligro y aunque sabía que Aiman estaba con ella, él necesitaba estar allí, tenerla entre sus brazos, saber que estaba a salvo y segura.

Dos horas después el tono de la lucha bajo de intensidad, cuando dos tercios de las naves enemigas fueron abatidas los asaltantes se dieron por vencidos y se batieron en retirada.

Kurt pidió un informe a los pilotos de los *dayinr*, no había habido bajas, tan solo una de las naves había sido dañada, pero los pilotos habían podido aterrizar sin más problemas. En la azotea tampoco había habido bajas ni grandes desperfectos. Kurt dejó a uno de los capitanes a cargo de los hombres en la azotea y se dirigió a buscar a Arnoox.

El *phartok* seguía en el salón del Comisionado, discutiendo y gritando a todo el mundo.

Kurt se acercó a él.

-Arnoox, ¿sabes algo de las cuevas?

Arnoox se giró hacía él.

-Sí y puedo jurarte que en cuanto tenga frente a mí a los capitanes les cortaré los huevos a todos, incluidos los dos gilipollas de nuestros *oiyus* y esas... esas mujeres serán todas y cada una de ellas castigadas, empezando por mi compañera.

Kurt dio dos pasos atrás y lo miró arqueando las cejas.

-¿Qué ha pasado?

-¿Qué ha pasado? Los muy idiotas, no sólo las han armado, no, también las han dejado acompañarlos Están en la entrada de la cueva luchando con ellos, joder, podían haberse quedado dentro, siendo simplemente la resistencia, pero no, están allí, en la puta entrada.

Kurt tragó fuertemente, notó el sudor empezar a perlar su frente, sintió el miedo crecer desde abajo de su vientre y la angustia le atenazó la garganta.

-¿Podemos salir ya?

Arnoox asintió.

-Sí, lo tengo todo listo, nos acompañaran una veintena de guerreros. Brenck se queda a cargo de todo aquí. ¿La ciudad está libre?

-Sí, todo controlado, hemos conseguido derribar dos tercios de sus naves, las restantes se han dado a la fuga. He dejado a Mord-Kaane a cargo de las baterías en la azotea y los *dayinr* seguirán vigilando el perímetro. No se me ha informado de ninguna baja, hay varios guerreros haciendo una revisión provisional de los daños en la ciudad. Pero a simple vista, no parecen muy graves.

-Entonces vamos, te juro que estoy deseando ponerle encima las manos a Dreena, voy a mandar a la mierda todos los instintos de protección y voy a golpear su trasero.

Bueno, aquello era una maldita exageración, ellos no dañaban nunca a sus compañeras, claro que tampoco ninguna de sus compañeras habían actuado como lo estaban haciendo ahora mismo. Aquello podía dar cambios más que interesantes a sus vidas.

Llegaron a una de las entradas encubiertas, ubicadas en el *Gumnarium* que llevaba a uno de los túneles secretos hasta la cueva. Era una red complicada, pero todos y cada uno de ellos las tenían bien memorizadas. Echaron a correr por el largo y estrecho pasadizo.

"Aiman"

Pasaron unos segundos sin contestación de su *oiyu* y todo su cuerpo empezó a vibrar.

"¡Aiman!"

Maldita sea, Kurt, no estoy sordo.

"Quiero información y la quiero ya."

¿Meteorológica?

"Algunas veces, Aiman, sólo algunas veces, sería capaz de cortarme las pelotas porque cayeran las tuyas. Deja de hacerte el gracioso. ¿Cómo está Tracy?"

Joder, Kurt, tienes que aprender a relajarte, sólo era una broma. Y nuestra compañera está bien, bueno, con la cara más sucia, algunos mechones de pelo sueltos, un desgarrón en la ropa, pero en líneas generales esta hermosa, divina y es nuestra, qué más se puede pedir ni decir, ¿verdad? A qué opinas igual ¿verdad?

¿Qué cojones le pasaba a aquel idiota? Aquello no sonaba bien, para nada. Aiman estaba ocultando algo, sentía que estaba nervioso, preocupado. No, no pintaba bien.

"Aiman quiero que me digas qué está pasando en realidad, déjate de balbuceos y de idioteces. Voy a volver a hacerte la pregunta para que tu estúpido cerebro la registre de nuevo. ¿Cómo está Tracy?"

Me gustaría que dejaras de tratarme como si fuera un descerebrado, Kurt. Me siento muy ofendido y decepcionado contigo. Ya, tranquilo, no te alteres, joder. Me doy perfecta cuenta de que estás bastante irritado conmigo, muchachote, sólo te falta echar espuma por la boca...Información de Tracy, ¿no? Es eso lo que me has pedido, ¿verdad? Pues, de presencia está bien, uno la mira y sólo puede pensar que es un regalo del cielo...¡joder, Kurt, qué puta impaciencia! Como te iba diciendo, que físicamente está bien, en cuanto a la salud, no tanto. ¿Recuerdas cómo salió esta mañana? Pues añádele un agujerito más y tendrás una visión completa de nuestra compañera.

Kurt rugió, dio un grito que hizo pararse en seco a todos los hombres. Arnoox lo miró extrañado.

-¿Qué sucede?

Pero él no le contestó, le gritó directamente a su *oiyu*.

-¿¡Me estás diciendo que Tracy está herida!?

Pequeña, de verdad, Kurt, una herida pequeña. Pasa hasta casi desapercibida, un poquito de sangre, joder, ¿pretendes dejarme sin tímpanos? Deja de rugirme, capullo, sí, está herida, pero estoy cuidando de ella.

-Colgaré tus jodidas pelotas del balcón del *Gumnarium* Aiman, las dejaré ahí hasta que se queden tan consumidas como tu maldito cerebro.

Kurt había dejado de mantener aquella conversación entre Aiman y él en silencio para gritar cada maldita palabra, todos los hombres incrementaron la velocidad de la carrera al verlo salir disparado hacia la entrada secreta a la cueva. Aquello podía ponerse realmente feo.

Cuando abrieron la puerta, un tumulto y confusión de sonidos les pegó fuerte.

Kurt empezó a sentir un poderoso temblor adueñarse de su cuerpo y más cuando escuchó todo el jaleo, lucha, gritos, zumbidos. Todos y cada uno de los sonidos de una lucha encarnizada.

Y de algo sí que estuvo seguro, mataría a su jodido *oiyu*.

CAPÍTULO 27

Bien, ella no es que fuera una cobarde, que no lo era, pero una cosa era pegar tiros al aire, soltar unas cuantas patadas a la entrepierna, liarte a golpes con un bate o utilizar un táser, eso era fácil. Pero cuando salieron a la boca de la cueva, lo que le recibió allí no se parecía en nada a las pequeñas escaramuzas en las que había intervenido en la Tierra y cuando miró las caras de sus amigas comprobó que estaban pensando lo mismo que ella.

Habían varias naves planeando en el cielo, naves enemigas evidentemente. Alguna de ellas debía de haber tomado tierra, porque unos cuarenta soldados intentaban subir la montaña hasta la entrada de la cueva. Varios de los guerreros se habían parapetado detrás de algunas enormes rocas, allí habían emplazado unos cañones láser con los que intentaban mantener a raya a los asaltantes. Por la ladera derecha se desplazaban una veintena más de hombres y desde la cima empezaban a descender otros tantos más.

Los guerreros no eran tan numerosos aunque quedaba patente que estaban más que cualificados.

Tracy se armó de valor, habían pedido armas y habían insistido en salir para ayudarles, ahora les tocaba estar a la altura de las circunstancias.

Se dividieron en parejas y fueron a esconderse tras las rocas, se ubicaron cerca de los guerreros, sabían que sería la única forma de poder salir de allí con vida y de poder servir de ayuda.

Tracy llevaba la daga sujeta a uno de sus muslos y cargaba el fusil con las manos, cuando llegó al lado de uno de los guerreros. Junto con Dreena, se dejó caer al lado del hombre, apoyó el fusil sobre la roca y empezó a disparar.

Aquello no parecía tener fin, a cada soldado que caía, otros dos más aparecían, las naves que surcaban el cielo parecían haberse duplicado, el cansancio empezaba a pasarles factura pero no eran momentos para flaquear. Cierto que sus luchas nunca habían sido tan enconadas, las armas que poseían los revolucionarios en la Tierra, eran escasas y malas. Lo suyo era más tirar de estrategia y de pequeños asaltos. Eran absurdas y poco viables las luchas cuerpo a cuerpo en la Tierra, con la mierda de armamento con el que contaban.

Tracy seguía aferrada a su fusil, intentando errar lo mínimo posible.

De vez en cuando se relevaban para beber agua y descansar unos segundos, cuando ella y Dreena entraron a la cueva para ese receso, se encontró frente a frente con Kurt... ¿Kurt?

Él se paró frente a ella, venia alterado, respirando fuertemente.

-¿Kurt?

Él le sonrió levemente.

-Me ofendes, pequeña, sólo tengo un leve parecido con el gilipollas ese, yo soy más guapo.

-¿Aiman? Pero...pero yo pensé que sólo, bueno, que tú sólo aparecías cuando...

-¿Aparecía para echar un buen polvo?

Tracy lo miro enfadada.

-Tus modales son una maldita mierda, Aiman. ¿Cómo es que estás aquí? ¿Y Kurt? ¿Y por qué estás vestido? Tú siempre apareces totalmente desnudo.

Aiman le acarició la mejilla suavemente, mientras que ella veía a Arnoox o su *oiyu*, abrazar a Dreena.

-En casos especiales y siempre que nuestra compañera esté involucrada y en peligro, podemos separarnos. Eso sí, es por muchísimo menos tiempo que cuando me reclamas sexualmente. Soy una especie de súper-héroe, te mantengo a salvo hasta que viene el idiota a recogerte, total, que soy yo el que tengo que hacer todo el trabajo y él, el que se lleva la recompensa. En cuanto a lo de ir vestido, reconocerás que luzco mejor que el gilipollas, ¿eh? Vale, no me mires enfurruñada. Aparezco desnudo porque me reclama mi compañera, sexualmente. En los casos especiales, me proyecto con la misma ropa que lleva en esos momentos Kurt. Y ahora en serio, Tracy, este no es tu lugar, no deberías luchar. Tendrías que estar a salvo, esto puede ponerse muy feo, pequeña.

-Aiman no me vas hacer cambiar de idea, toda la ayuda es buena y yo puedo ofrecerla, así que no me cuestiones, ¿entendido? Por cierto, ¿tú sabes manejar un arma?

Aiman resopló fuertemente.

_-Me ofendes, compañera, fui el mejor de mi promoción. Aunque es cierto que no he disparado personalmente nunca, tengo todos los talentos de Kurt y algunos los supero, con creces.

Tracy sonrió cuando lo vio hacerle guiños.

-Eres imposible. ¿Kurt está muy enfadado?

Aiman hizo una mueca.

-¿Quieres la versión descafeinada o lo desparramo todo?

-¿Tanto?

-Yo diría que en una escala entre el cero al diez y tirando por lo bajo, un quince.

Tracy gimió.

-¿En serio?

-Más que enfadado está totalmente confundido, desgarrado entre su deber como guerrero y con el planeta y contigo y tiene un miedo terrible a que te pase algo, por eso estoy yo aquí, Tracy. Tienes que comprender que esto para él es muy difícil.

Ella lo miró asintiendo.

-Lo entiendo, Aiman, pero ¿para ti no es igual de complicado entenderlo?

El resopló.

-Vuelves a ofenderme otra vez, compañera, de los dos yo soy el más inteligente, tolerante, moderno, joder, soy la versión mejorada del capullo de Kurt.

-Entonces, es más preocupación que enfado, ¿no?

Aiman sólo asintió. En ese momento el capitán Demon-Lisx entró a la cueva.

-La lucha se está recrudeciendo.

Ya no hubo tiempo para más explicaciones, juntos salieron de nuevo afuera. Un fuerte sonido y una luz brillante los recibieron, dejándolos momentáneamente ciegos y sordos. Algo húmedo y caliente le salpicó la cara. El humo blanquecino que se había formado empezó a dispersarse lentamente. Entre toses se fue despejando su visión y cuando giró la cabeza vio a Dreena con la cara salpicada de sangre, a Aiman y el otro *oiyu* detrás y justo al lado del capitán Demon-Lisx, al guerrero que había estado junto a ellas todo el tiempo, con la cabeza totalmente destrozada.

Sus oídos empezaron a rugir y los gritos estridentes de Dreena empezaron a hacerle doler la cabeza. Se levantó con el fusil en la mano y empezó a disparar indiscriminadamente. La rabia, el cansancio y el subidón de adrenalina la llevaron a disparar frenéticamente, aquello tenía que acabar ya.

Estaba tan enajenada disparando que no fue hasta varios minutos después que empezó a notar el fuerte dolor en su hombro. Girando la cabeza se encontró con una quemadura y un pequeño agujerito del que manaba un hilo de sangre. Las fuerzas le fallaron y se tambaleó ligeramente.

Dreena la sujetó y llamó a Aiman pidiéndole ayuda.

-Estoy bien, Dreena.

La mujer la miró asustada.

-No estás bien, estás herida. ¡Por todas las estrellas...! Kurt se enfadará, Arnoox se enfadará... Nos gritarán... se enfadaran mucho. ¡Maldita sea! Vamos a cabrear un montón a nuestros compañeros.

Tracy puso los ojos en blanco. En realidad ese es el estado en el cual ella mantenía siempre a Kurt, cabreado. Mierda, no iba llevarse el premio a mejor compañera del año y ya puestas, ni a la de la década, eso seguro.

Aiman la alzó en brazos y la llevó de nuevo a la cueva. Allí la instalaron en la sala de reuniones. Una sala enorme, con una mesa, enorme como todo allí, en el centro. Alrededor había sillas, algunas caídas, tal vez por la celeridad con la que se habían levantado con el asalto, varios sillones y un montón de pantallas y paneles con lucecitas. La tumbaron en uno de los sillones y Aiman le hizo una primera cura.

-No parece grave, pero en cuanto lleguen los nuevos refuerzos que están de camino, te llevaremos al hospital.

Tracy resopló.

-No parece tan malo, con la cura habrá más que suficiente.

Aiman la miró fijamente.

-La herida es pequeña, pero profunda, puede haber dañado algo, tendrás que ir al hospital, Tracy y créeme, esto me hace menos gracia a ti que a mí. Kurt va a pedir mis pelotas, ahora mismo viene hacia aquí y puedo jurarte que las noticias no son de su agrado, para nada. Ahora mismo mis mejorados atributos sexuales tienen todos los malditos puntos para pasar a formar parte de alguna oscura leyenda o mito.

¡Maldita sea! Ahora sí que se iba a mosquear Kurt y de lo lindo.

***

Habían recorrido apenas unos metros cuando se encontraron con el capitán Demon-Lisx, el hombre, impresionante en sus dos metros de altura, se veía totalmente agotado, con manchurrones en la cara, su larga melena castaña toda revuelta, sus ojos ámbar, brillantes y varios desgarrones en su uniforme.

-Señor, gracias por los nuevos refuerzos.

Arnoox lo miró fijamente.

-¿Cómo van las cosas?

Kurt no estaba para informes ni mierdas, él quería saber cómo estaba su mujer.

-¿Y mi mujer?

Los dos hombres lo miraron alterados. Y el capitán decidió pasar olímpicamente de él y su pregunta.

-Los tenemos controlados pero apenas podemos reducirlos, esta es una de las invasiones más graves que hemos sufrido.

Kurt, cabreado, resopló mirándolo fijamente

-Demon-Lisx te he hecho una jodida pregunta. Sé que mi mujer está herida, si no quieres que te plante mi puño en tu maldita cara y te la reestructure, me dirás dónde está mi compañera.

-En la sala de descanso, Aiman la está curando.

El rugido de un *endox* acababa de quedar relegado a simple ronroneo comparado con el que soltó Kurt.

Fue imposible retenerlo cuando echó a correr hasta la sala.

Cuando entró en la habitación todo su cuerpo temblaba mientras, lentamente, se acercaba donde Tracy estaba tumbada. Aiman estaba terminando de cubrir la herida en ese momento. Su cara estaba sucia, con gotas de sangre salpicándola, con la casaca desgarrada y con su hombro envuelto. Y se dejó caer de rodillas junto a ella.

-Tracy, pequeña, ¿cómo estás?

Ella le sonrió temerosamente, mientras que Aiman y Dreena se alejaban. Dreena se abrazó fuertemente a Arnoox que entraba en ese momento.

-Estoy bien, de verdad, Kurt.

-No, no estás bien, estás herida. Lo siento, Tracy.

Ella lo miró fijamente.

-¿Lo sientes?

-Sí, todo esto es culpa mía.

Tracy lo miro alucinando.

-¿Culpa tuya? Por Dios, Kurt, tú no tienes la culpa, ¿Cómo ibas a saber que habría un ataque?

Él parecía no escucharla.

-Te tendría que haber protegido mejor, pequeña, te he fallado.

Tracy empezó a mirarlo realmente preocupada.

-Kurt, tú no me has fallado.

Él la miró con los ojos tristes mientras que la tomaba en brazos.

-Sí, te he fallado Tracy y lo siento mucho. No he sido un buen compañero.

Ella se removió inquieta en sus brazos, mientras que Kurt se volvió y le dijo al *Phartok* que la llevaba al hospital.

-Las llevaremos a las dos, Kurt, Dreena está bajo un shock, necesita alejarse de aquí. Capitán te quedas a cargo de todo, los hombres que venían con nosotros se quedan aquí y vienen más refuerzos de camino.

Él empezó a andar con ella en brazos mientras que los demás los seguían.

Kurt se inclinó hacia ella y la besó dulcemente en los labios.

-Perdóname, Tracy, por favor.

Ella no apartaba la vista de él.

-No hay nada que perdonar, Kurt, no te entiendo, tú no eres culpable de nada.

Él negó con la cabeza.

-Ya hablaremos cariño y espero que perdones que te haya fallado así.

Tracy resopló enfadada, pero vio la mirada angustiada de Kurt y a Aiman que se acercó hasta ella y le negó con la cabeza. Estaba claro que sería mejor dejar aquella conversación para más tarde.

CAPÍTULO 28

Volvieron de nuevo por el mismo pasadizo que habían utilizado al llegar, pero en vez de dirigirse al *Gumnarium*, pasaron por otro pasillo que los conducía directamente al hospital. El recorrido fue prácticamente en silencio, Kurt la llevó en brazos todo el trayecto y a pesar del largo recorrido sus zancadas fueron largas, raudas, precisas.

No podía apartar la mirada de ella y maldecirse una y mil veces. Había estado a punto de perderla, ¡perderla!, ¡cojones! y ella era suya, por completo y no la había defendido, no había estado a su lado para protegerla.

El maldito pasillo parecía hacerse eterno, ahogándolo, asfixiándolo y obligándole a examinarse a sí mismo y no le gustaba nada lo que estaba viendo y sintiendo. Lo que más le molestaba es pensar que había sido una mierda como compañero. La había obligado a que aceptara todas las jodidas leyes de su planeta sin pararse a pensar en cómo podía sentirse ella viviendo en un mundo diferente, sin amigos, "condenada" a aceptarlo a él. ¿Romance? No, no le había dado ni un solo momento de eso ¿Comprensión? Ni una maldita gota ¿Ternura? Ja, mejor no hablemos de eso. Desde que ella había llegado a *Phartian* se había visto avocada a aceptarlo a él y a todas las condenadas leyes sin derecho a protestar, bueno, siendo sinceros, protestar sí que lo había hecho, pero él lo único que había hecho ante sus protestas había sido limitarse a hablar con Arnoox una puta vez y punto, ahí quedaba la comprensión y el apoyo a su compañera y luego se había limitado a mostrarle los jodidos colmillos y un humor de asco.

Y por si toda esa mierda no había sido suficiente, todavía quedaba lo de su *oiyu*. No sólo se había visto obligada a aceptarlo a él, no, encima le había encasquetado al idiota aquel

Un momento, de idiota nada, quejas las justas so capullo, que yo he cumplido mi papel a la perfección, ¡serás gilipollas!

Justo lo que estaba pensando, un idiota con un "escolta" más idiota aún.

¿Quedarse a su lado? Joder, si él fuera ella saldría cagando leches del puto planeta con semejante perspectivas por delante. Era un fiasco como compañero, un puto egoísta de mierda y un cacho de animal de esos... un "troglodita" y de los gordos. Pero en aquel jodido momento se juró que a partir de aquel ese día solo ella, sus pensamientos y sus deseos, serían los realmente importantes en aquella relación y si decidida abandonarlo... lo aceptaría. Sabía que eso sería su fin, pero era el justo castigo a toda una maldita cadena de errores y desatinos. Era lo único que se merecía.

Cuando llegaron al hospital, tanto él como Arnoox insistieron que le hicieran, un reconocimiento exhaustivo y que permanecieran en observación hasta el día siguiente. Ellas se rehusaron pero las miradas firmes de ellos les hicieron desistir.

Kurt se acercó a ella y la besó suavemente en la frente.

-Relájate pequeña, ahora mismo te verá el médico.

-Pero si no es nada, Kurt, de verdad.

En ese momento, Arnoox se acercó a ellos. Le dio una sonrisa tranquilizadora a Tracy y tomó a Kurt fuertemente del hombro.

-Tenemos que volver, Kurt.

Él lo miró cabreado y luego a Tracy que lo miraba arrugando la frente.

-Y un cuerno voy a volver, me quedo con ella, Arnoox, está herida, joder.

-Lo sé, pero ella va a estar atendida y cuidada, pero nuestros hombres nos necesitan.

Kurt cerró fuertemente los ojos y tragó con violencia, mientras que Arnoox soltaba su hombro.

-Kurt, tenemos unas obligaciones y por mucho que nos cueste cumplirlas algunas veces...

Kurt lo miró aún más cabreado.

-Lo sé, Arnoox, lo sé, jodida mierda. Está bien, vamos.

Él se inclinó hacia ella y la besó tiernamente en los labios.

-Lo siento, pequeña, pero tengo que irme y Aiman debe volver a mí, no puede estar más tiempo fuera. Siento tener que irme, de verdad, Tracy, no sabes cómo lo siento. Vendré a verte luego.

Ella lo miró fijamente.

-¿Te vas?

-Las cuevas todavía están siendo atacadas, tenemos que volver, te juro que preferiría quedarme contigo, Tracy, pero nos necesitan.

Tracy intentó levantarse, pero él la mantuvo acostada en la cama en la que la habían colocado.

-Prométeme que tendrás cuidado.

Kurt le sonrió dulcemente

-Lo tendré Tracy, te lo juro. Tengo que volver a ti, tenemos que hablar.

Y le dio un ligero beso en los labios. Aiman se inclinó también hacia ella, la tomó suavemente de la barbilla y depositó un beso en sus labios.

-Volveremos a ti, pequeña, no lo dudes.

Con un ligero movimiento desapareció en el cuerpo de Kurt, que salió tras el *phartok*.

Tracy miró a Dreena que estaba en la cama de al lado y echó un vistazo por toda la sala, era amplia, con varias camas alrededor, que ahora estaban vacías, salvo las que ocupaban ellas dos, habían varios médicos y enfermeros y toda clase de instrumental y maquinaria.

-¿Por qué sonaba tan triste, Dreena?

Dreena sonrió apenada.

-Porque lo estaba, Tracy.

-Pero si estoy bien, no es nada grave.

Dreena la miró con ternura

-Sí. Pero esa no es la cuestión, Tracy, tienes que entender que para ellos lo más importante somos nosotras, protegernos y cuidarnos es su misión principal. Tú estás herida, para Kurt significa que ha fallado como compañero tuyo.

-Eso es una maldita gilipollez, no sabía que iban a atacar y tampoco que yo terminaría liándome a disparar.

Dreena miró fijamente a Tracy.

-Pero él no lo ve así. Tendrás que explicarle que no sientes que te ha fallado.

Tracy sonrió irónicamente.

-Bueno, no sé, tal vez me aproveche de todo ese arrepentimiento ¿no? ¿Para qué cojones voy a decirle que la culpable soy yo por meterme a guerrillera? Podría terminar con su mano estampada en mi culo ¿verdad?

Dreena la miró horrorizada.

-Nuestros compañeros jamás nos maltratan, Tracy.

Ella alzó una de sus cejas

-¿Nunca? ¿Por mucho que les toques las pelotas?

Dreena negó fuertemente.

-No, nunca.

Tracy se sintió más tranquila, a pesar de que no tenía miedo ni pensaba dejarse golpear, por supuesto, pero le alegró saber de qué no eran unos malditos salvajes capaces de golpear a sus compañeras.

***

Kurt volvió a la cueva dispuesto a terminar con aquello cuanto antes. Necesitaba regresar con ella, saber que estaba realmente bien. Se sentía tan culpable.

Bueno, Kurt, en parte debes reconocer que ella solita se ha metido en esto. Nuestra mujer nos ha salido guerrera.

"Lo sé, pero también sé que si hubiera conseguido que Arnoox me escuchará y darle alguna ocupación, esto no hubiera pasado"

Puede, pero no por eso vamos a echarnos nosotros toda la culpa ¿eh? Que aquí el idiota es un cabeza cuadrada y a nuestra mujer, debemos reconocerlo, le gusta ponernos a prueba, suma dos más dos y lo mismo te da cuatro y todo ¿verdad?

"Sí, cierto. Pero si le hubiera enseñado a luchar, si le hubiera mostrado nuestras armas, a defenderse y a actuar y pensar como un guerrero, las cosas tal vez hubieran sido diferentes"

Un momento, machote, el papel de toca pelotas, capullo sensible, tierno y arrepentido es de un servidor, ¿quieres dejar de actuar con mi puto guion? Tú eres el troglodita, el idiota machista y todas esas lindezas.

"Si la hubiéramos perdido, habría sido culpa mía, Aiman. No soy digno de ser su compañero".

Tienes la jodida y maldita suerte de que no pueda soltarte un par de hostias, tío. ¿Quieres dejar de culparte por lo ocurrido? Nadie podía prever el ataque ni que ellas decidieran actuar como un guerrero, pero como sigas diciendo idioteces, lo que sí puedo hacer, es retorcerte las bolas hasta que obtengan un bonito tono morado.

"¿Y si decide abandonarnos por haberle fallado? No podría vivir sin ella Aiman, es mi vida"

No nos va a abandonar. En serio Kurt, ¿tú te enteras de algo de lo que ella habla o es que mientras ella lo hace, tú te estás haciendo una paja mental, eh? Joder, al final va a tener razón Tracy y en este planeta los hombres somos algo cortitos, capullo. Ella no te va a culpar, por el simple hecho de que ella se defiende sola, entiéndelo de una condenada vez, Kurt, lo único que nuestra compañera puede querer de nosotros, a parte del pedazo sexo salvaje que le damos, que reconozcámoslo, es de matrícula de honor, es nuestro amor y respeto, no lo bien que manejamos la puta espada… de energía, claro. ¿Lo vas entendiendo?

Kurt respiró violentamente, ¡mierda! Había estado tan equivocado, tan confundido, tan sumamente perdido. Tal vez su *oiyu* tenía razón, tal vez era mejor dejar de pensar con el puto orgullo y hablar con su compañera e intentar buscar la solución para crear un mundo nuevo. Ella no era *phartiana*, él no era de la Tierra... había que pensar en encontrar un punto medio entre los dos mundos.

No es por presumir, majo, pero siempre tengo razón, para eso soy tu conciencia toca pelotas. Y ya era hora de que empezaras a pensar con la cabeza y el corazón y no con el puto pito, que para eso, ya estoy yo.

Y guiñándole un ojo, decidió relajarse mientras que él volvía de nuevo a la lucha.

CAPÍTULO 29

Las peleas y escaramuzas habían terminado bien entrada la madrugada, pero hubo que hacer un recuento de bajas, trasladar a los heridos, un informe de daños y reorganizar de nuevo las defensas. Terminaron cuando las primeras luces del día se veían en el horizonte y a pesar de que Arnoox los mandó a casa a descansar, él no pudo hacerlo hasta saber cómo se encontraba ella.

Se acercó al hospital, ella descansaba tranquilamente. Según le había dicho Neer-Kues, su médico, la herida no era nada grave, sólo necesitaría unas pequeñas curas y descansar.

Se había acercado hasta su cama despacio y en silencio, ella dormía plácidamente. Había pasado buena noche, aunque al principio había estado algo inquieta y molesta, según le había comentado Neer-Kues. También le dijo que no había ningún inconveniente para que volviera a casa. En cuanto despertara le harían una cura y él podría pasar a por ella.

Después de acariciar suavemente su mejilla y asegurarse de que respiraba normalmente y no tenía fiebre, había ido a casa a descansar. Se bañó para quitarse todo el hedor de la lucha de su cuerpo, pero no pudo dormir. Cada vez que cerraba los ojos veía a Tracy, en medio de la batalla, con armas disparándose a su alrededor, con cuerpos caídos, sangre, dolor y destrucción y todo su cuerpo temblaba y se cubría de un sudor frío que lo empapaba. ¿Miedo? No, miedo no, lo siguiente, terror, pavor puro y duro.

Tenía que aprender a armonizar todos los sentimientos que estaba experimentando. Como guerrero se sentía humillado, él era el que tenía que luchar. Como phartiano sentía que sus derechos le habían sido arrebatados. Como compañero sentía que había fracasado, él era el encargado de que su compañera estuviera a salvo, protegida y resguardada. Pero como hombre, como hombre se sentía orgulloso de ella, totalmente fascinado por su fuerza y su coraje.

Se había sentido seducido cuando había escuchado a Demon-Lisx hablar fascinado de la actitud de su compañera y de todas las mujeres, de su carácter, de su fuerza, del valor y sobre todo, de su lucha hombro a hombro con los hombres, defendiendo el planeta y dispuestas a todo por proteger las piedras.

Desistió de poder dormir, volvió a darse un baño y después de almorzar se preparó para ir al *Gumnarium* a preparar su informe y hablar con todos los capitanes para comprobar cómo seguía todo.

Cuando salía de casa se encontró con su vecina.

-Hola, Kurt-Aiman. ¿Habéis podido controlar ya todo, hijo?

Él se acercó lentamente hasta ella.

-Sí, señora Misrte, está todo bajo control. Hemos sufrido algunas bajas personales y las pérdidas materiales son más cuantiosas, pero nos pondremos a trabajar en repararlo todo inmediatamente.

-¿Y Tracy?

Kurt agachó la cabeza y suspiró tristemente, le comentó a la mujer todo lo sucedido, tal vez esperando verla mirarlo espantada, pero lo único que recibió fue una sonora colleja.

-¿Quieres dejar de culparte, idiota?

-¡Señora Misrte!

-Ni señora ni leches. Mira muchacho, llevo toda mi maldita vida siendo una mujer muy prudente y callada.

¿Prudente y callada? Joder, y se lo creerá y todo la jodía. Si ella es prudente yo soy el rey de la abstinencia, no te joroba la vieja. Prudente y callada, anda que no es cachonda ni nada aquí la abuela.

-Señora Misrte…

-Shh, a callar, jovencito, estoy muy enfadada y decepcionada contigo. Pensaba que eras más inteligente, Kurt.

-La verdad es que si no se explica…

-¿Me piensas dejar hablar?

Eso, Kurt, ¿la piensas dejar hablar? Joder con la abuela, tiene un morro que se lo pisa, ¿callada, no? Esta no se calla ni debajo del agua, la condenada.

-Te he visto siempre solo, amargado como un *endox* castrado y de repente apareces con una hermosa mujer, fuerte, decidida, valiente. ¿Y qué haces tú? Portarte como un imbécil, utilizándola para tu maldito placer y queriendo ahogar su personalidad.

-Misrte...

-No te he dicho que puedas hablar todavía, Kurt, vas a escucharme aunque tenga que atarte a un maldito árbol y amordazarte, ¿entendido?

Yo que tu cerraba el puto pico, la vieja tiene pelotas para eso y para más, me está acojonando hasta a mí.

-¿Me quieres decir que te atrajo de Tracy, Kurt? Y ahora sí que puedes hablar.

Pero mira a ver qué le respondes, porque nos veo haciéndole compañía al endox ese castrado al que hacía referencia antes.

"Pues sí que estas siendo de ayuda, capullo."

-De ella me atrajo todo, Misrte, su belleza, su seguridad, la fuerza y el valor que tiene, su inteligencia, todo en ella me tiene hechizado.

La mujer lo miró sonriendo.

Una preguntita, Kurt, esa sonrisa, ¿es buena o mala señal?

"No me atrevo siquiera a aventurar una respuesta, es impredecible, lo mismo es lo que hace antes de rebanarnos el pescuezo, Aiman, ni puñetera idea."

-Creo que empezamos a entendernos, Kurt. Te gusta, ¿verdad?

-Sí, Misrte, me gusta mucho, no pensé que pudiera quererla así.

La anciana le sonrió tiernamente, para luego volver a soltarle otro mamporro.

Joder con la abuela, nos está dando de leches por todo el morro. ¿Qué se supone que has hecho mal ahora, tío listo?

"¿Tú lo sabes? Porque a mí me ha despistado con la primera y con esta me ha dejado descolocado."

-Y eso, ¿se lo has dicho a ella?

Él negó con la cabeza.

-¿Y a qué cojones esperas? Dile que la amas, Kurt, dile que la entiendes y que vas a luchar por cambiar las leyes de mierda de este planeta. Te sorprenderá ver cuánto apoyo recibirás cuando lo hagas. Lucha por y para ella y díselo, no seas más idiota, ¿entendido? Si se va porque eres incapaz de pelear por ella, te prometo que desearás que tu muerte llegue pronto, muy pronto.

-Mi única misión es hacerla feliz y que no quiera dejarme nunca.

-Pues deja de entretenerte hablando conmigo y ve por ella, ¿esperas una condenada señal?

Echa a correr mientras tengamos intactos todos nuestros atributos sexuales, porque la veo muy capaz de cortárnoslos y hacer una decoración para el jardín con ellos.

***

Cuando llegó al *Gumnarium* verificó que todo estaba en calma, que no se había vuelto a producir ni una ligera escaramuza y entonces se dirigió a la sala de Arnoox.

Cuando entró lo encontró repasando todos los informes, tenía el pelo húmedo y revuelto y estaba vestido con el mono que vestían cuando luchaban o entrenaban, igual que él. Kurt lo saludó y se sentó a esperar que terminara de revisar los informes. Cuando terminó los apartó, dejándolos a un lado de la mesa y clavó la mirada en él.

-¿Has pasado a ver a tu compañera?

Kurt lo miró fijamente.

-Sí, pasé esta mañana, está mejor y seguía descansando. ¿Cómo está Dreena?

Arnoox se echó hacia atrás en el enorme sillón y lo miró sonriendo.

-Bien, ha pasado buena noche y ha estado bastante tranquila durante todo el día, según los médicos puede volver a casa esta misma noche. Las demás mujeres también estaban allí, les mandé a hacer una revisión a todas, algo que parece que no fue del agrado de ninguna. Deberías haber escuchado sus palabras, sólo te diré que lo más suave que escuché, fue que era un gilipollas cabrón. Maldita sea, Kurt, soy el *phartok*, ¿crees que eso les importó? Ni una condenada mierda. Pero, ahora mi pregunta es otra, ¿qué vamos a hacer, Kurt?

-No lo sé muy bien. ¿Has hablado con Dreena?

El *phartok* volvió a sonreír levemente.

-Unas pocas frases cuando volvimos esta madrugada y pasé a verla al hospital, no me preguntes cómo, pero al final, el que se llevó el maldito rapapolvo fui yo. ¿Qué cojones tienen estas mujeres en la cabeza? En nuestro planeta la vida es así, las mujeres viven para el hogar, para sus compañeros y los hijos. De repente vienen estas mujeres y quieren quitarnos hasta el derecho de protegerlas, joder, Kurt, es como si nos cortarán los huevos.

Kurt sonrió levemente.

-Lo sé, Arnoox, yo también me he sentido castrado, pero entiendo que ellas han vivido de manera diferente y si queremos que vengan más mujeres, creo que tendremos que hacer algunos cambios. Además, qué cojones, me siento orgulloso de ella.

Le sonrió a su *phartok* y el muy idiota terminó sonriendo con él.

-Joder, Kurt, hasta Dreena se queja de que se aburre, de que le gustaría hacer otras cosas. Quiere que la enseñe a luchar. ¡A luchar! ¿Cómo narices se le ocurre algo así? Y encima tuve que escuchar todas las quejas de las mujeres. Maldita sea, quieren trabajar. No sé ni cómo porras salí ileso de la condenada sala, cuando tuve la osadía de decir que aquí no era necesario, que nuestras compañeras no lo hacían. Mierda, empecé a sentirme realmente asustado cuando más de una empezó a clavar la mirada entre la bandeja del instrumental médico y mi polla.

Kurt sonrió, lo que hizo a Arnoox maldecir por lo bajo y mirarle irritado.

-Me amenazaron. A mí. ¿Me oyes? A mí, maldita sea. ¿Y mi compañera qué hacía mientras tanto? La muy ladina estaba riéndose y apoyándolas. Joder, soy el puto *phartok* del planeta, merezco algo de respeto, ¿no? Pues esas mujeres juraban y perjuraban querer cortar mis bolas por tenerlas en observación en el hospital, por no permitirles ser ellas mismas, por limitar su libertad y no sé qué mil condenadas quejas más. Y suerte que tu compañera dormía, si no, seguro que hubiera encabezado una jodida revolución, capitaneada por mi propia compañera.

Kurt volvió a sonreír.

-Te lo dije.

-Me irrita muchísimo esa expresión de "lo sabía", Kurt. ¿Tú sabes lo que va a ser presentarse ante todo el *Comisionado* con semejante bomba? Primero, risas; luego, amenazas y seguro que después, amputación de polla. Va a ser divertidísimo. Lo único que me consuela es que vas a compartir mi misma condenada suerte.

Aquello era un golpe bajo.

-Muérdete la maldita lengua, Arnoox. Lo cierto es que no podremos conseguir nada si no logramos al menos la mitad y uno más, de los votos.

Arnoox negó con la cabeza.

-Imposible, tú y yo lo sabemos. ¿Convencer a esos? Estoy por encerrarlos con las mujeres en la sala, el instrumental médico, un par de tijeras extra y perder la maldita llave.

Él no sabía si sonreír o maldecir. Toda su vida y la del planeta podían saltar por los aires en los próximos días. La intensidad del bombazo dependería de las decisiones que se tomaran a partir de ahora, pero lo que sí que quedaba claro es que todo, pero todo, iba encaminado a estallar.

-Creo que deberíamos escuchar a las mujeres, Arnoox y después de hablar con ellas, estudiar una estrategia, la manera de presentarle al *Comisionado* unos cambios. Podemos hacerlo de forma gradual, muy lentamente, pequeños cambios, ellas podrían sentirse satisfechas y nuestros hombres poder seguir conservando algo de hombría.

Arnoox dejó caer su cabeza y apoyó la barbilla sobre su pecho.

-Mierda, nuestra vida era mucho más sencilla antes. Sí, era muchísimo más feliz cuando las amenazas a mi entrepierna no eran tan evidentes y reiterativas, cuando todas mis leyes y órdenes eran recibidas sin una condenada queja. No sé qué prefiero, enfrentarme a las mujeres o al *Comisionado*. -Alzando la cabeza de nuevo, lo miró fijamente- ¿Por qué condenadas lunas, no te hice caso cuando te negaste a hacer este trato?

-Ahora ya es tarde y debo darte las gracias por ello.

-Eres un capullo, Kurt.

Kurt se levantó y se dirigió hacia la puerta.

-No hay que darle más vueltas, Arnoox, los cambios hay que hacerlos. Habla con Dreena, escúchala, creo que tal vez vaya siendo hora de darles voz también a ellas.

Arnoox sonrió.

-Y tú, ¿qué piensas hacer con tu compañera?

Kurt lo miró sonriendo y negando con la cabeza.

-No lo sé, en lo único que puedo pensar es en encadenarla a mí. Tengo miedo, un miedo horrible a perderla. Me pregunto si querrá seguir aquí y lo más importante, ¿querrá seguir a mi lado? Y tiemblo pensando en que diga que no.

El *phartok* clavó fijamente su mirada en él.

-¿Ya amas a tu compañera?

Él sólo sonrió antes de salir y cerrar la puerta tras él.

¿Amarla? Él había deseado morir mil veces cuando la vio herida, deseó haber podido borrar de un maldito plumazo los últimos días viviendo enojados, prácticamente ignorándose, sentía retorcerse sus tripas pensando en que la podía haber perdido y no la había hecho feliz. Sentía encogerse su corazón pensando en todas esas caricias que no le había dado, en todos esos besos perdidos, en todas las veces que podía haber tocado su cuerpo, perdiéndose en él, entrando lentamente, haciéndola suya y haciéndose, en cada empuje, cada vez mas de ella. ¿Amarla? Si no era amor se le parecía jodidamente mucho.

Y por si no fuera bastante con todas esas sensaciones y emociones, estaba lo otro, sí, todo lo otro. La posesividad no sólo de él, también la de su oiyu. El dolor en sus colmillos deseando continuamente enterrarse en ese cuello tan tierno, deseando mezclar el aium con la saliva y la sangre de los tres. Con cada nuevo mordisco, sus cuerpos, emociones y deseos se complementarían aún más, haciéndose imprescindibles el uno del otro para poder vivir. Y sobre todo, el ansia de que llegara su periodo fértil y poseerla ambos hasta dejarla llena de su semen.

¿Amarla? No sabía muy bien definir todo lo que sentía por ella: hambre, deseo, ternura, posesividad, lujuria, respeto, admiración. Quería todo de ella y quería darse por entero a ella. Joder, aquello tenía que ser amor, porque si no lo era, maldita fuera su jodida estampa el día que la amara.

Ya era hora de hablar con su compañera y de empezar a tomar decisiones... ¿juntos? Por eso daría media vida. Pero eso sería cuando ella se encontrara mejor, no ahora, con una herida reciente.

CAPÍTULO 30

Estaba anocheciendo. Tracy miró alrededor de la sala del hospital, las mujeres se habían ido todas, estaban en perfecto estado, solo quedaban ella y Dreena

Dreena estaba vestida ya con un vestido de aquellos típicos del planeta, en tonos violetas, con su larga melena peinada y sin un toque de maquillaje, se veía hermosa, descansada y preocupada.

-¿Viene Arnoox a por ti?

Dreena la miró asintiendo.

-¿No te ha dicho nada de Kurt?

Dreena negó y ella dejó caer su cabeza.

-No ha venido a verme. Desde que me dejó aquí no ha querido saber nada de mí.

-Eso no es cierto.

Tracy alzó la cabeza y se encontró con la mirada de uno de los enfermeros que habían estado atendiéndolas. Era alto, muy moreno de piel, pelo castaño claro y unos ojos inmensos en color grisáceo.

-Mmm...¿tú eras?

El hombre sonrió.

-No recuerdas mi nombre, ¿verdad? Soy Raky-Lex.

Tracy lo miró avergonzada.

-Lo siento.

-Es lógico, has estado casi todo el tiempo sedada, descansando y recuperándote. Y sí, Kurt vino a verte esta madrugada cuando terminó la batalla en la cueva y después, una segunda vez, a primera hora de la tarde.

¿Podría significar aquello que su preocupación por ella superaba su monumental cabreo?

En ese momento llegó el *phartok* a recoger a Dreena. Ella se echó en sus brazos y él la besó tiernamente. Puta envidia, eso es lo que sintió. Claro que ella no le había puesto tan fácil las cosas a su compañero como Dreena lo había hecho con el suyo.

Cuando un buen rato después se despidió de ellos, buscó con la mirada hasta dar con Raky-Lex, lo llamó y el hombre se acercó hasta ella.

-Entonces, ¿es cierto que Kurt estuvo aquí?

El hombre le sonrió.

-Sí, por dos veces. Se notaba preocupado y preguntó insistentemente por tu estado.

Ella hizo una mueca.

-¿Preocupado o cabreado?

El hombre rio, esta vez con más ganas.

-Preocupado, te lo puedo asegurar.

Ella volvió a repetir la mueca, esta vez más exagerada.

-Tal vez estaba asegurándose que me recuperaría para tener el placer de patearme el culo él mismo.

Raky-Lex la miró asustado pero cuando vio que parecía ser una broma rio a carcajadas y ella se unió a las mismas.

Cuando levantó la mirada se encontró con un Kurt molestillo, bueno, más bien enfadado. ¡Coño! A la mierda las sutilezas, el hombre estaba cabreado hasta el punto de que parecían salirle volutas de humo de la cabeza. Pero aparte de eso, estaba impresionante, totalmente sensacional. Con su pelo rubio oscuro cayendo sobre sus hombros, con esos ojos azules con vetas verdes, brillando, con esos labios gruesos, húmedos, con ese cuerpo enfundado en aquella especie de mono negro totalmente entallado a su cuerpo, marcando cada plano de su cuerpo. ¡Dios! Era el sueño de toda mujer y si hubiera llevado bragas, que en ese momento brillaban por su ausencia, las hubiera mojado.

***

Sonriendo, así es como se la había encontrado.

Corrección, colega: está carcajeándose con otro tío que no somos ni tú ni yo. Esto empieza a tocarme los cojones, así que empieza a mover tu jodido culo ya mismo.

Estaba hermosa, a pesar de que sólo llevaba la bata del hospital, una especie de poncho, con escote en pico y en color azul metálico, pero aun así, ella era la cosa más hermosa que había visto en su vida.

A ver, pasmado. Parpadea, capullo. ¿Vamos a centramos o qué? Nuestra compañera, espera que te lo recalco de nuevo por si no lo has pillado, nuestra compañera, ¿lo captas? Está carcajeándose con otro tío, deja de babear y tírate a apartar al asqueroso ese de ella o déjame que yo decore su puto culo con una de las patas del sillón.

Kurt respiró fuertemente y más cuando la mirada de ella se clavó en la suya. Vio que se retraía y lo miraba entre asustada y esperanzada. ¡Mierda! Ella no tenía por qué tenerle miedo, jamás le haría daño.

Escucha, alelado, lógico que esté preocupada. Recuerdo que aquí un avispado phartiano (si quieres pistas para adivinarlo te las doy) poco más y la hace mearse en las bragas con todas las malditas reglas del planeta y, por si se te ha olvidado, ella se ha saltado un par de ellas, lógico que se acojone nada más verte.

Antes de dirigirse lentamente hasta ella decidió pedirle, rogarle e implorarle al imbécil de su *oiyu* que cerrara la condenada bocaza y le dejara llevar esto a él.

Tú mismo, majo, total, cagarla más creo que no puedes. Pero gracias por no contar conmigo, idiota.

Cuando llegó al lado de su cama, el enfermero lo miró sonriendo, sonrisa que fue rápidamente borrada de la cara como si nunca hubiera estado allí en cuanto vio la mirada fiera de él.

-Kurt-Aiman, estaba conversando con tu compañera, está lista para irse.

Él lo saludó con la cabeza y el hombre decidió despedirse en aquel momento. Él volvió la vista a ella y se inclinó para besarla suavemente en los labios.

-¿Cómo estás, Tracy?

Ella le sonrió mientras que él la tomaba de la mano, acariciando con su pulgar la muñeca de ella.

-Estoy bien, de verdad, si no ha sido nada.

Él hizo una mueca.

-No opino lo mismo, pequeña, es una herida fea pero pudo ser peor.

-Pero no lo fue, Kurt.

Él asintió y le pasó la bolsa que llevaba en la mano.

-Te he traído ropa. ¿Necesitas que te ayude a vestirte?

Ella negó.

-No, puedo sola, en unos minutos estaré aquí.

La miró dirigirse a los baños y él recogió el informe y la medicación que debía tomar.

Ella reapareció unos veinte minutos después, bañada y lista. La tomó del brazo porque ella aseguró estar bien y poder andar y la guio hasta el *dayinr*.

-¿Está todo controlado, Kurt?

Él la acomodó en el vehículo y juntos se dirigieron hacia su casa.

-Todo controlado, no han vuelto a aparecer. Hemos tenido dos bajas mortales, una veintena de heridos y, aunque ha habido muchos desperfectos, no han sido importantes. En unos días todo estará perfectamente arreglado.

-¿Hay muchos ataques de estos?

Él la miró un momento, negando.

-Ataques, sí, pero tan persistentes, no. Normalmente unas cuantas naves y sólo en las cuevas. Es raro que ataquen la ciudad al mismo tiempo. Se están volviendo cada vez más temerarios.

Ella se dejó caer en el asiento.

-¿Te duele mucho, pequeña?

Tracy negó.

-Estamos llegando ya. Raky-Lex me ha dicho que ya has cenado, cuando lleguemos a casa te daré las pastillas con un zumo, así descansarás mejor.

Ella abrió los ojos y lo miró.

-Pero si no estoy cansada.

-Tracy, tienes que descansar, te recuperarás antes.

-Está bien, pero sigo diciendo que no es nada. Por Dios, Kurt, entiendo vuestra preocupación, de verdad, pero ¿no te parece que es un pelín exagerada? Me has hecho pasar toda la noche y el día en el hospital, ya pensé que iba a necesitar un certificado de salud y buen comportamiento para poder salir de allí.

CAPÍTULO 31

Pues sí, estaba decidido a que descansara, sería capullo. La había llevado en brazos a la habitación, a la de ellos, no a la de invitados que había estado usando hasta entonces.

Ella se sentía feliz. ¿Feliz? No, feliz no, eufórica, estaba que daba volteretas, sí, por fin las cosas empezaban a arreglarse.

Le había dado un camisón, la ayudó a desvestirse, le llevó el zumo con las pastillas, la acostó, la arropó, le dio dos besos que le dejaron temblando hasta las pestañas y relamiéndose de gusto. Todo empezaba a ir bien, sí, es más, estaba segura que esa misma noche reclamaría también a Aiman. Se sentía tan mimada, él era tan dulce, tan tierno y entonces él le dijo *descansa...* ¿descansa? Y una mierda descansa, ¿era broma, no? Pues no, no era broma, porque el muy idiota salía de la habitación.

-¿Dónde vas?

-Al salón, dormiré allí, en el sofá.

Ella empezó a cabrearse.

-¿Por qué?

Él le sonrió dulcemente y ella estuvo tentada en decirle que se metiera toda la maldita dulzura por el culo.

-Porque necesitas descansar.

-Kurt, llevo descansando todo el maldito día, es más, como siga descansando más necesitaré una condenada cura anti-descanso.

Él le sonrió dulcemente. Ella estaba sintiéndose realmente molesta de que la tratara como si fuera una figurita de porcelana a punto de quebrarse.

-Pero dijiste que íbamos a hablar.

-Y hablaremos, pequeña, pero no ahora. Estás agotada y herida. Cuando estés mejor, hablaremos, tengo mucho que decirte, cariño.

-Pues empieza a hablar, Kurt, ¿Qué esperas? ¿Un maldito sello en la frente con la autorización explícita de los médicos? Además, puedo descansar contigo tumbado a mi lado.

Pues nada, otra de las sonrisitas tranquilizadoras, aquello empezaba a ponerse demasiado empalagoso. Había pasado de ser el gorila aporreándose los pectorales a ser un gatito que restregaba la colita entre sus piernas. Mmm ¿Restregar la colita entre sus piernas? Qué imagen de lo más sugerente, sí, decidido, eso es lo que necesitaba para una buena noche de descanso.

-Tracy, en mi estado, si me quedo, te puedo jurar que no descansarás. Mañana hablaremos, te lo prometo. Buenas noches.

¿Buenas noches? Y salió de la habitación apagando la luz y dejando la puerta abierta para que lo llamara si lo necesitaba.

¿Qué cojones acababa de pasar? ¿Había dicho él "en su estado"? Si ella lo había entendido bien, estaba cachondo, ¿no? Y la dejaba sola, para que descansara. ¿De qué maldita cosa iba a descansar? ¿De estar tocándose las narices?

No entendía nada de nada. Ella lo necesitaba allí, con ella, abrazándola, mimándola y follándola, punto. ¿Qué mierda era aquella?

Ella estaba cabreada, sí, pero había algo que superaba a su cabreo y era que estaba caliente, ansiosa de él, necesitada...¿necesitada? Y entonces como en un sueño recordó las palabras de Aiman:

-*"Sentiremos tu deseo, tu necesidad de nosotros, nos excitaremos y vendremos corriendo a ti en cuanto podamos".*

Ah cariño, te tengo, sí. Vas a pagar por dejarme aquí sola y necesitada.

Se quitó el camisón y totalmente desnuda dejó vagar sus manos por su cuerpo, con la derecha se acarició un pezón, girándolo entre sus dedos y con la otra reptó por su cuerpo hasta llegar entre medio de sus piernas, abrió los labios de su vulva y acarició su clítoris, frotando toda la humedad arriba y abajo, soltando un leve gemido. ¡Chúpate esa, compañero!

***

Kurt llegó al salón arrancándose prácticamente la ropa, con tan sólo su ceñido calzón se dejó caer en el sofá. Sintió a su oiyu, mirando alternativamente la puerta de la habitación y a él.

¿¡Qué!? ¿Qué cojones se supone que estás haciendo? Tracy en nuestra cama y nosotros aquí de putos postes, tirados en el sofá, ¿qué mierda de estrategia es esa? Tal vez si me la explicas, entienda algo.

"Tiene que descansar."

¿Descansar? Por supuesto que tiene que descansar, pero puede hacerlo perfectamente entre nuestros brazos.

"Aiman, tenemos muchas cosas que aclarar, necesitamos hablar y hasta que ella no esté mejor, no podremos hacerlo. Necesita tiempo y espacio."

¿Espacio? Tú eres gilipollas, el único espacio que necesita nuestra compañera es el que ocupemos nosotros entre sus piernas.

"Eres un maldito salvaje, un bruto. Necesita tiempo y se lo vamos a dar."

Pues ya está, ya es oficial, eres gilipollas y además licenciado con putos honores.

¿Calor? ¿Agitación? Todo el cuerpo de Kurt empezó a vibrar. ¿¡Qué!?

De repente su polla se endureció y una excitación salvaje lo recorrió.

Doy gracias a todas las estrellas y a nuestras dos benditas lunas por tener una compañera que sabe lo que quiere, a pesar de tenerte a ti por compañero. Nos necesita, mueve el maldito culo hasta ella.

Tracy estaba necesitada, mucho. Caliente, aún más y estaba haciendo su reclamo e intentando dejarle claro que o actuaba o se encargaba ella misma de su necesidad.

Cuando llegó a la entrada de la habitación se encontró con el espectáculo más impresionante que un compañero podría desear: ella se había despojado del camisón y estaba, totalmente desnuda, tendida sobre las sábanas, con una mano entre sus piernas y la otra acariciando el endurecido pezón, arqueando sus caderas, buscando, necesitando. Era la vista más hermosa que podía desear un hombre, la encarnación de todos sus sueños

Pues deja de soñar y empieza a actuar de una puta vez antes de que decida terminar, sin nosotros, lo que ella misma ha empezado.

Se acercó lentamente hasta ella, sintiendo todo su cuerpo temblar, arder. Estaba totalmente erecto, su *oiyu* rugía y vibraba dentro de él exigiendo la misma satisfacción que él necesitaba. Cuando llegó a la altura de la cama, ella abrió los ojos y clavó su mirada en él.

-Entonces es cierto, sientes mi necesidad, mi deseo.

Él asintió, mirándola embobado y despojándose rápidamente del calzón.

-Entonces, mi pregunta sería la siguiente: ¿Piensas hacer algo o tendré que satisfacerme yo misma?

No la dejó terminar, se dejó caer junto a ella o sobre ella, no lo sabía muy bien. Sólo supo que todo su cuerpo estaba en total contacto con el de ella, sintiendo todo su calor, su suavidad. Sus lenguas se encontraron a medio camino, decidiendo cómo querían danzar.

Los gemidos se entremezclaron, igual que sus salivas, sus manos se deslizaban por sus cuerpos, acariciando cada curva, cada pliegue, cada dureza. Él devoraba sus labios, chupándolos entusiastamente, mordisqueándolos con suavidad.

-Deberías estar descansando y no dejándote devorar por mí de esta manera.

Ella se retorció entre sus brazos cuando él llegó hasta su pezón y lo mordisqueó mientras que con sus colmillos raspaba la aureola.

-Te necesito, Kurt, tanto que duele.

Él fue deslizando su boca hasta su ombligo, chupando su vientre, lamiéndolo.

-Yo también te deseo, pequeña, no sabes cuánto. Me he vuelto loco pensando que podía haberte perdido.

Ella gimió más fuerte cuando él llegó entre sus piernas y empezó a lamerla de arriba abajo, clavando su lengua dentro de ella.

-Ahora estoy aquí, Kurt.

Sí, ahora estaba allí, para él, para disfrutarla, para hacerla suya, para amarla.

-Lo sé, cariño, pero he tenido tanto miedo. Saber que estabas allí, en medio de la lucha y cuando Aiman me dijo que estabas herida- inspiró con fuerza y cuando expiró, su cálido aliento hizo vibrar su clítoris- no podía respirar siquiera, Tracy. No podía ni imaginar no sentirte nunca más, no tenerte entre mis brazos.

Lamió con suavidad toda su raja, clavando su lengua dentro de su vagina, mientras que con una de sus manos dibujaba pequeños círculos sobre su ombligo, rozándola a penas con las yemas de sus dedos. Sacó la lengua de dentro de su cálida humedad y llevó su boca hasta su pequeño y erecto clítoris, chupándolo firmemente mientras que introducía dos dedos en su estrecho y empapado coño. Giró sus dedos, alternando suaves empujes con movimientos rotatorios.

Siguió provocándola, hasta que notó su boca empaparse con los dulces jugos de ella, sus gemidos habían ido creciendo en intensidad, sus manos habían dejado de empujar su cabeza entre sus piernas a agarrar fuertemente las sábanas.

-Te quiero dentro, Kurt, por favor.

Pero él tenía otras intenciones, quería seguir provocándola, quería sentir su orgasmo en su boca, por eso siguió lamiendo y jugando con su estremecido coño y con sus manos y dedos estimulando sus tensos y duros pezones, pero Tracy estaba decidida a tenerlo dentro de su cuerpo y empezó a tironear fuertemente de su pelo.

-Kurt, así no, quiero sentirte dentro, lo necesito.

Dio un último tirón a su endurecido clítoris, con sus dientes y fue elevándose hasta ella, muy despacio, saboreando todo su cuerpo, lamiendo su sudor, salado y pegajoso, dulce y ácido y cuando llegó hasta su boca, sorbió su lengua mordiéndola suavemente con sus colmillos mientras que de una sola estocada se hundió profundamente en ella.

Tracy enroscó sus manos en su cabeza, enredando su boca con la de él, marcando su culo con sus talones y mientras que él empujaba, ella se clavaba contra su pelvis, alzándose con fuerza, restregándose contra él.

Kurt intentaba llevar cuidado para no hacerle daño, pero cuando ella soltó su boca y la deslizó hasta su cuello, mordiéndolo con fuerza y clavó sus uñas en su espalda, dejó ir todos los amarres y empujó con violencia dentro de ella, haciéndola retorcerse con más fuerza.

El sudor resbalaba por sus cuerpos, haciéndolos pegarse, fundirse.

Tracy gimió ruidosamente, una vez, mordió con más fuerza su cuello, dejó ir un segundo gemido, clavó sus uñas más fuerte y al tercer gemido, soltó su cuello, echó su cabeza hacia atrás y pasó a gemir roncamente cuando empezó a sentir las primeras ondas de su orgasmo.

Kurt sentía sus pelotas duras mientras que seguía empujando vigorosamente su cuerpo contra el de Tracy. No podía apartar la mirada de ella, tenía los ojos cerrados, sus mejillas estaban sonrosadas, su frente estaba perlada de sudor, sus labios estaban hinchados y húmedos, entreabiertos, toda su cara era la expresión perfecta del placer en su estado más puro.

Los gemidos de ella eran ahora leves jadeos y ronroneos. Mientras que el sonido del golpeteo de carne contra carne se iba intensificando, clavó su boca en el cuello de ella, chupándolo con fuerza. Aceleró el movimiento de sus caderas, ahora su polla entraba y salía rápidamente dentro de ese caliente y húmedo canal, totalmente ceñida entre sus lubricadas paredes que se aferraban a ella firmemente, atrayéndola a entrar más a dentro, a explorarla por completo. Intentó retener el orgasmo, pero cuando Tracy se retorció bajo él y volvió a sentir las contracciones suaves de su coño, miró su cara de nuevo y vio su dulce, relajado y satisfecho semblante y ya no pudo contenerse más, las defensas de su cuerpo cayeron derribadas y se corrió con fuerza, vaciándose por completo dentro de ella.

CAPÍTULO 32

Kurt se deslizó suavemente hacia el lado de la cama y la tomó en sus brazos. Tracy alzó la cabeza y se quedaron mirándose fijamente. Lentamente alzó la cabeza y con dulzura, le lamió los labios.

-Deberías descansar.

Ella negó.

-¿Quieres un baño?

Ella volvió a negar.

-Entonces, ¿te apetece algo?

-¿Cómo tengo que reclamar a Aiman?

Él siguió besando sus labios, mordisqueándolos lentamente.

-Tracy, por favor, no creo que sea conveniente. ¿Por qué no descansas y mañana lo reclamas?

Serás egoísta de mierda, mi mujer me quiere así que dile cómo me tiene que reclamar.

"Está agotada, Aiman, necesita descanso, no una puta maratón de sexo"

-Kurt, os necesito a los dos, a ti y a Aiman.

Y un murmullo le contestó.

-Ya estoy aquí, pequeña.

Por todas las estrellas, apenas había terminado de hablar y Aiman ya estaba con ellos en la cama, el muy capullo estaba impaciente.

-¿Sólo tengo que decir que os quiero a los dos?

Kurt clavó su mirada fastidiada en Aiman y luego en ella.

-Sí, sólo eso.

Aiman la abrazó por detrás, atrayéndola a su cuerpo desnudo, pegándola totalmente a él, intentando alejarla de Kurt, pero este se pegó a todo el frente de ella.

-Realmente, Tracy, deberías estar descansado.

Ella negó mientras depositaba leves besos en sus labios y Aiman se deslizaba, por todo su cuerpo, lamiéndolo.

-Necesito sentirme viva, Kurt, necesito sentir vuestro calor, por favor.

Él la entendió y no necesitó repetirlo.

Aiman seguía impregnando su cuerpo con el *aium,* haciéndola gemir, calentarse, llegando lentamente entre sus piernas y preparándola para la doble penetración. Él se dedicó a lamer sus pezones, a chuparlos, deslizando su lengua de arriba abajo, azotándolos suavemente con ella, para después enterrarlos entre su boca, mordisqueándolos levemente, haciéndola estremecerse.

Ella se retorcía entre sus brazos, su respiración estaba agitada y toda su piel, erizada. Los gemidos de Tracy se incrementaron, Aiman seguía entre sus piernas lamiéndola con fruición, deslizando su lengua desde la base de su espalda hasta su fruncido ano.

Kurt sentía, no sólo las emociones de Aiman, también las de ella y comprobó que estaba preparada para recibirlos.

Besó sus labios y lentamente se levantó de la cama, tomándola en brazos.

-Envuélveme con tus piernas, Tracy.

Ella cruzó sus piernas tras su cintura y él ahuecó sus manos sobre sus nalgas y la levantó suavemente y lentamente fue deslizando a Tracy por encima de su polla.

-Llévame a ti, pequeña.

Tracy soltó una de las manos con las que se sujetaba a su cuello y posicionó la cabeza de su polla contra la entrada de su coño. Él fue dejándola caer sobre ella, gimiendo ambos con la maravillosa experiencia, sintiendo deslizarse, centímetro a centímetro, toda su dureza dentro de la humedad de ella.

Cuando estuvo firmemente clavado en su cuerpo, Aiman se acercó por detrás pegando su polla al culo de Tracy. Deslizó el glande por el aium, impregnándola con todo él, para luego arrastrarla hasta su ano y firme pero lentamente, ir introduciendo toda la longitud de su endurecida verga.

Cuando los dos estuvieron firmemente encajados en ella, Kurt colocó sus manos en la cintura de Tracy, mientras que Aiman puso las palmas de sus manos sobre los pechos de ella, pellizcando sus pezones con sus dedos y dulcemente empezaron a moverla sobre sus dos pollas, elevándola y dejándola deslizarse, atentos a todos los sonidos que ella iba haciendo.

Cuando Tracy empezó a empujarse ella misma con la fuerza de sus piernas, estrechamente abrazadas a la cintura de él, incrementaron los movimientos, balanceándola e izándola cada vez con más energía.

Los jugos de ella, mezclados con el *aium,* los fueron calentando más y más, haciendo que los movimientos se volvieran más fluidos y enérgicos, sus gemidos se volvieron quejidos, el calor se volvía insoportable con cada nueva estocada.

El cuerpo de Tracy empezó a vibrar, las paredes de su coño y su ano, a contraerse, anunciando su inminente orgasmo.

Kurt miró fijamente a Aiman. El sudor se deslizaba desde su frente hasta sus mejillas, exactamente como le sucedía a él mismo. Los dos estaban al límite, llevaron sus bocas a ambos lados del cuello de su compañera y clavaron sus colmillos en él.

Aiman empapó las dos pequeñas incisiones con su saliva, dejando que se mezclaran con la sangre de ella. Tracy dejó caer su cabeza hacia atrás apoyándola en el cuello de Aiman mientras que soltaba un sollozante gemido que fue remitiendo de intensidad conforme las olas de su orgasmo la barrieron por completo. La intensidad del orgasmo de su compañera los llevó a ellos a correrse con fuerza dentro de su cuerpo, empapándola por completo, llenado su cuerpo con el calor de su semen, impregnándola de su aroma.

Suavemente, soltaron su cuello y Aiman cerró las pequeñas heridas con el *aium*. Lentamente salieron de su cuerpo y Kurt, con el desmadejado cuerpo de su compañera entre sus brazos, se dirigió al baño.

-Venga, cariño, vamos a cuidar de ti. Necesitas un baño y descansar.

Ella asintió levemente sobre su cuello.

Aiman lo miró sonriendo orgulloso.

-Está agotada.

-Cierra la puta boca y no te sientas tan jodidamente orgulloso, Aiman, debería haber estado descansando no haciendo el amor con los dos.

Deslizó sus labios por el pelo de ella, empapándose de su aroma y pegó un dulce beso en su sien.

CAPÍTULO 33

Kurt se despertó con el sonido lejano de su comunicador, abrió los ojos y sintió el calor y el peso del cuerpo de Tracy, prácticamente sobre él. Tenía un brazo sobre su pecho y la pierna enterrada entre las suyas, con la rodilla muy cerca de su erecta polla.

Besó dulcemente su pelo y fue retirándose despacio de su cuerpo. Aiman alzó la cabeza en ese momento y lo miró.

¿Ese es tu comunicador? Seguro que es el gilipollas de Arnoox. Joder, no nos puede dejar ni un puto día en paz, todavía no entiendo cómo no lo mandas a quitar mierda de phardook.

Kurt se levantó sonriendo, pero cuando recogió su comunicador, el cual había dejado la noche anterior en el salón y leyó el mensaje, su sonrisa se borró de un plumazo. ¡Joder! Sabía que iba a haber problemas con el comisionado pero no esperaba que fuera tan pronto.

Se dio una ducha rápida y se vistió deprisa. Se acercó a la cama donde Tracy dormía profundamente.

Su *oiyu* lo miró enojado.

"Tengo que irme, Aiman. Quédate con ella y cuídala."

Aiman lo miró extrañado.

Sabes que no me queda mucho tiempo.

"Aiman, no pretenderás que te de un manual con lo que tienes que hacer, ¿verdad? Cuídala y si te necesita, tómala, ¿dónde cojones está el problema?"

Aiman sonrió burlonamente.

El manual lo necesitarás tú, idiota, pero ¿y si ella no quiere que la tome sin ti?

"¿No eras el puto rey del sexo? Creo recordar que sueles alardear muchísimo de pito y habilidad. ¿Dudas de ti si no estoy yo para darle placer?"

Vete a la mierda, soy más que capaz de satisfacer a nuestra compañera. Lárgate y resuelve las nimiedades que tengas que resolver, yo me quedo con lo verdaderamente importante entre mis manos.

Ahora al que le tocó gruñir fue a él. Tendría que estar aguantando idioteces, quejas y amenazas, mientras que Aiman disfrutaría de la pasión y la dulzura de Tracy. Maldito *Comisionado*, debería meterlos en una sala con las mujeres de la Tierra y que se encargaran ellas de darles las explicaciones pertinentes. Estaba más que seguro que más de uno iban a perder sus malditas pelotas.

***

Cuando diez minutos después entró en la sala de Arnoox, supo que el problema era grave. Decidió pasar de formalismos y cordialidades.

-¿Tan mal están las cosas?

Arnoox alzó la cabeza y lo miró seriamente.

-Son una panda de carcamales, incapaces de ver más allá de sus condenadas narices. Es imposible hablar con ellos sin que te den ganas de ahorcarlos a todos, créeme, me faltó muy poco para lanzarlos, uno a uno, por el maldito balcón.

Kurt sonrió levemente.

-Te recuerdo que tú no me lo pusiste fácil hace unos días cuando hablé contigo. No sé de qué te quejas entonces al encontrarte con la misma intolerancia. Sabes que somos unos seres dogmáticos, nos aferramos a todas nuestras leyes y creencias y somos incapaces de ver más allá.

Arnoox resopló.

-Ya te diré yo a ti dentro de un rato si somos o no todos iguales. He hablado con ellos durante dos malditas horas y lo único que he conseguido, aparte de unas ganas enormes de convertirme en asesino en serie, es un condenado dolor de cabeza. Hablar con ellos es como darte de cabezazos contra un muro. Nos esperan en el salón de reuniones. Prepárate para escuchar sandeces, necedades y despropósitos en cantidades industriales, están de lo más obtuso.

Tres horas después tuvo que darle la razón a su *phartok*. Era imposible hacerles comprender siquiera una de sus ideas. Las acusaciones y amenazas se sucedieron durante todo el tiempo.

El *Comisionado*, casi al completo, exigía la destitución del capitán Demon-Lisx por su falta de aplomo para negar a las mujeres su participación en el ataque. Demandaban una explicación frente a todo el *Comisionado* y el planeta al completo, del *phartok* y de él mismo, al estar implicadas sus mujeres en semejante rebelión.

Incluso, malditos fueran cada uno de ellos, presionaron para intentar mandar de nuevo a la Tierra a las mujeres. Algo que lo hizo rugir y enseñar sus colmillos, además de amenazar con irse del maldito planeta si su compañera era obligada a hacerlo.

Contó con el apoyo de Arnoox y Brenck-Vayr. Eso y que ellos mismos fueron los que rubricaron las órdenes expresas de negociación con la Tierra, fue lo único que los frenó a la hora de firmar la condenada contraorden.

Después de varias negociaciones y discusiones y viendo que estaban en un punto muerto, se decidió escuchar las diferentes versiones, tanto del capitán, como los guerreros que estuvieron en la cueva y también al *phartok* y a él mismo. Una reunión a puertas abiertas, en siete días.

Sentados en la sala de Arnoox, Kurt lo miró fijamente.

-¿Crees que conseguiremos algo?

Arnoox dejó caer su cabeza hacia atrás, apoyándola en el respaldo del sillón.

-No sé, es nuestra manera de vivir, Kurt. Aquí no ha cambiado nada desde que hay referencias en nuestros libros. Pero también es cierto que nunca nuestro planeta había pasado por la escasez de hembras que tenemos ahora. Hasta hoy, sólo se habían obtenido resultados de emparejamientos con un solo planeta: los *wreen.* Son los más parecidos a nosotros y aun así, sólo logramos diez parejas en estos últimos veinte años. En unos días, los hemos casi triplicado con la Tierra. Ese es un gran punto, Kurt, nuestro futuro depende de estas mujeres.

Kurt se levantó lentamente.

-El *Comisionado* quiere que estén presentes las mujeres como una especie de escarmiento. Quieren que vean cómo nos castigan por su causa. Pero esto puede estallarles en todos los morros. Conozco a Tracy, sé con total seguridad que en cuanto empiece a ver actuar al *Comisionado*, les saltará a la yugular y si tengo que apostar por algún ganador, me decanto por mi compañera.

La sonrisa de ambos se ensanchó y Arnoox lo miró fijamente.

-Tal vez consiga meterles una maldita idea coherente. Lo cierto es que Dreena también quiere más en su vida. Anoche estuvimos hablando y me ha contado que la vida que llevaban las mujeres en la Tierra es dura, pero que luchan y se defienden igual ante los problemas. Tenías razón tú, Kurt, tal vez eso es lo que nos hace falta, abrir no sólo las puertas del planeta, también las de la mente. Ve con tu compañera... por cierto, ¿quién está cuidándola?

Él hizo una mueca.

-Aiman.

-Entonces seguro que estará disfrutando de lo lindo.

Kurt lo miró sonriendo.

-No te creas, Tracy se lo está poniendo difícil.

-¿No quiere tomarlo a solas?

Kurt negó.

-Joder, Kurt, ¿no le has explicado que puede hacerlo? Realmente estás comportándote como un maldito gilipollas, ¿le has contado lo de los embarazos?

Kurt volvió a negar.

-Siempre te he tenido como uno de mis mejores hombres, inteligente, juicioso, ponderoso. ¿Has perdido todo eso junto a tus pelotas y tu corazón?

-Empiezo a pensar que sí.

***

Tracy despertó lentamente, sintiendo el calor de unos brazos alrededor suyo.

-Siempre estás tan caliente, Kurt, eres como una estufa personal.

Cuando escuchó su risa abrió los ojos y los clavó en él. Después se giró en la cama y vio que sólo estaban los dos.

-¡Aiman! ¿Dónde está Kurt? ¿En el baño?

-No, tuvo que irse, recibió una llamada del capullo de Arnoox.

-¿Y tú te quedaste?

-Alguien tiene que cuidar de ti, pequeña. Voy a curar tu herida, ¿de acuerdo?

Aiman fue al baño y regresó con un botiquín en las manos. Curó su herida con rapidez y eficacia y cuando terminó depositó un beso en su cuello.

-¿Sabes que estás muy tensa?

-Sí, lo sé, pero estoy tan nerviosa, no quiero crearle más problemas a Kurt.

-Deja de preocuparte por él, ya es un niño grande, come y se baña solito, así que también es lo suficiente mayor para arreglar sus propios problemas. Échate boca abajo y te daré un masaje.

Aiman sacó una pequeña botella de aceite del botiquín, echo unas gotas sobre su piel y empezó a masajear su espalda con suavidad.

-Así, Tracy, respira lentamente, déjate ir, cierra los ojos y disfruta de mis manos sobre tu piel.

Las manos de Aiman subían y bajaban lentamente por su cuerpo, masajeando y deshaciendo los tensos nudos. Siguió así durante minutos.

-¿Te sientes mejor?

Ella sólo pudo gemir de satisfacción. Las manos de Aiman eran prodigiosas, cada vez se sentía más relajada y caliente. Sus manos iban deslizándose por los laterales de su cuerpo alcanzando sus pechos. Sus pezones se endurecieron, sintió la boca de Aiman en su nuca, mordisqueándola suavemente y raspándola con sus colmillos. Notó su erección pegada a su muslo y como la frotaba delicadamente contra él.

-Levanta un poco el cuerpo, cariño, para que pueda deslizar mis manos hacia tus pezones.

¿Sus pezones? ¿Quería acariciar sus pezones? ¿Qué cojones se suponía que estaba haciendo? Rápidamente se dio la vuelta y Aiman saltó hacia un lado.

-¿Qué pasa, Tracy?

-¿Qué pasa? Eres un cerdo, un maldito pervertido.

Aiman la miró seriamente asombrado.

-¿Qué he hecho?

Le dio un tirón a la sábana y se envolvió en ella.

-¿Que qué has hecho? Sobarme, ¿te parece poco? Joder Aiman, soy la compañera de Kurt.

-¿Y?

Él intentó acercarse a ella.

-Quita tus jodidas manos de mí y sal de esta habitación.

-Tracy, cariño, escúchame...

Ella salió de la cama y se paró al otro lado.

-No pienso escucharte, ¿cómo puedes hacerle eso a Kurt?

-¿Pero qué es lo que he hecho?

-Intentar aprovecharte de mí y ponerle los cuernos a él.

Aiman la miró alucinando

-¿Qué? No, Tracy, joder, a ver, déjame que te lo explique, tú eres mi compañera, igual que eres la de él. Somos la misma persona, así que es imposible que lo traiciones consigo mismo, ¿verdad?

-Y un cuerno, tú eres su *oiyu*, un maldito complemento, un juguetito pero con un cuerpo.

Aiman, completamente desnudo, se levantó y se acercó hacia ella.

-De eso nada, ¡y una maldita mierda! No soy un juguetito ni un complemento del gilipollas ese, soy él. ¿Por qué no lo entiendes? Él te toma sin mí y yo puedo tomarte igual. Además, ¡que cojones! ¿Serían cuernos si jugaras con un maldito vibrador? Joder, será posible que yo mismo me esté comparando con semejante mierda.

-Porque él es el verdadero, mi compañero, por eso puede tomarme, pero tú eres una copia. Y para que lo sepas, teniéndoos a los dos no necesito un maldito vibrador, así que fuera.

-Me cago en todo lo que se menea, le cortaré las bolas a ese pedazo de incompetente. Tracy, yo puedo tomarte igual que él, no lo entiendes, preciosa, déjame que te lo explique.

-No, tú no quieres explicar, vas a follarme, te conozco y sé que sólo tienes esa idea fija en la cabeza.

El dio un paso hacia ella pero no pudo terminar de dar el segundo.

-Si te acercas a mí, Aiman, soy capaz de ponerte las bolas a la altura de las amígdalas.

-Estoy hasta las narices de que Kurt no te explique las cosas bien de una maldita vez. Te juro que por este malentendido ese cretino va a terminar perdiendo las bolas aunque yo tenga que perder las mías. Y te lo explicará, vaya si te lo explicará, aunque sea lo último que haga el muy capullo. Cariño, tienes que entenderlo, jamás te haría daño, ni abusaría de ti, ni mentiría por tenerte y sí, puedo tomarte igual que él, porque soy él. ¿Lo entiendes, pequeña?

-Entiendo que sueles pensar más con el pito que con la cabeza, Aiman, y hasta que no hable con Kurt, no haré el amor contigo, no voy a traicionarlo aunque sea contigo.

Tracy lo vio dirigirse hacia la puerta refunfuñando.

-¿Un juguetito? Comparado con un maldito juguetito, manda cojones. ¿Un jodido complemento? Ofendido es poco, mierda, prácticamente me has acusado de violador. Maldita sea, cuando me eche a la cara a ese pedazo de imbécil pienso cortarle las pelotas y hacer globoflexia con ellas, la próxima vez te dará todos los malditos datos hasta con gráficos, esquemas y representaciones virtuales, eso puedes jurarlo.

-No sé muy bien cómo actuar, Aiman, pero sigo pensando que esto no es correcto, mejor espero a hablar con Kurt.

-Eso, habla con el maldito idiota, el que lo explica todo tan claro que me ha dejado relegado a ser un puto trasto a pilas. ¿Por qué no pruebas a meterme un enchufe por el culo? Lo mismo funciono mejor.

-Pues tampoco tienes que ser tan desagradable, ¿no? Y como sigas siendo tan obtuso lo que puede terminar en tu culo es el maldito palo de la escoba.

-Mira, nena, déjame probarte que yo puedo hacer por ti lo mismo que Kurt, verás como no pasa nada, te lo juro.

-Sí, claro y me voy a fiar de ti, el que va haciendo promoción especial de su pito y alardeando de ser un maldito machoman.

-¿Las pelotas? No, las pelotas no, pero la lengua sí se la pienso cortar y dejar al nivel de las amígdalas. Total, para lo que le sirve. Relegado al nivel de un maldito consolador, esta humillación no tiene nombre, mierda, ¡un consolador! ¡Qué fuerte! Si es que ya no se puede caer más bajo.

-Aiman, me siento confusa, no quiero ofenderte, pero tampoco quiero ofenderlo a él.

Aiman se volvió desde la puerta y la miró con ternura.

-Lo sé, pequeña, sé que te sientes confusa y sé que no eres la culpable de esta situación, estate tranquila. Pero ese idiota va a terminar perdiendo los malditos dientes por gilipollas.

CAPÍTULO 34

Cuando entró por la puerta la sonrisa que venía luciendo se borró de un plumazo. Aiman estaba sentado, solo, en el sofá y su cara era de pocos amigos.

¿Se puede saber porque no le has contado a nuestra compañera que yo también puedo tomarla sin ti?

"Se me olvidó."

¿Se te olvidó? ¿Esa es tu patética excusa? Mi mujer, porque también es mía por si se te ha olvidado, está encerrada en su cuarto maldiciendo y echando pestes de mí porque piensa que soy un maldito hijo de puta abusón e irrespetuoso capaz, y repito palabras textuales: de ponerle los cuernos a su propio yo. Por todas las malditas lunas, como si eso fuera posible. Y todo te lo debo a ti y a tu jodido olvido

"Ya te he dicho que se me olvidó. Voy a aclarárselo, pero podías habérselo dicho tú, ¿no?"

¿Y crees que no lo he intentado? Pero parece ser que ella piensa de mí que soy un condenado vibrador con boca y manos y como está más que satisfecha, no me necesita. Jodidamente fantástico, así que ahora estoy catalogado entre un aparatito a pilas y una polla caliente que intenta

meterle mano sin la presencia de su compañero. Kurt, de verdad que algunas veces quisiera saber qué cojones tienes metido en ese pedazo cabezón.

"Maldita sea, Aiman, dame un condenado respiro. Sabes que las cosas últimamente no estaban bien, apenas hemos hablado, pero se lo explicaré. Voy a verla."

Pero habla, mantén tu maldita polla dentro de los pantalones. No quiero que le metas mano hasta que no dejes claro que yo puedo tenerla con o sin tu maldita presencia, que es mía también y que no soy un jodido juguetito. Joder, tengo sentimientos, ¿sabes?

Entró despacio a la habitación. Tracy estaba sentada en la cama y alzó la vista cuando oyó la puerta.

- Hola, Kurt.

-¿Cómo estás, Tracy?

-Estoy bien. Aiman me ha curado la herida y está perfecta. Pero quiero hablarte de él, de vuestras costumbres, no sé muy bien cómo actuar, Kurt, últimamente no hago nada más que meter la pata y ni tú ni él me estáis ayudando mucho.

Él le sonrió ligeramente.

-Lo siento, cariño. La culpa es toda mía.

Se acercó hasta la cama y después de besarla tiernamente, se sentó al lado de ella y la subió a horcajadas sobre sus caderas.

-Aiman me ha contado lo que ha pasado. No me expliqué bien cuando te hable del *oiyu*. Tú eres la encargada de reclamarlo, salvo en casos especiales, como pasó en la batalla, que puedo hacerlo yo, siempre y cuando tu estés en peligro. Tracy, Aiman soy yo y yo soy él, no dudes nunca en tomarlo como quieras, no importa que yo no esté. Escúchame, cariño, no hay reglas entre nosotros, no hay nada prohibido, estamos para tu placer igual que tú estás para el nuestro. Puedes tomarnos como, cuando y donde quieras. Aiman no ha intentado abusar de ti, siente por ti lo mismo que siento yo, pequeña, y se siente muy mal porque cree que te ha ofendido. Aunque como sabe que es culpa mía, por mí, en estos momentos, sólo tiene sentimientos homicidas.

Ella lo miró fijamente para luego clavar su puño en su vientre.

-¡Auch! ¿Eso a que ha venido?

-¿A que ha venido? Pensé que estaba intentando abusar de mí. Prácticamente sentía que estaba poniéndote los cuernos, ¿no puedes intentar ser un poco más claro? Maldita sea, Kurt, si no te explicas no sé cuándo o cómo estoy traspasando los limites.

-Lo siento, de verdad, Tracy, lo siento. Todo esto ha sido culpa mía, ya te lo dije, te he fallado.

Ella puso los ojos en blanco.

-¡Oh, por Dios! Deja ya esa tontería, no me has fallado, simplemente, eres algo cabezón, un poquito prepotente, muy machista, controlador, dominante, orgulloso, pero en el fondo estás muy bien, de verdad.

-Ya, me ha quedado claro que soy un premio como compañero.

Ella lo besó dulcemente en los labios.

-Eres un compañero estupendo, pero hay que sacarte las cosas con pinzas, escurriéndote como a un trapo mojado. ¿Por qué eres tan hermético?

-Pues porque, hasta ahora, nunca había confiado ciegamente en nadie, porque siempre he vivido por y para este planeta intentando cumplir cada una de sus exigencias, olvidándome de mí mismo, porque no tenía nada por lo que vivir. Pero ahora te tengo a ti, Tracy, me has dado miles de sensaciones y sentimientos nuevos y a veces no puedo manejarlos. Y tengo un miedo horrible a fallarte y a perderte, porque si lo hiciera, pequeña, no merecería la pena seguir viviendo, ya no sabría hacerlo sin ti. Quisiera que me ayudaras a abrirme para poder decirte todo lo que siento y para demostrártelo.

-Ya me lo demuestras, Kurt, mucho, de verdad. Nunca me había sentido como me siento a tu lado. Pero sobre tu hermetismo, sí, sobre eso tendremos que hablar y trabajar mucho con él.

Se besaron lentamente, paladeándose uno al otro, gozando del calor de sus bocas húmedas, embriagándose de sus dulces aromas.

Un carraspeo se escuchó de fondo, hasta un rechinar de dientes. Poco a poco volvieron de ese mundo de sensaciones donde se habían sumergido.

Kurt miró por encima de Tracy y esta volvió la cabeza para encontrarse con la mirada socarrona y excitada de Aiman.

-Aclarado que no soy un violador en serie, y que no me pongo los cuernos yo mismo, me gustaría pasar a la siguiente cuestión, ¿aquí se folla o no?

Tracy rio a carcajada limpia.

-Sólo tienes un maldito pensamiento en la cabeza, ¿verdad, Aiman?

-No, tengo alguno que otro más, pero después de mantenerme toda la mañana a dos velas y más caliente que un jodido tostador, necesito saber si mojo o no mojo.

-Cuando Kurt me explique todo lo que ha pasado, tal vez, mojarás o no mojarás.

Aiman gimió ostensiblemente.

-Entonces mejor me vuelvo dentro del idiota, se me acaba el tiempo, además, conociendo al atajo de imbéciles que nos gobiernan, esta conversación va a ser larga.

Se acercó hasta ellos y tomó la cara de Tracy entre sus manos besándola con pasión y susurrándole que lo reclamara pronto, muy pronto. Con un ligero temblor, desapareció en el cuerpo de Kurt.

-Es un poco prepotente, ¿no?

Kurt sonrío.

-No me tientes a desvelar todos sus secretos.

Los dos sonrieron y volvieron a besarse.

-Ahora, ¿vas a contarme porque te ha llamado Arnoox y que ha ocurrido?

Kurt respiró fuertemente y la miró serio.

-Bueno, algo que nos temíamos. El *Comisionado* está cabreado y asustado a partes iguales y quiere que rueden cabezas.

Ella intentó levantarse pero él no se lo iba a permitir y la abrazó más fuerte entre sus brazos.

-¿Por qué? ¿Qué quieren? ¿Qué es lo que les pasa? ¿Es por nuestra culpa?

-Eh, pequeña, frena un poco. Ni tú ni las mujeres tenéis culpa de nada. Actuasteis como lo hubierais hecho en la Tierra. El *Comisionado* no asimila eso, así que culpan al capitán por haberos permitido luchar.

-Pero no le quedó más remedio, nosotras insistimos y los asustamos un poquito.

Él sonrió y la besó dulcemente, Tracy se separó y lo miró triste.

-Te he causado muchos problemas, ¿verdad?

Él acarició su mejilla con sus nudillos.

-No, no has sido tú. Tienes razón, Tracy, debemos cambiar nuestra forma de pensar y hacer las cosas, pero va a costar mucho y los cambios siempre producen miedo a lo desconocido. Inseguridad, lo entiendes, ¿verdad?

-Sí, ¿pero ahora qué va a pasar?

Él la miró serio.

-Hemos conseguido aplazar la reunión siete días con la excusa de que debemos reparar todos los daños primero, eso nos dará tiempo para poder buscar alguna estrategia.

Ella lo miró fijamente.

-¿Y qué pasara dentro de siete días?

-Pues tendremos una reunión donde el Comisionado pretende destituir al capitán Demon y castigarnos a todos los compañeros de las mujeres implicadas en la rebelión, como ellos la llaman.

Tracy se levantó de golpe y empezó a andar por todo la habitación sumamente alterada.

-Castigaros a vosotros. ¿Por qué? No estabais allí para detenernos. ¿Qué clase de idiotas son? Perdóname, Kurt, pero tu comisionado apesta, son un atajo de trogloditas.

Él sonrío asintiendo.

-Totalmente de acuerdo contigo, Tracy. Además, pretenden que vosotras estéis allí para que veáis el castigo ejemplar y así se os quiten las ganas de volver a actuar por vuestra cuenta. Es una forma de castigaros también a vosotras, quieren que aceptéis nuestras normas sin rechistar, pretenden cortaros las alas.

Ella paró su paseo y lo miró con los ojos abiertos de asombro.

-Pedazo de mamarrachos, pretenden que estemos allí viendo y oyendo todas sus malditas sandeces y que nos quedemos calladas, ¿es eso? Pues lo siento, no pienso consentir semejante injusticia, no me mantendré al margen, Kurt.

Sí, sabía que respondería así, por eso había exagerado un poco la situación. Ya la estaba conociendo y su mujer era, no tan solo una guerrera, era también una defensora de las causas perdidas, de las injusticias. Él estaba seguro de que ella misma sería el mejor abogado de todos ellos y aunque aquello resultara de poco hombre, si se salvaban, sería a causa de ella y del resto de las mujeres.

Aquello sería malditamente divertido si no fuera porque él sería uno de los que se escondería tras las faldas de su mujer. Irónico.

-Contaba con eso, Tracy, no lo dudes.

Ella lo miró inclinado la cabeza hacia un lado.

-¿De verdad?

Se levantó y se acercó hasta ella, tomándola suavemente de la cintura y pegándola a su cuerpo.

-Sí, cariño. Sé que no consentirás que se cometa semejante injusticia. Y por cierto, gracias.

Tracy lo miró extrañada.

-¿Gracias? ¿Por qué?

Besó suavemente la punta de su nariz, sonriendo.

-Por comparar al *Comisionado* con un puñado de trogloditas. Espero que no me sigas viendo igual que a ellos, pero tienes que aclararme qué clase de animalejo es ese.

Tracy rio a carcajada limpia. ¿Qué? ¿Dónde estaba la gracia ahí?

CAPÍTULO 35

El primer día fue fantástico. Kurt cuidó de ella, la mimó, le curó la herida, estuvo atento a cualquier pedido o gesto. Le hizo el amor en tres ocasiones, cada una diferente, apasionada, salvaje y tierna, dejándola totalmente saciada y cuando esa tarde, empezó con su periodo, la acunó dulcemente entre sus brazos y la mimó con esmero.

El segundo, ella estaba irascible, cabreada, le dolían la espalda, el vientre, los ovarios y se quejó por todo. Él siguió siendo el maldito rey de la dulzura, dándole masajes, tiernos besos y dulces caricias.

El tercero, se levantó más calmada, ya no le dolía el cuerpo y su regla estaba ya controlada y él siguió siendo el líder indiscutible de la dulzura y ya tanta, tanta, estaba empezando a crearle empacho, la verdad.

El cuarto, fue un asco, totalmente. La seguía a todas partes, quitando todo de en medio para que ella no hiciera esfuerzos. ¡Maldita sea! Si sólo levantó un cojín y se lo quitó de las manos diciendo que no levantará peso, estuvo a punto de hacérselo tragar por entero, realmente se estaba empezando a cansar de tanta melosidad.

El quinto estuvo por hacerle una amputación de todos sus miembros y lanzárselos a los

Phardok para que lo devoraran lentamente. Estaba hasta el mismísimo moño de que fuera tan condescendiente. Su regla ya había acabado y el nivel de su tolerancia al dulzor se había ido reduciendo igual que su periodo, así que cuando esa mañana lo llamó el *phartok,* le pidió, no, le exigió... no, no, le obligó a largarse y que la dejara tranquila de una maldita vez. Y el muy capullo aceptó después de que Misrte se ofreciera a hacerle compañía.

Hicieron una nueva receta de *Phartian,* compartieron más vivencias de la Tierra, pero ella apenas estaba atenta a nada y se sentía muy alterada. Por eso Misrte, cansada de verla resoplar cada dos por tres la miró seriamente a los ojos.

-Cielo, te veo muy alterada. ¿Qué pasa?

Y eso desató las compuertas de todo un maldito pantano, el de sus lágrimas.

Misrte la abrazó con ternura.

-Por todas las estrellas, niña, me estás preocupando. ¿Qué pasa?

-Todo, Misrte, todo. Kurt es tan atento, tan dulce, tan cariñoso.

-¿Y eso es malo porque...?

-No, no es malo. Pero sé que está haciendo lo imposible por arreglar la situación. Lo oigo hablar con el *phartok* y sé todos los problemas que van a tener por mi culpa y encima por nada.

Venga, hala, otra maldita ronda de lágrimas, mocos y suspiros.

-Cariño, no te sigo, debe ser la edad o que tú hablas otro idioma porque no pillo ni una condenada palabra de lo que quieres decir.

-El trato con la Tierra fue por mujeres con las que poder procrear y crear familias.

Misrte la miró sonriendo.

-¿Y?

Tracy la miró con los morritos arrugados como una niña enfurruñada.

-No sé si podré dárselos.

-¿Por qué? ¿No eres una mujer? Ah, ya sé, ¿tú eres un androide?

Tracy resopló.

-Por supuesto que no, qué tontería.

La mujer la miró más fijamente.

-Ah, vale, que no sois compatibles.

Ahora fue el turno de Tracy de mirarla fijamente.

-¿No somos compatibles? No entiendo.

-No sé, ¿las mujeres de la Tierra carecéis de vagina?

Tracy se indignó.

-Por supuesto que tenemos vagina, ¿qué puñetas te pasa, Misrte?

-A mi nada, estás hablando de que el trato fue para crear familias, qué pasa ¿tú no puedes ser parte de una familia o qué?

-He tenido mi regla, Misrte, no estoy embarazada. ¿Y si todo lo que está luchando Kurt no sirve para nada? Si no puedo darle hijos, ¿me seguirá queriendo a su lado? ¿O pensará que no vale la pena tanta lucha por una mujer con la que no puede procrear?

-Realmente pensé que el muchacho era más inteligente, pero está visto que el pobre es idiota o se le ha resecado el maldito cerebro. ¿No te ha explicado nada de la reproducción en Phartian?

-Pues no, pero vamos, se cómo funciona el tema y créeme cuando te digo que esforzarse e intentarlo, lo ha hecho, sin descanso.

Misrte resopló con fuerza y se levantó del sillón donde estaba sentada.

-Mira, no pienso facilitarle la tarea al imbécil de Kurt, para nada, oh no. Va explicártelo todo paso por paso, pero sólo te diré una cosa, jovencita, puedes darle hijos al pedazo *calaam* ese aunque ahora mismo lo único que se merezca es que le extirpen los testículos con dos piedras *Airean.*

-Misrte, no te entiendo nada.

-Te juro que iría a por él y lo traería arrastrando de los pulgares desde el *Gumnarium*, no entiendo como puede ser tan malditamente cafre. Y seguro que tampoco te habrá hablado de sus sentimientos, ¿vedad?

Tracy le sonrió vacilantemente.

-No, pero se nota que le importo, Misrte, es tan dulce y tierno, tan....

-Es un maldito gilipollas y un puñetero cobarde.

-¡Misrte!

-Ni Misrte ni narices, tienes que hablar con ese hombre, jovencita, y cuando digo hablar no digo fornicar, ¿entendido?

Tracy se sonrojó violentamente.

-En cuanto entre por esa maldita puerta, quiero que lo mires fijamente a los ojos y le digas que te explique lo de los embarazos, ¿me has oído?

-Pero...

-Nada de excusas, se lo exiges, ¿entendido? Habrase visto pedazo de asqueroso hijo de un *calaam* empalmado. Tracy, no dejes que te dé largas ni que se desvíe del tema, haz que hable o mándalo a dormir con su jodido *oiyu,* ¿comprendido?

-La verdad es que no entiendo tu enfado, Misrte, yo no...

-Se acabó, te mereces que te hable con sinceridad, que te explique todo, estás tan desorientada, mi niña. ¡Oh, pobrecita! Ir a parar con el más capullo de todos los capullos machos de este planeta.

Misrte la abrazó con fuerza y le llenó la cara de besitos tiernos y dulces y ella sonrió agradecida.

En ese momento llegó Kurt sonriendo a las dos mujeres.

-Hola Misrte...

La mujer se levantó y se acercó hasta él para soltarle un fuerte tirón de orejas.

-¿¡Qué!?

-Y tienes suerte de que te tengo cariño, joven, pero que quede claro que ahora mismo sería capaz de arrancarte los pulgares y hacerme unos colgadores con ellos.

Kurt la miró extrañado.

-Pero, ¿qué he hecho?

-¿Qué has hecho? ¿Aun te atreves a preguntarlo, idiota? Más bien es lo que no has hecho. Realmente, Kurt, me gustaría saber qué tienes metido en ese cabezón. Mucha presencia, muy buena base, pero nadie a los malditos mandos de la nave.

Y salió dando un sonoro portazo.

¿Ya has vuelto a liarla parda, Kurtcito? ¡Qué se supone que no has hecho, pero que deberías haber hecho y que nos ha costado una talla más de gorro para meter la nave espacial que tenemos ahora por oreja? ¿Eh, Kurtcito?

"Pues no lo sé, la verdad y me gustaría que dejaras de llamarme Kurtcito, Aimancito"

Qué chispa tienes, jodío, pero queda mejor cuando lo digo yo, que lo sepas.

Clavó la mirada en Tracy que lo miraba muy seria.

-¿Qué le ha pasado?

Ella decidió contraatacar con otra pregunta.

-¿Cuándo piensas hablarme sobre los embarazos en *Phartian*, Kurt?

Oh, oh, no quiero ser agorero, pero creo que tienes un maldito problema entre manos y sin pecar de impertinente te diré que yo ya te lo advertí.

Kurt la miró seriamente.

-¿Qué pasa, cariño?

-Quiero que me contestes, Kurt. ¿Por qué esta tan enfadada Misrte porque no me lo has explicado?

Y ahora es cuando yo te digo eso de, hala, machote, a ver cómo cojones le explicas esto. Eres un maldito idiota, te lo dije, pero no, tú y tu fantástica idea de contar las cosas por capítulos. Tío, ¿la diplomacia y el tacto lo estudiaste vía correspondencia? Porque si no, no me explico tanta incompetencia.

Tracy lo miraba muy fijamente y estaba empezando a enfadarse.

Él carraspeó. ¡Mierda! Esa era otra de las cosas que no le había contado.

"Tal vez sería necesario que aparecieras, Aiman."

Ah no, tus jodidos marrones te los comes tú solito, por espabilado. A mí no me metas en ellos. Pero eso sí, no me cansaré de decirte que esto te pasa por ser tan sumamente gilipollas. Joder, tío, estoy disfrutando de lo lindo. Esta vez, el corte de pelotas que pende de un hilo es el tuyo.

-Bueno, realmente no es un tema que tengamos que hablar ahora mismo, ¿verdad?

-¿Por qué no?

Eso, ¿y porque no, Kurtcito? Anda, cuéntale a Tracy que otra vez se te olvidó contarle otra cosita. Anda rey, abre la maldita boca de una vez.

"No estás ayudando, Aiman. Joder, tú sabes por qué no se lo expliqué antes, bastante asustada estaba ya."

Vio a su *oiyu* cruzar los brazos a la altura del pecho.

Me importa una mierda por qué no se lo contaste antes, ahora voy a esperar aquí, tan ricamente, que se lo largues y después recogeré nuestras pelotas del suelo que, te recuerdo nuevamente, vamos a perder por tu jodida culpa e incompetencia.

"Pues sabiendo que vas a quedar castrado podías ser de más ayuda, idiota."

Prefiero correr ese riesgo, va a ser divertido ver cómo le explicas las cosas a Tracy y sobre todo, ver su reacción. De lo más divertido, sí señor.

-¿Por qué no podemos hablar ahora del tema de los niños, Kurt?

Mierda, mierda, mierda, si al final iba a tener razón su jodido *oiyu.*, por mucho que le fastidiara darle la razón a aquel memo.

Ella clavó su mirada en él.

-¿Más secretos, Kurt? ¿Más verdades a medias? ¿Qué problema tienes tú con no contar las cosas claras y de una vez?

Je,je,je, joder macho lo que estoy disfrutando, estoy viendo ya tus pelotas colgar del karni más alto.

-Bueno, es algo que omití, pero fue en consideración tuya.

Ahora era él el que visualizaba sus pelotas en la copa del *karni*, colgando como los frutos del puto árbol.

-Odio cuando dices que haces las cosas en consideración mía. No soy una muñequita frágil, Kurt.

Él la besó dulcemente en los labios.

-Lo entenderás cuando te lo explique.

-¿Piensas que me cabrearé?

¿Cabrearse? ¡Un huevo! De eso no me quedan dudas y seguro que pasamos a formar parte de: "Los guerreros de la orden del perpetuo pene erecto". Y todo gracias a ti, otra vez a dislocarnos la muñeca por tu incompetencia. Tuve que cabrear a alguien, y bastante además, para que me mandaran ser tu maldito oiyu.

"Pienso pasar de ti, gilipollas, no tienes ni un poquito de confianza en mí. Tracy lo entenderá."

Vale, repíteme eso cuando nuestras bolas ya no cuelguen entre nuestras piernas.

"Te lo repetiré cuando tengamos a Tracy entre nuestros brazos, feliz y satisfecha."

Pues no apuesto ni un maldito dork por ti y tu "triunfo", pero de ilusión también se vive, sin pelotas, pero se vive.

-No, porque vas a entender por qué lo hice.

La volvió a besar, mordisqueando sus labios suavemente.

-¿Estás intentando distraerme?

-¿Funciona?

Ella tomó su labio inferior entre sus dientes y tironeo de él con fuerza.

-Sabes que sí, Kurt. Cuando me tienes en tus brazos no puedo pensar en nada que no seas tú.

¿Te he dicho alguna vez que ser un oiyu es una mierda? Siempre eres tú el que termina llevándose todos los malditos honores y eso que eres un completo gilipollas como compañero.

CAPÍTULO 36

Tracy se soltó lentamente de sus brazos.

-Kurt, no vas a distraerme. Quiero saber la verdad, quiero entender por qué Misrte se ha enfadado de esa manera y quiero que seas sincero y claro de una buena vez.

Kurt la miró sonriendo tímidamente y pasó sus manos por su pelo. Lentamente empezó a pasear de lado a lado del salón mientras que ella se dejó caer en un sillón. Había llegado la hora de la verdad, había que explicárselo.

La miró fijamente.

-Reclama a Aiman.

Serás capullo, puto cobarde de mierda. Ah, ahora sí que soy bueno para estar presente, ¿no? Anda y que te hagan un asiento con púas, gilipollas.

-Kurt, no vas a distraerme con sexo.

-No voy a distraerte, voy a contártelo, te lo prometo, pero luego, para calmar tus temores, lo necesitaremos, reclámalo, Tracy.

Joder macho, ahí has estado listo, si es que algunas veces eres el puto amo. No te beso porque me estarían dando arcadas toda mi maldita vida, pero te adoro, tío.

Ella lo miró desconfiadamente.

-¿Seguro?

-Te lo prometo, pequeña.

Tracy todavía lo miraba suspicazmente pero aun así reclamó a Aiman que apareció y pasó a sentarse al lado de ella y tomarla en sus brazos y besarla, suavemente, en el pelo.

-Gracias, cariño.

Kurt reanudó el paseo por toda la sala y Tracy empezaba a impacientarse. Se notaba por los suaves y continuos suspiros profundos y el tamborileo de sus dedos sobre los brazos de Aiman.

-Me estás empezando a poner nerviosa y a marearme, Kurt. Tampoco puede ser tan difícil, ¿no? Un embarazo es un embarazo, aquí, en la Tierra o en cualquier planeta, ¿verdad? Sólo se necesitan un hombre y una mujer, no es tan complicado.

Ahora el gemido de los dos fue más ostensible. Tracy volvió la cabeza y miró a Aiman que seguía gimoteando con los ojos en blanco y luego volvió la cabeza hacia él, que había detenido su paseo y la miraba cabizbajo.

-¡Mierda, Kurt! ¿Quieres empezar a hablar? Ni que lanzarais el esperma con un tirachinas esperando a hacer diana. Tampoco tiene que ser tan enrevesado, ¿no?

-No, la verdad, bueno, es que en el fondo sí que es algo complicado. Lo que más me preocupa es... ¿Tú te acuerdas...? No, así tampoco, esto...

Tracy volvió de nuevo la cabeza hacía Aiman que ahora sonreía irónicamente mirando a Kurt.

-¿En serio está tan afectado o es que alguien se saltó el explicarle como se hace un bebé?

Aiman empezó a reír.

-No se lo tomes en cuenta, el pobre suele ser una persona bastante inteligente y grandilocuente. Por muy capullo que sea eso hay que reconocérselo, pero lo que es contigo y a la hora de explicarse se le suele hacer la picha un lío.

Él lo miró fijamente.

-Pues oye, como tú tienes tanta jodida verbosidad, cuéntaselo tú.

-No, todo tuyo, jefe. Yo soy un triste y pobre *oiyu*, sin voz ni voto, ¿lo recuerdas?

-Tú lo que eres es un capullo sabelotodo.

Tracy se soltó de Aiman y se plantó ante él.

-¿Quieres dejar de dar tantas vueltas e ir al grano?

Él se acercó hasta ella, la tomó de la cintura y la pegó a su cuerpo, besando suavemente sus labios, obligándola a abrir la boca y dejarlo entrar en ella, buscado y jugueteando con su lengua. Se separaron altamente excitados.

-Eres tan adictiva, Tracy, estaría todo el día besándote, me encanta tu sabor, tu calor.

Ella sonrió depositando un beso suave en sus labios.

-Yo también, cariño, pero no vas a lograr descentrarme, quiero saber qué es lo que me estás ocultando.

-Pero prométeme que vas a recordar que lo hice porque no quería alterarte más, ¿vale?

-Está bien, te lo prometo.

La soltó lentamente y empezó de nuevo a pasear mientras que ella resopló con fuerzas.

-En nuestro planeta no hay anticonceptivos, el control de natalidad está regulado por los hombres.

Tracy se sentó en el borde del sillón y Aiman la atrajo hasta sus brazos mientras que ella seguía con la vista clavada en él, que por fin, había decidido detenerse.

-Los hombres *phartianos* tenemos un periodo fértil al año, el resto del año no podemos reproducirnos. En ese periodo, el esperma del *oiyu* se vuelve de un color azulado. Sólo combinando los dos espermas podemos fecundar a nuestra compañera.

Un silencio se hizo en el cuarto, Tracy lo miraba con los ojos entrecerrados. Los segundos fueron sumándose lentamente, hasta que al final ella habló.

-¡Oh! Entonces, ¿tendremos que ir al hospital?

Ahora era el turno de él de extrañarse.

-¿Qué? ¿Al hospital? ¿Para qué?

Tracy lo miraba sonriendo.

-Pues para que me inseminen, porque si no, ¿de qué otra forma combináis vuestros espermas?

Aiman cayó hacia atrás en el sillón, riendo a carcajada limpia.

-Eso, Kurtcito, ¿de qué otra manera combinamos nosotros nuestro semen? Joder, esto se pone cada vez más interesante.

Tracy lo miró enfurruñada.

-¿Y tú de qué narices te ríes?

-Pequeña, no es así precisamente como se hace.

Ella volvió de nuevo la vista hasta él.

-¿Entonces?

Él arqueó su ceja, un poco más, mirándola muy fijamente.

-¿Qué?

-Joder, ¿tendré que deletreártelo?

-No, tendrás que explicármelo, tan simple como eso.

-Tendremos que tomarte los dos a la vez.

-Eso lo hacéis ya.

-Los dos a la vez, Tracy, y eyaculando al mismo tiempo en tu interior.

-Eso es imposible a no ser que los dos... ¡¿Qué!? Ah, no, ni de coña, no vais a meteros con esas monstruosidades dentro de mi vagina, a la vez. Porque eso es lo que estás diciéndome, ¿no?

-Sí, precisamente así, pero no debes de preocuparte por eso, sabes que Aiman con su *aium* facilitará la penetración.

-Y un cuerno, no, no y no.

Aiman la ciñó con más fuerza de la cintura.

-Cariño, yo lo facilitaré, te gustará, ya lo veras.

-¿Lo has probado?

-¿Estas preguntado en broma, no? Yo no puedo probarlo. No sé si te has dado cuenta, pero no tengo vagina, Tracy. Joder, lo mismo me comparas con un maldito vibrador que insinúas que tengo un coño por ahí escondido. Así que, evidentemente, no, no puedo probarlo.

-¿Por qué no? Prueba a meterte dos malditos plátanos por el culo y si lo disfrutas yo me meteré a vuestras expendedoras de cabezones dentro. Mientras tanto, no pienso ni intentarlo.

Kurt la tomó del codo cuando ella se levantó e intentó salir del salón

-¿No has disfrutado cada vez que te hemos tomado, Tracy? ¿Has sentido alguna vez, entre nuestros brazos, algo que no sea placer?

Ella le contestó refunfuñando.

- Sí, siempre he sentido placer.

-¿Entonces? Jamás te mentiríamos, pequeña, te juro que será muy placentero.

Ella lo miró seriamente.

-¿Lo has probado antes?

-¿Cómo puedes preguntarme eso, Tracy? Sabes que sólo tú podías despertar a mi *oiyu* y sin él, no hay embarazo ni dobles penetraciones. Cariño, te lo he dicho cientos de veces, tú eres la única responsable de que yo sea un hombre completo y no sólo por la presencia del idiota ese.

Aiman no estuvo muy de acuerdo con la explicación.

- ¡Que te den gilipollas!

Kurt besó su boca con fiereza. Era suya, totalmente suya y no renunciaría jamás a ella.

Y mía, Kurtcito, y que sepas que voy incluido en el mismo paquete.

"Eres un maldito coñazo, Aiman, pero tienes la suerte de que me caes bien, si no, hubiera terminado lanzándote al vacío sin una jodida nave siquiera."

Ya sabía yo que en el fondo me querías, Kurtcito.

Kurt soltó lentamente los hinchados labios de ella.

-Vamos a demostrarte que no tienes nada que temer, cariño.

-¿Ahora?

Aiman se acercó a ella desde atrás y acarició su nuca con sus labios.

-Ahora, pequeña.

-Pero, ¿estáis en vuestro período fértil?

Kurt sonrió.

-No, pero no voy a esperar el tiempo que nos quede para llegar a él viendo cómo te consumen las dudas y miedos. Vamos a poseerte los dos, Tracy, a introducirnos muy adentro tuyo, juntos, y vas a abrazar nuestros penes, a enterrarlos en tu vagina y ordeñarnos lentamente y vas a disfrutar cada segundo de esa penetración, te lo prometo

CAPÍTULO 37

Kurt la tomó de la mano y la guio hasta la habitación, Aiman la sujetaba por la cadera.

-La verdad es que no es miedo, pero sí que estoy nerviosa, aunque debéis reconocer que el tamaño de vuestros penes es para inquietarse un poco, ¿no? Pero os juro que no es miedo, de verdad.

Kurt sonrió.

-Sé que eres una mujer valiente, cariño y que estás nerviosa y a pesar de tus dudas por el tamaño, todo está en el *aium* y en cómo te preparemos para nosotros, Tracy. Y vas a estar más que preparada.

Se colocaron a cada lado de ella y empezaron a soltar los cordones de su vestido, ella intentó ayudarles, pero Kurt le apartó la mano.

-No, déjanos a nosotros, pequeña, eres un hermoso regalo que queremos desenvolver lentamente.

Y muy despacio fueron abriendo y apartando tela para dejar expuesta su piel a sus manos y sus bocas, besando suavemente cada centímetro de ella que descubrían, lamiéndola de arriba abajo.

Aiman se arrodilló frente a ella y fue deslizando sus bragas por sus piernas con sus dientes, mientras que Kurt jugueteaba con sus pezones y mordisqueaba su nuca. Cuando estuvo totalmente desnuda, Aiman se dirigió hasta la cama, totalmente desnudo y con una enorme erección y abrió sus brazos.

Kurt la besó dulcemente en los labios y la guio hasta la cama.

- Túmbate, pequeña.

Tracy se tumbó sobre la cama mientras Kurt se desnudaba y Aiman la atrajo entre sus brazos y empezó a besarla con pasión.

Cuando Kurt se quitó toda la ropa, se recostó a su lado y entonces él pasó a tomarla entre sus brazos, Aiman le dio un último beso y se deslizó hasta los pies de la cama arrodillándose entre sus piernas y Kurt la miró fijamente.

-Cierra los ojos, Tracy. Déjate guiar por tus otros sentidos, disfruta de las caricias de nuestras manos y boca sobre tu piel, absorbe cada gota de *aium y* empápate de él.

Kurt iba intercalando cada palabra con ligeros besos sobre sus ojos, su sien, sus mejillas, mientras que Aiman iba acariciando con las manos sus piernas, deslizándolas con suavidad, rozándola apenas, tentándola, haciendo hormiguear cada pedacito de piel tocado por sus dedos. Sintió la calidez de su aliento en la curva de su rodilla y notó el pase suave de su lengua, trazando pequeños círculos e impregnando su piel con su saliva. Tracy sintió su cuerpo calentarse lentamente, su piel absorbía el *aium* con avidez y empezó el cosquilleo, iba subiendo dulcemente por su cuerpo, concentrándose con más fuerza entre sus piernas y en sus duros pezones.

Mientras que Aiman iba besando sus piernas, sus muslos y acercándose más y más a su vagina, Kurt la besaba con mucha lentitud, acariciando y mordisqueando sus labios.

Ella no paraba de gemir, su cuerpo estaba cada vez más caliente y ellos iban tan despacio que iba consumiéndose en ese fuego.

Kurt invadió por completo su boca introduciendo su lengua, inclinó su cabeza como buscando un ángulo mejor para explorarla con más lentitud, alcanzó su lengua y la chupó con fuerza, mamándola entre sus labios, mordisqueándola entre sus colmillos. La soltó levemente, para lamer toda su boca y fue deslizando, lentamente, a fuera y adentro, cada vez llegando más dentro de su boca, barriéndola por completo, como queriendo empaparse de todo su aroma. Saboreándola con intensidad, con la misma que Aiman lamía ahora sus labios mayores, dando un barrido con su lengua por ellos y llegando a los menores, para explorarlos con la misma vehemencia.

Kurt bajó sus labios y dientes por su cuello, dando leves besos, pinzando suavemente su carne entre sus colmillos y dibujando senderos húmedos con su lengua y saliva. Deslizó aún más su boca hasta llegar hasta sus pechos, los tomó con sus manos y los juntó, poniendo pezón contra pezón y acercó su boca hasta ellos, deslizando su lengua de uno a otro, como dando pequeñas pinceladas.

-Me estás volviendo loca, Kurt, chúpamelos, por favor, métete mis pezones en tu boca, necesito que me los chupes.

Él siguió lamiéndolos con su lengua y rozándolos con sus colmillos pero seguía sin metérselos en la boca, ella intentaba tentarlo levantando sus pechos y frotándolos contra él, tomando su cabeza y forzándola hasta ellos, pero Kurt seguía a su ritmo. En ese instante sintió la lengua de Aiman penetrarla lentamente, el *aium* se extendió por toda su vagina, con cada entrada y salida de su lengua. Con cada barrido de ella por sus paredes, empapaba su entrada. Su vientre empezó a palpitar y arder y su cuerpo empezó a cimbrearse. Sus caderas se agitaban al principio con suavidad pero conforme el calor fue apoderándose de toda ella, arqueándose con más fuerza y rotando sus caderas imitando el acto sexual.

-Os necesito ya, chicos, por favor.

Sabía que su voz sonaba como un gimoteo, pero estaba ansiosa, ávida de sentirlos dentro.

-Tranquila, cariño, aun no estás lista.

¿Qué no estaba lista? Por Dios, si era capar de pegarle fuego a las sábanas del calor que despedía. ¿Qué más preparación necesitaba? ¿Explotar como una maldita bomba?

Kurt mordió sus doloridos pezones, con algo de fuerza y ella lanzó un grito ronco que se convirtió en un sollozo cuando los lamió dentro de su boca, los chupaba con fuerza, mamándolos como un niño hambriento, frotándolos con su lengua y engulléndolos más y más dentro de su boca.

El *aium* parecía haberse extendido por todo su cuerpo. Aiman seguía poseyéndola con su lengua, mientras que Kurt le devoraba los pezones.

Un palpitar fuerte se extendió entre sus piernas, Aiman jugueteaba ahora con sus dedos, impregnados de saliva, con su clítoris. Este se endureció y extendió como nunca lo había hecho, parecía un pequeño pene erecto, palpitando con fuerza mientras que las paredes vaginales empezaron a contraerse con fuerza intentando succionar la lengua de Aiman.

Todo su cuerpo estaba listo para alcanzar el orgasmo, un par de lágrimas se deslizaban por sus mejillas. Era tan intenso lo que estaba sintiendo.

Kurt mordisqueó con más fuerza sus pezones alcanzando un punto entre el dolor y el placer que la hacían arquearse con brusquedad, una última estocada de la lengua de Aiman y otro leve mordisco de Kurt la pusieron en las puertas de su orgasmo que quedó frenado al soltarla ellos lentamente y gritó, sí, de pura frustración.

Kurt besó su oreja susurrándole "ahora sí estás lista, pequeña". Serán capullos, ella quería su orgasmo y lo quería ya.

-Mierda, chicos, ¿cómo cojones me hacéis esto? Quiero correrme, lo necesito, estoy desesperada.

Kurt la besó suavemente en la nariz mientras que Aiman lo hacía en su cadera.

-Y lo harás, pero con nosotros sepultados lo más dentro posible de ti, llenándote por completo. No quedará entre nosotros ni un sólo espacio, Tracy.

Aiman se acostó en el centro de la cama y Kurt la ayudó a subirse sobre él.

Cuando estuvo toda tendida de espaldas sobre Aiman, Kurt le abrió las piernas y Aiman guio su pene hasta su abierto coño. Con suavidad introdujo su verga dentro de ella haciéndolos gemir a los dos. Empujó lentamente, estaba tan húmeda que se deslizaba con suavidad. Kurt se acercó y colocó su mano sobre el colchón al lado del hombro de Aiman y con su otra mano guio su polla hasta ellos.

Ella lo miró fijamente, viendo las pequeñas gotas de sudor que se habían formado sobre su frente. Él le sonrió con dulzura mientras que apoyó su pene en la entrada y lo empujó con suavidad, obligándolo a deslizarse entre su repleto coño y el miembro de Aiman.

Entró con lentitud, moviendo muy suavemente sus caderas y sin dejar de friccionar y avanzar centímetro a centímetro.

-¿Sientes dolor, Tracy?

Ella seguía sin dejar de mirarlo.

-No, es algo...diferente, me siento tan completa, tan llena.

Él le sonrió apretando sus dientes con fuerza mientras soltaba un ronco gemido entre ellos.

Aiman mordisqueó su hombro mientras que Kurt dilataba aun un poco más su vagina y avanzaba unos centímetros más.

-Y vas a sentirte aún más llena, cariño, pero también vas a sentir muchísimo placer. Tu coño ya nos está devorando con ansias, sé que vas a aceptar cada embestida y a introducirnos más dentro de ti. Vas a ser voraz, ansiosa, nos vas a exigir más y nosotros te lo vamos a dar, vas a exprimir cada gota de nuestro semen hasta dejarnos completamente secos.

Kurt se introdujo hasta dentro, rozando con sus bolas la raíz de la polla de Aiman y la entrada de su cuerpo. Empezó a bombear con suavidad. Aiman apenas podía hacerlo, pero la fricción de pene contra pene y de las paredes de su repleta vagina pronto se convirtió en un calor vivo y abrasador.

Ella empezó a empujar sus propias caderas, abrió, aún más, sus piernas y absorbió con ansias cada embestida de Kurt y cada bamboleo suave de Aiman.

Kurt se apoyaba con sus manos en el colchón, para empujar con fuerza sus caderas, Aiman se sujetaba de sus senos, torturando a sus duros pezones y ella, gimiendo roncamente, se tomó de los hombros de Kurt.

-¿Estás bien, pequeña?

Ella no pudo volver su cabeza hasta Aiman.

-Estoy en el séptimo cielo, Aiman.

Dos roncas risas escaparon de ellos, hasta que otra suave embestida los hizo gemir.

Apenas quedaba un milímetro de ellos sin tocarse y acariciarse. Las paredes de su coño se contraían con tanta fuerza que absorbían los penes de ellos con fuerza.

Los empujes eran cada vez más fuertes y cortos. Una pequeña onda se formó en el bajo de su vientre, un calor, un cosquilleo que fue creciendo con rapidez. Su piel se calentó y se enrojeció aún más.

Sus manos, que hasta ese momento se habían sujetado en los hombros de Kurt, ahora abrazaban con fuerza su cuello mientras que se ayudaba de eso para hacer minúsculas rotaciones con su cadera, respiraba con dificultad, inspirando con fuerza y jadeando las expiraciones. Hasta el cálido aliento de ellos en su cuello era como una brasa ardiente, su piel totalmente erizada se estremecía con cada leve roce de ellos.

Aiman la tenía ahora tomada con tanta fuerza de las caderas que sabía que al día siguiente sus dedos estarían marcados en ellas. Pero no le importó, se sentía como nunca, empalada y llena como jamás lo había estado.

Gozó de cada embestida, salió en busca de ella, de cada caricia y cuando el calor, las contracciones y el placer se apoderaron de su cuerpo, sólo pudo dejarse llevar, destrozando su garganta con el ronco grito que escapó de su boca. Cuando se corrió con fuerza entre ellos, sintió los colmillos de sus hombres en su cuello y sintió los chorros calientes y ardientes de su semen llenándola y empapando su vagina.

Los gritos de Kurt y Aiman retumbaron en sus oídos y cuando cesaron los temblores, soltaron su cuello y salieron suavemente de su interior, ella notó correr, entre los pliegues de su culo, el semen caliente de ellos.

La besaron suavemente en los labios.

-¿Nos crees ahora, pequeña?

Ella sólo sonrió. Cómo no creer si había gozado hasta el punto de perder la maldita consciencia, ¿no?

CAPÍTULO 38

Había dormido totalmente agotada toda la noche entre los brazos de los dos. Después de hacer el amor, se habían dado un baño y más tarde, Aiman la llevó en brazos hasta la cama. Ella protestó diciendo que no era una niña pequeña para ser transportada de un lado a otro, pero la regañina quedó totalmente sin efecto con el sonoro bostezo que se le escapó en ese momento y que le sacó los colores a ella y un buen par de carcajada a ellos. Prepotentes, lo reconocía, pero haberla dejado totalmente agotada por el placer era algo de lo que un hombre podía presumir y sentirse orgulloso. Cada victoria, cada logro en la vida no era nada comparado con la satisfacción de saber que tu mujer se sentía totalmente satisfecha entre tus brazos y de que dormía plácidamente agotada por el placer encontrado entre ellos.

Pero no le has dicho que la amas.

No, no lo había hecho. Había estado tentado, lo había tenido en la punta de su lengua en varias ocasiones y en el último minuto lo había retenido mordiéndose los labios.

¿Por qué, Kurt? ¿Por qué no puedes decirle a nuestra compañera que la amas?

"No lo sé, Aiman, juro por todas las lunas que no hay nadie a quien ame más que a ella, tanto que siento que me ahogo pensando que pude no haberla conocido. Si Arnoox no hubiera propuesto este trato, jamás me sentiría tan completo como me siento ahora. Pensar que puedo perderla es una agonía, prefiero morir, prefiero mil veces que me torturen antes siquiera que pensar en perderla, pero tengo miedo."

No lo entiendo, hombre, es nuestra compañera, no debería darte miedo. Aunque hay veces que tiene un carácter que hace que mis testículos entren en posición retráctil. Realmente, Kurt, ¿a qué tienes miedo?

"Ella no lo sabe, Aiman, pero me tiene totalmente en su poder, mi cuerpo, mi alma y mi corazón son suyos, todo. Y tengo miedo que una vez le diga mis sentimientos no sean correspondidos."

No, Kurtcito, no me engañas, tu miedo no es ese. Eres tan sumamente gilipollas, que crees que no revelándolos eres más fuerte, que no te afectarán las cosas. ¿Crees que no sé lo que sentiste cuando murió nuestra madre? ¿Crees que no sentí lo que sentiste cuando viste a padre morir lentamente? Reconócelo, Kurt, eres un maldito cobarde, puedes entregarte por entero en cuerpo pero aun te reservas una parte de tu corazón y hasta que no sepas entregarlo, idiota, no seremos totalmente felices.

Aiman volvió a su cuerpo en ese momento, decidido a atormentarlo, parecía un despreocupado. Un maldito imbécil pero había dado en el jodido clavo, tenía razón, era un cobarde.

***

Cuando despertó esa mañana él la miraba de forma insistente y tierna. Le había preguntado una docena de veces si le dolía algo, si se encontraba molesta, irritada y a última hora de la mañana sí que estaba irritada, pero con él y de tanta maldita pregunta, porras, que la tenía frita.

A ver, que sí, que sentía una ligera molestia entre las piernas, pero era mínima y cada paso, por ligero que fuera, mandaba leves descargas por su cuerpo. Era una molestia placentera y sumamente excitante. El recuerdo de una noche de pasión como nunca había tenido y repetiría encantada, periodo fértil o no, así que tuvo que decirle que si no quería terminar él con los testículos irritados del apretón que le iba a dar ella si volvía a preguntar, lo dejara estar de una buena vez.

A media tarde Kurt tuvo que ir al *Gumnarium* y ella se quedó sola en casa, recogió la ropa limpia y la guardó en los armarios y cuando se disponía a darse un baño, llamaron a la puerta.

-Hola Misrte.

-Hola, cariño. ¿Cómo sigues hoy?

-Estoy mejor. La herida está prácticamente curada.

Se sentaron las dos en el sillón y la mujer le dio otro pastel que les había hecho.

-Nos mimas demasiado.

-No tengo mucho que hacer, Tracy, y me encanta hacer pasteles.

-Sabes, Misrte, hay algo que quiero preguntarte hace tiempo.

-Dime, niña.

-Dreena me comentó una vez, que cuando un compañero muere, el que sobrevive apenas puede vivir sin él. ¿Es cierto?

La mujer sonrió tristemente.

-Sí, cariño, es verdad. Cuando murió mi compañero apenas podía respirar sin que me doliera. Durante un año, prácticamente fui un vegetal. Poco a poco fui volviendo a la vida, pero mi corazón sigue amándolo y echándolo de menos. No he vuelto a tener deseos por otra persona, jamás. Yo tuve la fuerza para poder salir adelante y volver a vivir, hay quien apenas subsiste y quien, simplemente, se deja morir.

-Es tan increíble. ¿Tan fuerte es el lazo?

-Sí, irrompible aún más allá de la muerte.

Tracy la miró tristemente.

-Lo siento por ti, Misrte.

-No lo sientas, cariño, cada momento vivido junto a Halik-Shevvo fue único y me dejó amor para poder vivir sin él.- la mujer le apretó la mano con ternura- Estoy bien cariño, de verdad.

Miró alrededor y después clavó la vista en ella.

- Kurt no está, ¿verdad?

-No, tenía cosas que hacer en el *Gumnarium*.

-Mejor, quería hablar contigo a solas.

Tracy la miró sonrojada.

-¿Es por lo de ayer?

La mujer sonrió pícaramente.

-Bueno, cariño, esa sería una de las cosas que quiero hablar contigo, pero tengo algo más que decirte. Pero hablando de lo de ayer, ¿te explicó Kurt lo de los embarazos?

El rubor en las mejillas de Tracy se intensificó con fuerza.

-Sí, lo hizo.

-Bueno, veo que no hemos perdido totalmente al muchacho, parece que actuó como un verdadero hombre y no como un capullo y por tu expresión veo que te dejó muy claro cómo funciona el tema de la procreación en *Phartian,* ¿no?

Ella sólo asintió.

-Bien, porque pensé que tendría que darle unos cuantos sopapos más. No entiendo cómo se ha podido volver tan idiota, era de los primeros de su promoción, pero se ve que ganó fuerza y perdió cerebro. Una lástima porque tenía muchas esperanzas puestas en él.

Tracy sonrió.

-Eres cruel.

-Un poco, pero créeme, algunos hombres las cosas hay que sacárselas a tirones, Kurt es de esos, no hay duda. Por eso te tocará luchar duro con él, oblígalo, nunca le permitas que te diga que lo dirá después, aunque tengas que pisarle los testículos, ¿entendido? - cuando ella asintió, Misrte pasó a ser de nuevo la dulce abuelita- Bueno, lo otro que quería decirte es que he hablado con Dreena y quiere que os reunáis mañana en el *Gumnarium.* Aparte de las mujeres de la Tierra, hay varias *phartianas* que podrían estar allí para escuchar vuestra forma de vivir y los cambios que se pueden hacer aquí.

-¿En serio? Sería de mucha ayuda poder contar con mujeres del planeta.

-Créeme, hay muchas, muchísimas, lo que pasa es que no se han atrevido a dar el paso, igual que hay muchos hombres dispuestos a apoyarnos, niña, tú has puesto esto en marcha, tienes que continuarlo.

Tracy hizo una mueca de preocupación.

-Espero no perjudicar mucho a Kurt.

-No te preocupes por Kurt, ya es grandecito y sabe defenderse solo. Por lo menos espero que en eso no se haya idiotizado también. A los que hay que darles caña son al *Comisionado,* sobre todo a los ancianos. A esos hay que arrancarles las barbas con pinzas y el bigote con tenazas, malditos estirados.

-No estás muy contenta con esa parte del *Comisionado.*

-Casi nadie está contentos con ellos, se han vuelto unos imbéciles. Andan todo el día como si se les hubiera metido un insecto por el pito y estuviera zumbándole los testículos, no aceptan ni un maldito avance.

Tracy sonrió meneando la cabeza ante la fiereza de Misrte.

-Pero aceptaron el trato con la Tierra y Kurt no.

-Kurt se portó ahí como un perfecto mamón, pero por lo menos tenía un argumento. Pero los idiotas estos, ¿crees que aceptaron a la primera? No, fueron varias semanas de negociación, aceptaron cuando vieron las caras de los hombres cuando insinuaron que podían seguir zumbándose androides si estaban tan desesperados, creo que pensaron que los próximos zumbados iban a ser ellos y por eso votaron afirmativamente.

-Bueno, entonces, si crees que podemos conseguir suficiente apoyo, mañana estaré allí.

Misrte la tomó de las manos y le sonrió dulcemente.

-No vas a estar sola, cariño, ya lo verás, vamos a hacer que esos viejos estreñidos terminen ensuciando sus malditos pantalones.

***

No le dijo a Kurt nada de la visita de Misrte, no quería ponerle sobre aviso, así que a la mañana siguiente se levantó y se dio un baño mientras él aún dormía. No podía esperarlo en la cama, si no sabía que iba derechita a otra ronda de sexo mañanero. Era inagotable, siempre dispuesto a un nuevo revolcón.

Por eso lo mejor era mantener aquella conversación-charla-discusión o debate total, en posición vertical y preferiblemente, vestida.

Cuando él abrió los ojos, ella estaba estratégicamente sentada en un sillón frente a él, totalmente vestida, con unos pantalones negros, totalmente ceñidos a sus exuberantes caderas y trasero, una casaca en color tierra y unas botas negras. Había recogido su melena en una cola alta, sus labios llevaban un toque de brillo, totalmente arreglada y lista para el primer asalto. Él le sonrió desde la cama.

-¿Qué haces levantada y vestida, Tracy? Porque no te quitas la ropa y vienes aquí conmigo.

Ella negó.

-¿Quieres que te la quite yo?

Cuando lo vio quitarse la sábana que cubría su cuerpo desnudo y erecto, decidió pasar al ataque.

-No, quiero que te bañes, que te vistas y que vayamos al *Gumnarium*.

Kurt la miró extrañado.

-¿Qué pasa, Tracy?

Bueno, acababa de llegar el momento. Tomó aire, dejó su cara libre de expresiones simpáticas, se plantó al ceño de seriedad y terquedad y arrancó.

-Realmente agradezco muchísimo tus cuidados, pero ya estoy perfectamente. Ahora lo que quiero es poder hablar con total libertad y a solas, con las mujeres de la Tierra y Dreena. Sé que vosotros habéis estado estudiando los pasos a seguir en la reunión, pero ahora nos toca a nosotras hablar sobre ello.

Kurt se levantó, totalmente desnudo y se acercó a ella.

-No creas que quiero apartarte de ellas ni de la conversación que quieras mantener, pero quería que estuvieras bien.

Tracy le sonrió.

-Y lo estoy, pero ahora me toca reaccionar y si te vas a negar...

-No, ya te dije que no volveré a negarte nada, que lucharé contigo y a tu lado para conseguir los mismos derechos para las mujeres y los hombres. Pero también te dije que esta es una lucha que tendrá muchas batallas, no pienses ganarla a la primera.

Ella se levantó y se colocó frente a él. Lentamente le acarició la mejilla.

Agradecía todo el esfuerzo que estaba haciendo, pasando por encima de sus principios, de su gente, por defenderla y apoyarla. Era un amor, ¿eh?

¿Amor? Uf, tendría que analizar esto en otro momento.

-Lo sé, Kurt, pero ahora que sé que te tengo a mi lado me siento segura y cada pequeña victoria será un triunfo.

Besó dulcemente sus labios, disfrutando de esa boca generosa, caliente y húmeda. Con pereza le soltó el labio que había enganchado entre sus dientes.

-Pero necesito hablar con ellas, saber cómo se sienten y si están tan decididas como yo a seguir adelante con esto.

***

Una hora después estaba en uno de los salones privados del *phartok*. Era una sala pintada en tonos dorados, con suelos pulidos y brillantes de un marrón muy oscuro, con una mesa muy larga, con un gran centro floral sobre ella y una docena de sillas rodeándola. Al fondo, frente a dos grandes ventanales con cortinas amarillas, estaban ubicados tres enormes sillones de color anaranjado y una mesa baja, con zumos y frutas.

Kurt la había acompañado hasta allí y después de un dulce beso la dejó en compañía de Dreena.

En unos minutos habían reunido a todas las mujeres de la Tierra y a una representación de mujeres *phartianas*. Una decena de mujeres y lo que más le sorprendió, es que entre ellas había dos que eran bastante mayores, no esperaba encontrar tanto apoyo de las *phartianas* y menos de las ancianas.

Misrte entró en ese momento en el salón, vestía uno de aquellos vestidos ceñidos en color verde y unas botas altas, su pelo estaba trenzado y lucía una enorme sonrisa. A pesar de su edad era una mujer fuerte, vigorosa y decidida. Se acercó a ella y Dreena y les dio un beso en la mejilla y les sonrió.

Tracy volvió a mirar a las mujeres sentada frente a ella, las más jóvenes venían vestidas con pantalones y casacas, mientras que las dos mayores llevaban el vestido ceñido y acordonado en los laterales. En sus miradas se apreciaban dudas pero también ansiedad y quedaba claro que estaban deseando cambiar las normas y las leyes del planeta.

Tracy miró a todas ellas. Carraspeó suavemente, sentía que aquello era muy importante y debía elegir bien sus palabras.

-Sé que este planeta tiene sus leyes y que parece ser que, hasta ahora, han funcionado bien. Pero tal vez, lo que hoy es bueno, mañana ya no es tan válido...

Iba a seguir hablando cuando una de las *phartianas* más jóvenes la interrumpió.

-¿Es cierto que las mujeres lucháis en la Tierra? Misrte nos ha dicho que sí.

Tracy sonrió y asintió.

Otra de las mujeres, ahora una mujer mayor de larga cabellera plateada y ojos muy grises, se animó también a preguntar.

-¿Y también es cierto que podéis elegir la profesión que queréis?

La mujer miró, primero a Misrte y después a ella.

Tracy volvió a asentir y a partir de allí aquello fue todo un interrogatorio sobre la Tierra y sus costumbres. Quedó claro que ellas también ambicionaban, en secreto, tener la oportunidad de hacer algo diferente. No todas estaban conformes con el tema de las luchas, pero en lo de trabajar todas coincidieron que estarían más que encantadas en apoyar para conseguir cambiar las leyes. Querían un futuro mejor para todas ellas, vivir en igualdad de condiciones, la oportunidad de estudiar y trabajar al lado de los hombres.

En lo que se quedaron algo desilusionadas, era en el tema del *oiyu*. Las miraban casi con pena, compadeciéndose de ellas.

-¿No tenéis un *oiyu?*

-¿No os poseen doblemente?

-¿No sentís un hombre en vuestro ano?

Tracy no daba abasto a responder tanta pregunta.

-No, realmente, no, bueno, a excepción de los tríos.

Tracy vio las miradas escandalizadas de las *phartianas.*

-¿Tríos? ¿Dejáis que os tomen dos hombres distintos?

-Bueno, realmente, aquí os toman dos hombres.

-Sí, pero son los mismos, Tracy. Por todas las lunas, si otro hombre nos mira siquiera los tatuajes de ellos son capaces de arder y ellos, de cortar cabezas. ¿Permitir a otro hombre? Imposible.

Dreena negó rotundamente.

Y luego, ya puestas, el tema terminó derivando a tamaño, frecuencia, posturas, eh...

¿Cómo habían acabado así? Misrte le sonrió pícaramente desde el sillón situado frente a ella. Costó un tiempo volver a encauzar la conversación al tema de las leyes, pero aun así, a Tracy no se le escapaban las miraditas tipo: "pobrecitas, un sólo hombre, qué triste. En eso están muy, pero que muy atrasadas."

Cuando, seis horas después, aparecieron Arnoox y Kurt, se encontraron con un salón abarrotado de mujeres mirando entusiasmadas a Tracy y al resto de las mujeres de la Tierra, hablar sobre la vida de allí. No escatimaban en explicar la dureza y rudeza, ni de las leyes que también eran equivocadas, pero lo que realmente importaba, que era el tema de la igualdad de derechos, en ese, quedaba claro que habían encontrado un terreno muy bueno para sembrar.

CAPÍTULO 39

Tracy miraba a Kurt acercarse a la cama totalmente desnudo, centró su vista en los tatuajes de su hombro.

-Acuéstate boca abajo, por favor.

Él la miró extrañado pero lo hizo, ella se sentó a horcajadas sobre sus muslos y siguió con sus dedos el contorno del dibujo de su tatuaje en la espalda.

-Nunca me has explicado lo de los tatuajes y hay algo que ha dicho una de las mujeres que me ha dejado intrigada.

Él volvió la cabeza y la miró.

-¿Qué cosa?

-No pienso contestar, antes quiero que me expliques tú lo de los tatuajes.

Él sonrió.

-Te gustan, ¿eh?- ella resopló ostensiblemente-Está bien, empiezo yo. A todos los hombres phartianos, cuando cumplimos los dieciséis años se nos tatúa. En la espalda, el símbolo de nuestro planeta. El *Phardok* sujetando una espada de energía, representa fuerza, claridad, respeto y valor. Un año después, en el hombro, nos tatuamos el símbolo que representa a nuestra familia y después, en el brazo vamos añadiendo los diferentes cargos que ocupamos.

Ella miró fijamente los tatuajes de su brazo.

-Tú llevas varios en el brazo, ¿qué cargos tienes?

-Llevo tatuado el de guerrero, el de comisionado y el de profesor.

Ella saltó sobre él.

-¿Profesor? ¿Eres profesor?

-Sí, hasta que Arnoox me pidió que aceptara participar con él y formar parte de su equipo, daba clases en la universidad y antes de que preguntes, soy profesor de química.

Ella sonrió.

-Muy interesante. Pero lo que realmente me asombró fue lo que dijo una de las mujeres. ¿Qué relación tienen los tatuajes con vuestra compañera?

Él se giró rápidamente, tanto que ella estuvo a punto de caer, pero Kurt la sujetó firmemente de la cintura y la dejó clavado contra su pelvis y su ya endurecida polla.

-Los tatuajes se hacen con una tinta muy especial, extraída de una planta llamada *Tia-nee*. Esa tinta se mezcla con nuestra propia sangre, una enzima de la planta que hace que cuando conozcamos a nuestra compañera, al sentir el aroma de ella que es idéntico al nuestro, los tatuajes vibren y se calienten. Si nos excitamos, ellos se excitan con nosotros, es como cuando sentimos celos, también vibran y llegan a calentarse tanto que queman. Es una prueba más de que es nuestra compañera, nuestro centro y la persona que nos complementa.

Ella empezó a acariciar lentamente los tatuajes de su hombro y brazo y notó, efectivamente, el calor que despedían.

-Entonces, ¿esto quiere decir que estás excitado?

Kurt no contestó enseguida, restregó contra su vulva humedecida su pene duro, firme y caliente.

-¿Tú que crees? ¿Es suficiente excitación para ti, compañera?

Sí, era suficiente, más que suficiente. Cada día se maravillaba de saber que eran tan importantes el uno para el otro, de sentirse tan suya y de saber que él era tan suyo, saber que tenía tanto poder en sus manos y verlo tan rendido a ella, le hacía sentirse segura.

Muy segura y enamorada, nena.

Odiaba a su conciencia toca narices, la hacía pensar mucho y no quería, ahora no, después... después sí, definitivamente sí.

***

Estaba nervioso, que no era lo mismo que tener miedo, eso no. Pero sí sentía una ligera picazón que le subía por todo el cuerpo.

Habían llegado temprano al *Gumnarium,* Tracy se había quedado con Dreena y el resto de mujeres.

La noticia de la reunión se había extendido tanto que el salón del *Comisionado* estaba al completo y la plaza frente a él también. Las personas allí reunidas podrían seguirla a través de hologramas.

Kurt estaba reunido con Arnoox y Brenck-Vayr. Ataviados con las camisas y pantalones color caramelo que usaban en las reuniones y eventos.

Brenck miraba fijamente a Kurt.

-Espera, a ver si lo he entendido bien, me estás diciendo que has exagerado un poco las cosas para ir alentando a tu compañera y que esté a la defensiva, ¿es eso?

Él asintió y vio todas las expresiones de su amigo pasar por su cara, desde el asombro hasta llegar a la burlona y después sintió estallar su carcajada.

-No me jodas, Kurt. ¿Me estás diciendo que piensas dejar que tu compañera pelee tus batallas?

-No, no lo estás entendiendo, Brenck, Tracy luchará su propia batalla, no la mía. Pero de paso, sí, me defenderá a mí y al resto de compañeros y hombres que permitieron que ellas participaran.

Brenck lo miró muy serio para después clavar la mirada en Arnoox.

-¿Y tú piensas permitir esto?

Cuando vio asentir a Arnoox, miró alternativamente entre él y el *phartok,* cada vez más alucinado.

-Estáis locos, jodidamente locos. Venga ya, no me lo puedo creer. Eso es como si ellas os cortaran los huevos y vosotros le pasarais el maldito cuchillo, no lo entiendo. Quiero apoyaros y sí, después de ver cómo son las mujeres, entiendo que deban hacerse cambios, pero esto, os va a estallar en toda la cara. Si ese es vuestro plan os adelanto desde ya, que está condenado a irse a la mierda.

Arnoox puso su cara más solemne.

-En esto estoy con Kurt, Brenck. En estos días he hablado con varias mujeres y con Dreena y he visto sus caras escuchando la vida de las mujeres en la Tierra. Las envidian, ¿no lo entiendes? Ellas son las mejores defensoras y embajadoras de los cambios que se deben hacer.

-Vale, sí, me parece correcto, pero yo pienso abstenerme hasta ver cómo se desarrolla todo, alguien debe encargarse luego de ir recogiendo los cachitos esparcidos por todo el salón. Estáis locos, no, locos no, estáis gilipollas, esto no tiene sentido, de verdad, el plan va derecho e irremediablemente directo al fracaso.

Kurt sonrió.

-Tienes muy poca confianza, Brenck, yo sí confío en mi compañera y en todas ellas.

Brenck cambio la expresión de su cara, de asombro a resignación.

-Yo no he dicho que no confié en ellas, Kurt, en quien no confío es en todos nuestros hombres y menos, en los *comisionados* más antiguos. A alguno puede que le dé un maldito infarto o se le salte un puñetero empaste.

Cuando unos minutos después entró en la sala y vio la solemnidad, las caras serias, los rostros ultrajados y las miradas obtusas, tuvo un momento de terror, de dudas, pero cuando ocupó su asiento y vio entrar a las mujeres, la calma, la confianza y la seguridad crecieron dentro de él al ver la mirada de su compañera. Sí, confiaba en ella, como nunca había confiado en nadie.

CAPÍTULO 40

La verdad es que todo aquello apabullaba, estaba nerviosa, aterrada. Sentía sus amigadlas del tamaño de melones, imposible tragar e inviable siquiera poder articular una maldita palabra. En tales circunstancias, ¿cómo narices se suponía que tenía que defender su causa? ¿Con mímica o cartelitos informativos?

Los hombres reunidos allí las miraban, desde fascinados a realmente molestos. Y si ya tenías la maldita osadía de clavar la vista en el *Comisionado*, sentías a tus ovarios planear una ruta alternativa con vía de escape incluida. No, aquello no pintaba bien.

Buscó la mirada de Kurt y cuando la encontró, todo su cuerpo empezó a vibrar como si volviera a la vida. Un cosquilleo le nació en la parte baja de su espalda que se extendió por todo su cuerpo caldeándolo y cuando vio su sonrisa y el guiño de su ojo, las braguitas que llevaba hicieron amago de lanzarse al vacío.

En ese momento entró en la sala el capitán Demon-Lisx. Cuando llegó a la altura del Comisionado, estos empezaron a acribillarle a preguntas. El pobre hombre intentaba explicar lo sucedido en la cueva, pretendía dejar claro que la ayuda de ellas había sido beneficiosa y vital, pero

¿la panda de antiguallas aquellas lo escuchaba? No, estaba más que claro que el término justicia se lo habían pasado por el forro de las túnicas que llevaban. No hacían más que acosarlo y asediarlo para que terminara "confesando" que ellas habían sido una maldita molestia y un peligro para los hombres.

Tracy tuvo que morderse la lengua, los labios y hasta los puños, no solo para intentar mantenerse callada, si no para no saltarle encima a todos aquellos gilipollas y darles con un mazo en la cabeza.

Cuando el que salió a hablar fue Kurt, supo, seguro además, que no tardaría en saltar.

Intentó contar, hasta intentó recordar al capullo de su padrastro Jason y, hasta ya en un alarde de fuerza interior y pura cabezonería, quiso recordar a su padre, pero cuando escuchó a uno de aquellos carcamales soltarle a Kurt que no sabía controlar a su compañera y que estaba mejor sin ella, saltó. Sí, saltó bajo las atónitas, sorprendidas y cada vez más alentadoras miradas de todo el salón.

-Tal vez los que no sepáis controlar a vuestras lenguas seáis vosotros, panda de trogloditas.

Los comisionados se miraron todos alterados.

-Tú, mujer, no tienes permitido hablar. Estás aquí para que veas lo que tus acciones han provocado, cierra la boca...

-No, ni pienso cerrar la boca ni pienso mantenerme al margen de toda esta parodia de justicia y de querer esclarecer los hechos. Está visto que no aceptáis más que vuestras palabras y juicios y que tenéis el cerebro del tamaño de un guisante. Sois retrógrados y no conseguiréis avanzar si persistís en todas esas malditas y ridículas leyes e ideas.

Los hombres clavaron la mirada en Kurt, que se había acercado lentamente a ella y la había tomado de la mano.

-Kurt-Aiman deberías controlar a tu mujer. Está visto que no es la compañera idónea para ti.

La madre que los parió. ¿Qué no era la compañera idónea? Cuando terminaran con sus pelotas de adorno floral en sus túnicas verían a ver quién cojones era idóneo o no.

Pero no pudo hablar, fue Kurt el que no dejó pasar aquella amenaza.

-Cuando decidisteis que, para que el planeta no muriese, se necesitaban mujeres, os apoyé. No apoyé sin embargo, que fuera la Tierra el lugar escogido para ese trato, pero vosotros seguisteis adelante y encima, yo me tuve que hacer cargo de cumplir vuestros deseos. Hoy me arrepiento sólo por una cosa, porque teníais que haber ido vosotros, enfrentaros a aquellos capullos y sobre todo, ver cómo nos ofrecieron a sus mujeres. Brenck-Vayr estaba conmigo y sabe que no miento.

Brenck-Bayr asintió vigorosamente cuando todo el mundo clavó su mirada en él, esperando ver si confirmaba o negaba las palabras de Kurt.

Él prosiguió explicando lo que se encontraron al llegar a la Tierra.

-Sus ropas y cuerpos estaban sucios, tenían las manos llenas de heridas y encallecidas, habían estado encerradas en una prisión por intentar luchar por un mundo mejor y ese era el castigo para ellas.

En ese momento los murmullos se extendieron por toda la sala. Tracy miró alrededor de ella y comprobó que había muchas miradas de apoyo y cuando encontró la mirada de Misrte, esta le hizo un pequeño guiño de ánimo. Kurt siguió hablando.

-Pero cuando las miramos a los ojos, vimos en ellos que no se habían resignado, que seguirían adelante con su lucha. Son fuertes y decididas y sobre todo, no permiten ni la indiferencia ni el menosprecio a las personas, sean el sexo que sea, sean la raza que sea. Lo que pasó en la cueva es la reacción lógica de mujeres acostumbradas a defenderse a diario. Eso, amigos, es lo que cualquier persona hubiera hecho, no se les puede castigar por actuar en defensa de este planeta. No pienso quebrar el orgullo de mi mujer, no pienso relegarla al papel de compañera nada más. Tracy me ha enseñado que puede hacer lo mismo que yo, incluso mejor. Es inteligente, fuerte, decidida, orgullosa y no pienso permitir que nadie de aquí la menosprecie o le diga qué puede y qué no puede hacer

Se escuchó el murmullo de la sala. Tracy miraba a Kurt y le apretó la mano con fuerza, él no se volvió a mirarla pero le devolvió el apretón.

Uno de los comisionados se levantó.

-Pero es una mujer, Kurt, ¡una mujer!

Tracy clavó la mirada en el hombre.

-Créeme, lo sabe.- varias risitas se escucharon de fondo- Pero que yo no sea un hombre, no quiere decir que no pueda defenderme ni luchar.

-Eres una mujer, nuestras mujeres no luchan.

-Y dale. Qué perra con lo de que soy una mujer, que sí, que lo sé. Joder, ni que tener pene fuera el requisito indispensable para manejar una maldita pistola. Y en cuanto a que vuestras mujeres ni luchan ni trabajan, ¿cómo cojones van a hacerlo? No las dejáis, no le habéis preguntado siquiera si son felices manteniendo esta vida de mierda, gobernada y regida por un puñado de carcamales. Si queréis que más mujeres de la Tierra vengan a Phartian, tendréis que cambiar las leyes. Ninguna va a querer venir sabiendo que aquí van a ser tratadas como malditos jarrones decorativos y que encima van a terminar gobernadas con personajes como tú.

Los jadeos y susurros fueron creciendo de forma alarmante, pues a lo mejor se había pasado un poquitín, pero el capullo la estaba sacando de sus casillas.

-Eres sumamente irreverente y descarada, no pensamos consentir semejante comportamiento, máxime de una mujer.

Ella quiso hablar, Kurt también lo intentó, hasta el *phartok* en su papel de presidente, regio y respetuoso lo intentó, pero quien alzó su voz fue

Dreena y todas y cada una de las sorprendidas y estupefactas miradas, se clavaron en ella.

-¿Máxime de una mujer? ¿Qué sucede? ¿Que por no ser hombres no tenemos derechos? ¿No tenemos ni siquiera la opción de que se nos escuche? ¿De qué sirve tanta protección hacia nosotras, si luego no os interesáis en saber lo que nos importa o lo que queremos? ¿Habéis llegado a imaginar siquiera como es nuestra vida? No, para qué, ¿verdad? Tenemos el papel que nos habéis dado y no tenemos derecho a revelarnos contra él, tal vez ha llegado el momento de que dejéis de hablar con vuestros malditos ombligos y nos escuchéis a nosotras. Porque, y voy a repetir palabras vuestras, somos vuestro bien más preciado. Pues dejadme que os diga algo: me siento menos valorada que nuestras piedras *Airean*. Ellas pueden hacer tranquilamente lo que la naturaleza les ha permitido hacer, pero nosotras sólo podemos hacer lo que vosotros nos permitís.

Dreena se acercó lentamente al centro de la sala, colocándose al lado de ella y Kurt.

Otro de los comisionados se levantó de la silla y clavó su mirada en ella.

-Eres la mujer del *phartok*, eres una de los nuestros, conoces perfectamente nuestras leyes. Hasta ahora nunca te las habías cuestionado, está claro dónde está el problema. Las mujeres de la Tierra deben ser devueltas.

-No.

Todos volvieron ahora la vista hacia Kurt.

-Mi mujer no abandonará el planeta. Si lo hace, me iré con ella. Pero me parece injusta la decisión, os negáis a escuchar, os negáis a avanzar, ¿dónde estará el futuro de nuestro planeta si devolvemos a las mujeres?

De pronto aquello fue todo un guirigay. Gritos, amenazas, palmas, más mujeres que fueron acercándose al centro de la sala...pero el silencio reinó cuando Arnoox abandonó su asiento y cruzó el salón para ubicarse al lado de su compañera. Después lo siguieron, uno a uno, los compañeros de las demás mujeres de la Tierra y, tímidamente, se fueron acercando mujeres *phartianas*.

Misrte, que hasta aquel momento se había mantenido apartada y callada, se plantó también al lado de ellos y en el centro de la sala, vestida totalmente de color morado y una trenza cayendo a un lado de su hombro estaba impresionante. Clavó la mirada en cada una de las personas que componían el *Comisionado*.

-Os negáis a escuchar al pueblo, os refugiáis en vuestro papel de comisionados y olvidáis el deber que tenéis para con nosotros. Estáis ahí porque nosotros os votamos y elegimos, pero no me siento representada por vosotros.

Kion-Derve, el comisionado más anciano, la miró torvamente.

-Mujer, tus palabras suenan a desafío y revolución, deberías moderar...

-Mis palabras suenan a estar hasta las narices de que una panda de hombres retrógrados me gobiernen, que piensen que las leyes están para protegerme y en cambio están hechas para protegeros a vosotros. ¿De qué tenéis miedo? De que os demostremos que somos iguales o ¿incluso mejores? Llevo diez años sola, sin ningún hombre al lado y créeme, he sabido salir adelante. ¿Sabríais salir vosotros?

El *Comisionado* se había ido levantando uno a uno.

-Esto es inaudito, es una rebelión.

Arnoox miró fijamente al hombre y mandó callar a todo el mundo, sonriéndole tiernamente a Misrte.

-No, Misrte ha expresado su opinión y el de muchas mujeres y hombres de nuestro planeta. Y muchos de nosotros simplemente estamos dispuestos a escuchar y a intentar mejorar nuestra forma de vida. No estoy diciendo que la cambiemos ya, ni radicalmente, pero sí que deberíamos darles a nuestras mujeres las mismas oportunidades que a nuestros hombres. No tengo hijos todavía, pero mañana, cuando los tenga, no quisiera ver a una hija mía relegada tan solo al papel de compañera y madre. Dreena me ha demostrado su valor e inteligencia, pero por el simple hecho de ser mujer no ha tenido posibilidades de explotar esas cualidades. Yo quiero escucharla y quiero que haga lo que ella realmente quiera hacer.

Los murmullos volvieron a surgir con las palabras del *phartok*.

El *Comisionado* se vio acorralado. Sus ojos se clavaban en las personas allí reunidas y que cada vez daban muestras de sentirse más de acuerdo con la idea de escuchar a las mujeres.

El más anciano de todos, un hombre extremadamente delgado y alto y con unos muy claros y pequeños, mandó callar a todas las personas.

-Está bien. Habéis expresado vuestras ideas. Se tendrán en consideración.

Kurt dio tres pasos hacia ellos.

-No, no queremos que las tengáis en consideración, queremos que las llevéis a la práctica. ¿Por qué no hacéis una prueba? Hasta el próximo envío, podríais dejar que ellas vayan a clases, que ayuden a los hombres en los oficios para las que estén cualificadas, que aprendan técnicas de combate con nosotros. Al cabo de esos meses se puede hacer una votación y si la mayoría acepta que las mujeres sean devueltas y que no cambien las leyes, se hará así.

Otro de los comisionados habló.

-Sigo pensando que lo mejor sería mandarlas de vuelta ya mismo y buscar en otro planeta.

-No, no lo pienso aceptar. Ella es mía, nadie la va a separar de mí, ¿está claro? Lucharé contra quien se atreva siquiera a cercarse a ella. Es mi mujer y seguiré a su lado, aquí o en cualquier otro lugar. Donde ella vaya iré yo.

Mierda, realmente le habían complicado bien las cosas a sus compañeros, Tracy vio el dolor y la rabia en los ojos de Kurt, lo escuchó hablar, defenderla y hasta amenazar a todo el *Comisionado*.

Kion-Derve los miró a todos fijamente.

-Vamos a deliberar. Tomaremos en cuenta todas las opiniones, pero vosotros aceptaréis sin rechistar, nuestro veredicto. Pero mientras, os aconsejo que os penséis seriamente si de verdad pensáis iros si ellas tienen que marcharse.

Brenck tuvo que sujetar a Kurt firmemente para que no se lanzara a la yugular de todos ellos.

El *phartok* renegó y maldijo. Kurt utilizó términos escatológicos, los mandó a realizar posturas sexuales imposibles de realizar por una persona a solas, utilizó términos bastante groseros, pero aun así la postura fue inamovible. Y Brenck-Vayr les recomendó claudicar por el momento, observación muy mal valorada y que le valió unas cuantas obscenidades de parte de todos los compañeros de mujeres de la Tierra, a las que se sumaron de buena gana, tanto Kurt como Arnoox.

Se sentía orgullosa y enamorada de su compañero y también cabreada con todos aquellos imbéciles. Ojalá se les quedara el pito flácido de por vida, por idiotas.

CAPÍTULO 41

Kurt tomó a Tracy de la mano y la llevó a su sala personal. Cuando llegó allí cerró la puerta y la guio hasta su sillón, se sentó con ella sobre sus rodillas y la abrazó con fuerza, depositando besos sobre sus sienes.

-Te he complicado mucho la vida, ¿verdad?

Él sonrió.

-No me has complicado nada, cariño, todo lo contrario, me has abierto los ojos.

-¿Y ahora que va a pasar, Kurt?

-Creo que han visto con sus propios ojos que se les puede complicar mucho las cosas. Brenck-Vayr está de nuestra parte, va a hablar a favor de que se acepte la propuesta del periodo de prueba. El *Comisionado* es un atajo de imbéciles, pero conocen al pueblo y hoy han visto que la gente necesita y quiere un cambio, a pesar de que les toque las pelotas, votarán a favor.

Ella se giró sobre su regazo, tomó su cara entre sus manos y lo miró tristemente.

-Pero si aun así siguen insistiendo en que nos vayamos, ¿qué harás?

Tuvo que besar sus labios, puso todo su cariño y amor en cada beso, le entristecía verla tan apenada y culpable.

-Cariño, mi posición está clara, no hay nadie en este mundo capaz de separarme de ti, nadie. Donde tú vayas, allá iré yo.

Sus ojos se cuajaron de lágrimas.

-Eh, pequeña, no, nada de eso, no quiero ni una lágrima tuya, no las merecen.

-No lloro por ellos, lloro por ti, porque por mi culpa puedes terminar abandonando el planeta.

Tracy se agarró fuertemente a su cuello y lo besó con furia y pasión y cuando Kurt la besó con más fuerza aún, devolvió beso por beso, caricia por caricia. Todo su cuerpo entró en combustión.

Tracy sintió su deseo crecer junto con el de Kurt, que se levantó para tumbarla sobre la mesa de su sala e inclinarse sobre ella. Se notaba que estaba excitado y decidido a poseerla. En ese momento se abrió la puerta dando paso a Misrte.

-Por todas las lunas, jovencitos, parecéis dos *calaam* en celo, dejaros el manoseo para cuando estéis en casa.

Ellos se separaron avergonzados pero con una sonrisa en los labios.

-Quería que le explicaras cómo era la reproducción en *Phartian*, Kurt, no que estuvieras bajando tus pantalones y mostrándoselo cada hora del día.

Kurt sonrió y le dio un beso en la frente a Tracy.

-Es adictiva, Misrte, cuánto más la tengo, más la quiero y la necesito.

La mujer resopló sonoramente.

-¿Crees realmente que me importa tu vida sexual, muchacho? Y no es necesario que presumas de ese maldito apéndice que tienes entre las piernas como si tú fueras el único poseedor de semejante pingajo. Créeme, hay más. Así que borra esa maldita sonrisa presuntuosa de tu cara. Además, no he venido a hablar de eso que te sientes tan orgulloso.

Tracy la miró con dulzura.

-Gracias por tu apoyo, Misrte.

-Cariño, no tienes que darme las gracias, debería ser al revés. Tú y las mujeres que vinieron contigo, nos habéis abierto los ojos. Ya era hora que este planeta recibiera un buen meneo. Estos hombres piensan que tienen más cerebro por ser hombres, por tener pito y por venir duplicados. Y créeme, para lo único que son buenos por venir con copia certificada, es porque tienen dos penes, dos bocas y cuatro manos. Sexualmente, son únicos. Pero también por eso, porque vienen con dos malditas cabezas, son doblemente gilipollas.

Kurt la miró enfadado.

-Gracias, no sabía que lo estábamos haciendo tan mal.

Tracy lo besó dulcemente en los labios.

-Mal no, cariño, sólo un poquito equivocado.

Misrte gruñó suavemente.

-¿Un poquito equivocado? Nada de sutilezas, Tracy, si los hubiéramos dejado tendríamos que haberles dado un informe completo de hasta las veces que íbamos al baño, son unos malditos controladores.

Kurt iba a contestar cuando se abrió la puerta de nuevo. ¿Qué cojones pasaba con ella? La próxima vez cerraría con llave y la enclavaría, maldita fuera su estampa.

Su *phartok* asomó la cabeza por ella y los miró fijamente.

-Kurt, el *Comisionado* ya ha tomado su decisión, nos esperan en el salón.

La suerte ya estaba echada, Tracy se agarró fuertemente a su mano.

-Prométeme que me mantendrás a tu lado, Kurt.

Él la tomo entre sus brazos y la besó con fuerza, coló su lengua entre los labios de ella y exploró toda su boca, dejando su sabor impregnado en ella.

-Nada ni nadie logrará apartarte de mi lado, así tenga que cargarme a todo el maldito planeta.

CAPÍTULO 42

Pues si había que adivinar el resultado por las caras del *Comisionado,* la puerta interestelar debía de estar abierta de par en par y las piernas listas para lanzarlas de una jodida patada fuera del planeta, porque parecía que les acababan de meter un palo por el culo: estirados, serios y con una mirada de autosuficiencia que te daban ganas de enterrarte en el suelo como una maldita zanahoria.

Kurt la agarró con más fuerza cuando entraron al salón.

-No te preocupes, cariño, no te voy a perder, te lo juro.

Kion-Derve, el más anciano de los comisionados, se puso en pie.

-Queremos comunicar a todos los presentes las decisiones tomadas con respecto a la sublevación de las mujeres en las cuevas, la marcha de estas del planeta y los nuevos cambios planteados.

El hombre miró fijamente a todo el mundo, pero clavó su mirada enfurruñada en Misrte, como si ella fuera el artífice de todo aquello. Después carraspeó y siguió con su discurso.

- Este planeta siempre se ha regido por unas mismas leyes y han funcionado correctamente.

Nadie, hasta ahora, se había quejado o manifestado en contra de ellas. También es cierto, que desde hace veinte años cuando perdimos a casi todas nuestras mujeres, nuestra forma de vida cambió. En su momento consideramos y aceptamos la idea de traer nuevas mujeres a nuestro planeta, pero en ningún momento tuvimos en cuenta que ellas vendrían con diferentes ideas y formas de vivir. Ahora nos toca confraternizar y, efectivamente, debemos hacer que nuestras formas de vida puedan convivir en armonía. Pasaremos por alto la rebelión dado que ellas vienen de otra forma de vida. Y ya que casi todas ellas tienen compañeros, no se las obligará a marcharse.

Tracy apretó la mano de Kurt con fuerza y él la miró fijamente, sonriendo levemente.

-En cuanto a los cambios, estamos dispuestos a hacerlos pero con condiciones. Todas las mujeres podrán estudiar en la universidad con los hombres. Hasta el próximo intercambio se pondrá a prueba el poder cooperar y trabajar junto con los hombres en los trabajos que estén especializadas y podrán formar a mujeres *phartianas.* Por ahora, quedan prohibidas las formaciones como guerreros, tampoco podrán acceder al *Comisionado,* ni tendrán acceso a ser guardianes de las piedras. Vuelvo a repetir, que salvo los estudios, lo demás estará en periodo de prueba. Si no se presentan problemas, dentro de cinco meses volveremos a reunirnos para el nuevo intercambio y para ratificar o desaprobar las nuevas leyes. No volveremos a hablar de esto hasta dentro de cinco meses. Eso es todo.

Tracy se volvió hacia Kurt, con cara desilusionada.

-¿Nada de luchas?

Él sonrió y la abrazó con fuerza.

-Cariño, paso a paso, te dije que esto no sería fácil, pero te prometo una cosa, te enseñaré a manejar todas las armas y dejaré que practiques conmigo todas las técnicas del cuerpo a cuerpo, ¿qué te parece?

-¿Cuándo empezamos?

Él la levantó de las axilas subiéndola a su altura.

-Eres toda una guerrera, mi amor.

Tracy lo miró fijamente.

-¿Mi amor?

Él la bajó lentamente, deslizándola centímetro a centímetro, por su cuerpo.

-Necesitamos ir a nuestra casa ahora mismo.

Ella le sonrió.

-Moción aprobada por unanimidad.

En ese momento llegaron a su lado el *phartok* y su compañera. Dreena la abrazó con fuerza.

-Lo hemos conseguido, Tracy. No me lo puedo creer.

-Ni yo misma me lo puedo creer viéndoles las caras y habiéndolos escuchado.

-Va a ser difícil y todo el mundo no lo va a aceptar, pero lo vamos a conseguir. Dentro de cinco meses no les quedará más remedio que ratificar las nuevas leyes, ya lo verás.

-Eso espero, Dreena. Las mujeres de la Tierra seguirán viniendo si ven que pueden tener una vida mejor y haciendo lo que les gusta.

Misrte se acercó también a ellos.

-Me siento tan orgullosa de ti, muchacha.

Tracy la abrazó con fuerza.

-No, no deberías Misrte, habéis sido vosotras las que los habéis convencido, nosotras os hemos dado el empujón, pero habéis sido las mujeres *phartianas* las que le habéis dejado claro vuestra opinión.

Kurt la tomó de la mano en ese momento.

-¿Nos vamos, pequeña?

Misrte lo miró frunciendo el ceño.

-¡Oh, por favor! ¿No puedes mantener tu pene en los pantalones un minuto más? ¡Maldita sea, muchacho! Por si no lo sabes vas a tener a tu compañera por el resto de tu vida.

Kurt la miró sonriendo.

-Lo sé, pero eso no quita que la necesite siempre.

-Y de esta manera tan sutil, el muy idiota cree que no hemos captado lo que de verdad ocurre, que está empalmado. Anda, hijo, ve y desahógate.

Tracy y Kurt la miraron sonrojados, para terminar echando a correr, prácticamente, seguidos por las carcajadas de Misrte, Dreena y Arnoox.

CAPÍTULO 43

¿Cuándo piensas decirle que la amas?

"Maldita sea, Aiman, dame algo de tregua."

No, deja de esconder el maldito rabo entre las piernas y díselo, Kurt.

"Lo sé, sé que tengo que decírselo, pero..."

¿Aun te quedan dudas, idiota? ¿Cómo puedes ser tan imbécil? Nuestra mujer ha luchado por nosotros, por encontrar su sitio para quedarse aquí, a nuestro lado. ¿No te da eso ninguna pista?

"Sí, claro, pero..."

Ni pero ni mierdas ni leches, o empiezas a actuar como un maldito hombre o te juro que termino haciéndome un bonito abrigo con tu asquerosa piel.

"Maldita sea, Aiman, yo nunca he desnudado mi alma de esa manera."

Pues machote, ya es hora de que empieces a hacerlo, no querrás instrucciones, ¿verdad? Joder tío, no es tan difícil y te juro que va a ser indoloro, así que saca huevos de una jodida vez y díselo.

"Es lo justo, lo sé."

No, no es lo justo, es lo necesario y lo que ella se merece. Así que deja de ser tan obtuso, Kurtcito, y actúa como un maldito hombre. Recuerda que el perder a una persona que amas, es duro, pero peor sería perderla sin habérselo dicho y demostrado, ¿no?

El muy capullo siempre tenía que tener la razón

Qué quieres, yo me llevé la parte inteligente, tu eres sólo pura fachada, pero quedas bonito decorando un salón, eso hay que reconocértelo, majete.

Él la miró fijamente nada más entrar en la casa. Nunca se había sentido tan nervioso, ni siquiera cuando se preparaba para una lucha, nunca. Estar frente a ella y tener que decirle lo que se había callado le preocupaba, pero lo que más alterado lo tenía era el hablarle sobre sus sentimientos.

Él era un guerrero, un hombre acostumbrado a vivir solo, un hombre que había visto a su padre morir lentamente, cuando el virus mató a su madre. Desde aquel momento tuvo verdadero terror a tener una compañera. Por un lado lo deseaba, pero por otro repudiaba la idea siquiera. Él no quería amar, no quería sentir lo que sentía ahora mismo por aquella mujer plantada frente a él.

La miró de arriba abajo .Su larga melena, sus enormes ojos, su boca generosa, su cuerpo lleno de curvas, sus largas piernas, todo en ella lo atraía, lo excitaba, pero lo más hermoso de ella y que más enamorado lo tenía, era todo lo que ella representaba y era.

Amaba su fuerza y valor, su ánimo, su coraje y resistencia, su ternura y pasión, todo en ella lo hacía encogerse, sentirse pequeño a su lado, le hacía querer ponerse de rodillas para vivir adorándola eternamente. ¿Cómo explicar todo eso? ¿Cómo poner en palabras todos esos sentimientos que lo ahogaban?

Se sentía vulnerable, sin fuerzas ni valor, sentía que había perdido su ternura y su capacidad de amar cuando enterró a su madre y también pensaba que había sepultado todas aquellas hermosas palabras de amor junto con ella.

Volvió a mirarla. Tracy tenía ahora una mirada preocupada, triste, ¡joder! Ella se merecía, no sólo los sentimientos y demostraciones, también las palabras, tenía que saber todo lo importante que era para él, todo el valor que ella tenía y todo lo que haría por y para ella.

Se acercó lentamente hasta Tracy y deslizó su dedo índice por su mejilla, pinceló sus labios y luego lo dejó deslizarse hasta el hueco de su clavícula, allí dibujó, sin saberlo, un "te amo", subió su mano hasta su mejilla y la acarició con ternura. Tracy se frotó suavemente contra la palma.

-¿Qué pasa, Kurt?

-Shss, mi amor, no hables. Déjame decirte todo lo que siento, todo lo que hasta ahora me he guardado por ser un cobarde y un egoísta.

-¿Egoísta? No, Kurt, tú no eres egoísta, tú te entregas por entero.

Él negó con la cabeza.

-No, eso no es cierto. He sido un maldito cobarde y sí, muy egoísta. He pedido y tomado todo de ti, me creía en mi derecho, no te di opciones, pequeña. Me gustaría haber hecho las cosas de otro modo, te lo juro, pero ahora tengo que redimirme ante tus ojos y para eso tengo que desnudar, no sólo mi corazón, también mi alma, te lo mereces.

La tomó de la mano y la llevó al sillón, la sentó allí mientras que él empezaba a pasearse nervioso por toda la sala.

-No tengo disculpa para nada de lo que he hecho, Tracy, puedo justificarme pero eso no me exime de que podía haber hecho las cosas de otra manera.

-Kurt, me estás asustando. ¿Qué pasa?

Él no contestó, se dejó llevar por una maldita vez por sus sentimientos.

-Sé que no tengo excusa. Sólo puedo decir que cuando perdí a mi madre me encerré en mí mismo y más al ver como mi padre, lentamente, se consumía pensando en ella. Siempre deseé tener mi propia compañera, pero no pensé más allá de eso. Cuando me mandaron a la Tierra, fui renegando del maldito trato. Había leído tanto del planeta y de las guerras y luchas que había habido, todas motivadas por el odio, el poder, el fanatismo, que no quería nada con vosotros.

-La verdad es que nuestro pasado no es una buena carta de presentación, Kurt, entiendo tu reticencia y también comprendo tu dolor por la pérdida de tus padres, pero siempre me has tratado con mucho cariño y respeto, no tienes que sentirte culpable, de verdad.

-No es culpabilidad, Tracy, es rabia y vergüenza por no demostrarte lo que realmente siento por ti.

Ella le sonrió con dulzura.

-Está bien, si lo necesitas te escucharé, pero sigo diciendo que no tienes nada que reprocharte.

Kurt dejó caer la cabeza y respiró con fuerza, luego la volvió a alzar y la miró con pasión.

-Cuando te vi, algo en mí se estremeció y cuando capté por primera vez tu aroma y comprendí que eras mi compañera, todo en mí se rebeló. Había encontrado a mi compañera pero era terrícola. Sabía que era imposible resistirse, pero no me hizo especial ilusión. El deseo por ti llegó fuertemente, sólo quería enterrarme entre tus piernas, probar tu sabor, deslizarme por tu cuerpo, hacerte mía y marcarte como mi propiedad. No me importaba que a ti te costara aceptarlo o no, sólo te quería entre mis brazos y en mi cama. Quería follarte hasta dejarte agotada para poder volver a empezar. Quería verte totalmente rendida a mí, que sólo ansiaras mis caricias, que te despertaras buscando el calor de mi cuerpo, que me rogaras que te poseyera. Quería lamerte y que me lamieras, correrme dentro de ti, en tu boca, entre tus pechos. Para mí solo eras sexo, placer, desenfreno.

Tracy respiraba ahora agitada, la tela de su ceñido vestido, mostraba claramente sus endurecidos pezones y sus labios estaban entre abiertos y humedecidos.

-¿Esto es una especie de tortura, Kurt?

Él sonrió.

-No, ¿por qué?

-¿Por qué? Porque me estás poniendo a cien. No sé lo que pretendes pero como no acabes con esto pronto, terminaré saltando sobre ti para que me hagas lo que estas describiendo.

-Sólo pretendo explicarte mis sentimientos, por favor, déjame terminar y luego te prometo que te haré todo lo que me pidas.

-Eso espero, porque tú y Aiman vais a tener trabajito extra.

-Está bien, pequeña, ten por seguro que nada nos complacerá más. Tracy, no sé en qué momento exacto algo cambio en mí. Después de haberte poseído quería y ansiaba algo más, te deseaba aún más desesperadamente, sentía que necesitaba y precisaba algo, pero no sabía lo que era. Cuando supe que estabas en medio de la lucha y después te vi allí, herida, mi corazón se desgarró lentamente.

Tracy se levantó y se acercó hasta él, tomó la cara de Kurt entre sus manos y lo besó dulcemente. Él devolvió el beso con la misma suavidad. Lentamente se apartó de ella y siguió hablando.

-Me di cuenta de lo fácil que era perderte y de lo mucho que me hacías falta, que te necesitaba y que jamás te lo había dicho. Y en veinte años y por primera vez, entendí a mi padre.

Verte allí y saber que podía haberte perdido, me destrozó. No querría vivir en un mundo sin ti, no merecería la pena.

Se sentó en el sillón y la abrazó contra su cuerpo

-Te necesito, Tracy, me haces sentir vivo, me haces creer y tener ilusión. No puedo ni imaginar siquiera despertar y que no estés a mi lado, no escucharte ni oírte, que no estés aquí para pelear conmigo, para enseñarme y demostrarme que no me necesitas para luchar tus batallas pero que aun así, estás a mi lado. Te amo, Tracy, como nunca pensé que se pudiera amar, con cada latido de mi corazón, con cada respiración. Siento que tengo que hacerte mía una y otra vez, llegar tan dentro de ti como sea posible, fundirme en ti, pero no sólo por deseo, pequeña, sino porque necesito que te sientas tan mía como yo me siento tuyo.

Serás capullo, lo tuyo no tiene nombre, has tardado en dar el maldito paso, pero macho, qué pedazo vena sensible tienes. Puta mierda, me has hecho llorar, joder, parezco una nenaza. Qué declaración, yo también te quiero, tío.

"Vete a la mierda."

Joder, macho, siempre la terminas cagando, no se puede ser dulce contigo, anda y que te jodan.

Kurt se inclinó hasta ella y se dejó caer entre sus piernas, tomó sus manos y las guio hasta su cara. Lentamente se las besó, acariciándolas con su lengua, chupando sus dedos, mientras que susurraba sin cesar:

-Te amo, Tracy, te amo, te amo...Sé que no tengo derecho a pedírtelo siquiera y sé que te he quitado y exigido mucho, pero aun así, tengo que pedirte un favor. Quiero que me perdones y que me hagas un hueco en tu corazón. No tengo derecho a pedirte que me ames, pero déjame entrar en él, me conformo con el espacio más pequeño que puedas darme, de verdad.

Ella dejó caer unas lágrimas y se dejó caer frente a él.

-No puedo darte un pequeño espacio en mi corazón, cuando en realidad, lo tienes por entero. Yo también te amo, Kurt. Sin límites ni medidas y sin condiciones, con pasión y con ansias. No sabía que se podía amar así, de tal manera que siento que ya no me pertenezco a mí misma. Soy toda tuya, Kurt, por entero y nada puede hacerme tan feliz como saber que este amor es recíproco. Te quiero Kurt y quiero hacerte el amor, a ti y a tu *oiyu*, os necesito y quiero haceros sentir toda mi necesidad, ¿me has oído, Aiman?

-Te he oído, mi amor.

Ella volvió al cabeza y vio a Aiman allí, totalmente desnudo y con una tierna mirada en los ojos.

-¿Mi amor?

-Eh, nena, yo también te quiero. Es más, yo te amé antes que ese idiota y más aún, te amo mucho más que él.

Ella le sonrió, se levantó y se abalanzó a sus brazos.

-Yo también te amo, Aiman.

Él la besó dulcemente y le sonrió.

-¿Más que a él?

Ella lo miró sonriendo.

-Deberías darte con un maldito canto en los dientes sabiendo que te amo, a pesar de que sólo seas un maldito trasto a pilas.

Las carcajadas de Aiman y Kurt resonaron, como una sola, por toda la casa.

El futuro de su planeta se decidiría dentro de cinco meses, pero, invariablemente de que las nuevas leyes se aprobaran o no, su futuro y su presente estaban aprobados ya y era ella. Todo pasaba por Tracy, por esa mujer que era capaz de volverlo loco con una sola mirada. Su mujer, su compañera, su amor.

FIN

GLOSARIO

Airean: Son unas piedras que se extraen del fondo de una grandes cuevas custodiadas constantemente. Es la gran riqueza del planeta. Estas piedras, puestas en cauces de ríos, en estanques, pozos, etc... manan agua constantemente durante un año. Transcurrido ese periodo se desintegran. Fuera de Phartian apenas "viven" unos 6 meses. No se pueden cortar o golpear porque se desintegran, por eso nadie puede saber realmente de que están hechas, ni investigarlas.

Aium: Saliva del oiyu. Es altamente lubricante para facilitar la penetración conjunta o anal. Tiene un ligero toque frutal y es distinto en cada varón, justo con el mismo aroma que compartirán el oiyu, el phartiano y su compañera.

Alphiv: Planta de tamaño medio, es una gran planta medicinal, base de casi todas las medicinas del planeta.

Ankya: Vehículo utilizado para el transporte de enfermos.

Aysy: Vehículo de transporte de mercancías.

Calaam: Animal equino, de fuertes patas, antes muy utilizado para el transporte y ayuda en las granjas. Es terco y cuesta mucho de domar, pero cuando lo consigues, es un animal leal y dócil.

Comisionado: Está formado por trece personas, el phartok y doce comisionados. Seis de ellos son elegidos junto con el phartok, en las mismas votaciones. El resto son ancianos sabios, ex presidentes o ex comisionados.

Darig: Planta de gran tamaño, de la cual se extrae un hilo para hacer chalecos y prendas para los guerreros. Altamente resistente, muy elástica, impermeable e impenetrable.

Dayinr: pequeña nave, biplaza, muy veloz, de forma muy parecida a la Kayla.

Donkg: Es una pequeña mascota, de apenas unos veinticinco cm de alzada. Grandes orejas y bigotes, ojitos pequeños y suele ronronear

Dork: Es la moneda del planeta.

Dork-eann: Capital del planeta.

Durlan: Pequeños frutos en tonos ámbar, de exquisito sabor e intenso aroma.

El oiyu es necesario para la procreación. El phartiano solo tiene un periodo fértil al año, durante ese periodo, el color del esperma del oiyu cambiará a un tono azulado, mezclado con el esperma del phartiano en una doble penetración vaginal, se producirá el embarazo.

Endox: Animal de gran tamaño, vive en las montañas, tiene una bellísima piel, que va cambiando cada dos años, esta piel es utilizada para las prendas de abrigo de los Phartinianos. Vive en pequeñas manadas, de un solo macho y varias hembras.

Gumnarium: - Es el centro gubernamental y residencia del phartok y es el único edificio de dos plantas.

Karni: Árbol parecido al manzano.

Kayla: Gran nave de forma oval.

Kioo: Pequeño transporte para una sola persona, totalmente descubierto.

Komag: Transporte para varias personas, de forma rectangular y amplios asientos colocados de forma de U para poder conversar al mismo tiempo que se viaja.

Kunn: cuartel de entrenamiento de los soldados.

Maalin: Pequeña mascota, de apenas unos veinticinco cm de alzada, grandes orejas y bigotes, ojitos pequeños. El maalin no emite sonidos.

Moong: Frutos rojos de gran tamaño, sin pepitas, dulces y con un toque ácido.

Oiyu: Cada hombre phartiano tiene dentro de él un oiyu. Es una especie de doble. De ahí el nombre compuesto de los varones, el segundo nombre es el del oiyu. El oiyu se manifiesta por primera vez dentro del phartiano, cuando detecta el aroma de su compañera. Sus tatuajes se calientan, agitan y cambian de color. El reclamo es entonces inevitable y apresurado por la marcada carga sexual del phartiano. El oiyu aparecerá la primera vez que mantengan relaciones sexuales, para reclamar conjuntamente a su compañera, utilizando el aium, tanto para facilitar la doble penetración como para morder a su compañera con los colmillos e introducir el aium dentro de ella y reforzar, aún más si cabe, la unión. Después de esta primera vez en que aparece de forma espontánea, solo aparecerá cuando lo reclame su compañera o cuando ella esté en peligro, que podrá reclamarlo su phartiano.

Phardook: Es el ave emblema del país, una hermosa ave, de plumaje color oscuro y cabeza en tonos anaranjados, se asemeja a un águila.

Phartok: Presidente del planeta, elegido por votación popular.

Tia-nee: Planta de tamaño mediano, de ella se extrae la tinta para los tatuajes y las prendas de vestir.

Printed in Great Britain
by Amazon

54174286R00234